遊之夢

倪慧山 著

謹獻給

撫育我成長的父親和母親

相知相愛相依相映的妻子慕珍女史

目次

第一部　倪十力　009

第二部　昔日的朋友們　035

第三部　葛淮踵　129

第四部　倪十力　171

第五部　跪下？請罪？　261

第一部

倪十力

系辦公室門口貼著一張用毛筆寫在宣紙上的佈告：

自九月十日起，全系學生去河北省懷來縣北水泉大隊勞動鍛煉，這是進行教育改革，接受貧下中農再教育的重要一課。望各班班主任老師切實負責做好準備工作，按時出發。

XX系辦公室啟

一九六零年九月一日

好生奇怪，剛開學，不上課，下鄉勞動。還說這也算是上課，重要的一課。對於我這個農村出來的學生來說，真有點兒意外。一瞬間，我幾乎不相信自己的耳朵，生怕誤聽傳言，特地跑到系辦公室門口去核實，把佈告翻來複去看過三遍之後，才勉強認可眼睛沒問題，每遍看的都一樣，同時也算為耳朵平了反，沒錯，真的要下鄉勞動了。

不過我還是想不明白，這所全中國赫赫有名的藝術學院，竟然開學不上課，第一課就把學生趕到鄉下去勞動，這跟我在老家勞動有啥不一樣？害得我千里迢迢搭二等車、乘輪船、坐火車折騰了好幾天就為了上這個學校？上這個勞動課？我心裏這樣想，嘴裏可沒說。我拿不准，得看看別人怎麼說，叮囑自己別太冒傻氣。再說我跟誰去說？系主任、班主任長得啥樣我也不知道。

過一天，系裏指定了臨時班長，是個中等個兒的男生，聽他自己講他寫過文章在家鄉小報上發表過，小有名氣，也是個什麼文化協會的會員之類的。系裏又說已建立了臨時共青團支部，書記、委員等好幾個人，只記得一個姓葛的做了團支部書記，猴腮臉，朝天鼻，上面橫嵌一對狡黠的小眼睛。

班上算有了組織，緊接著就開始學習政治，進行下鄉前的思想教育，全院動員報告大會開場鑼鼓響過之後，無非是全班開會小組討論那一套，也看不出有什麼新花招，一晃七天、八天就這樣溜過去了。

一聲長鳴，火車終於開動了。引起一陣騷動，月臺上少數幾個家住北京同學的父母姐妹咿咿呀呀的叮嚀和喊叫聲很是熱鬧。我呆坐在座位上，旁觀著他們既關切又難捨的溫馨表情，竟然忘掉自己被冷漠的境況。

我被分配和兩位同學、一位班主任睡一個炕，一共四人。九月的塞外，不用說晚上很有些涼意，即使白天，太陽也失去了活力，疲乏得很，熱力顯然不足。這裏的太陽當然不能同我家鄉的太陽比，也比北京的太陽懶，既起得遲，又早早下山鑽被窩去了。

我的班主任看起來人還和氣，圓圓的臉胖乎乎的軀體。說話顯得稍遲鈍些，但不能算作木訥一類。他對我不錯，我自己覺得，因為我本來說話不多，幹地裏活不陌生，也不怕苦不怕累，也許他覺得我挺實在，待我蠻好。

北水泉大隊分好幾個生產小隊，一個小隊辦一個食堂，我在第三生產小隊食堂搭夥，這天，輪到我去伙房幫廚，大清早，我快步走進伙房一看，好幾個老大媽已經忙上活了，頭髮花白的林大媽正吃勁地在拉風箱起火，這鍋真大，約有一米五的直徑，鍋沿已透出絲絲蒸氣，暖烘烘的，在灰濛濛的暗黃色的燈光下好親切哪！另外兩位大媽面對面站著，在一塊像乒乓球桌那麼大的砧板上使勁地剁什麼東西，黑乎乎粘嗒嗒的看不清楚，只聽嗒、嗒、嗒像機關槍點射時才有的連續不斷地響聲。再一位陳大媽正彎著腰，只見她的後背，頭埋在一個大缸裏。五、六口兩米來直徑的大缸一字兒排開，我三步並作兩步走上去，只望見她使勁搬一塊大青石板，不知道大青石板下面埋著什麼東西，爛糊糊的，碎碎的，浸在黑乎乎的水裏。我捋起袖子趕緊幫大媽把青石板搬到缸沿上。「還是小夥子有氣力。」她一邊說一邊把左右手伸下去，攪一攪，摸出一把那東西，用右手撚一撚，伸到嘴邊舔一舔，又聞一聞，嘴裏咕嚕著，「過兩天準行了。」又叫我把大青石板搬回去，仍舊壓在那兒。缸裏有什麼？原來這是我們賴以生存的寶貴的榆樹葉，已經漚了七、八天，水面四處漂浮出白泡沫，不用走近就能聞到一股臭味。榆樹葉比楊樹葉好吃，軟性，又不太澀嘴。青菜、野菜吃光了的時候，她的身價提高了，很得社員群眾的歡心呢！

還是陳大媽對我說，你第一次來幫廚，先跟我，我做什麼你就學著做。我回應她：「好，我什麼也不會，我向大媽學。」

「學做窩窩頭吧！可跟你們城裏的不一樣。怎麼不一樣？你看著就明白了。」

記得那天乘在到北水泉的火車上，團支部書記忙著帶領大家唱「東方紅、太陽升」「您是燈塔……」等革命歌曲的時候，老佟同學小聲給我們坐在一起的幾位同學講故事，真叫我聽得驚訝不已，心驚肉跳。故事最精彩的部分是：你們知道為什麼窩窩頭不像饃饃那樣做得圓圓的光光的，像座小山頭，又像小尼姑的光腦袋一樣可愛？大家說不知道。他說當然首先材料不一樣，饃饃是白麵做的，八一粉是灰了一點，但也叫白麵饃饃，精粉可大不一樣了，做出來的饃饃白得厲害，亮晶晶的，油性大大的。一般老百姓吃不著，精粉是貢品，皇宮裏頭吃的。它粘性大，揉得勻揉得越細，蒸熟了看著就越十二分的可愛，更不用說吃了。那個窩窩頭是用玉米粉做的，粉磨得粗，粘性也小，它不做成饃饃的樣子，只好做成尖尖的頂，底部挖個孔，成中空的一個假山頭。為什麼？你們一準猜不著。叫我說這有一定的科學道理在裏面。玉米粉不加發酵粉，緊密發硬，上蒸籠可不容易熟，外邊熟了，熟透了甚至熟過頭了，但裏面還是那麼厚厚實實的一大死疙瘩，遠沒熟呢！老鄉們，也許就是老大媽們的發明，她們想出了一個辦法，從裏面把山頭掏空，就解決了外邊熟透，裏面不熟的難題，叫它裏面外邊同時熟。從裏面怎麼掏空？用手去挖？可難啦！沒等你掏空，尖尖的小山頭早就散了形，因為玉米粉的粘性不大的緣故。你猜怎麼著？老大媽們，不，不知哪一位，還是哪幾位老大媽同時發現了一個秘密，掏空尖尖小山頭的難題竟易如反掌地解決了。她們手足並用，翹起尖尖的三寸金蓮，雙手捧住玉米粉團輕輕往上一套一壓，立馬掏空，外形又未變，尖尖的小山頭似的窩窩頭個個都長得差不多，好像從一個模子裏做出來的，這就是我們每天吃的窩窩頭呀！

卑賤者最聰明，真了不起的發明創造！我和旁座的同學聽了這異想天開的笑話樂得半天喘不過氣來，但不敢笑出聲來。

小唐補充說：「窩窩頭音譯成福建閩南語叫秀秀桃！」秀秀桃！多美多有詩意的名字。從此以後我們私下裏喜歡叫窩窩頭為秀秀桃了。

北水泉的大媽耐心地手把手地教我做窩窩頭，可沒有往尖腳頭上套，而用兩個大姆指均衡用力往裏扣定，另外八個手指在外面往裏壓，一邊轉一邊壓，生怕散失開。也可能看見我生一雙天足，大腳板，不是三寸金蓮的緣故吧！

我學做窩窩頭用的已不全是玉米粉，摻和了好多榆樹葉碎渣進去，更缺乏粘和力，更容易鬆散開。我們缺少糧食，我們被上級告知遇上了天災，所以我們大家得勒緊褲腰帶。

雖然沒聽說哪兒有旱災、水災、蟲災什麼的，但我還是相信我們遭遇了天災。不久，報紙、電臺天天說天災之外，我們又遭到過去的老大哥、現在的敵人蘇修天天逼迫我們還債，加害於我們，真是雪上加霜。於是我們民族主義情緒大大高漲，決心為人民的共和國爭一口氣，再餓不叫餓，再苦不喊苦，相信堅持到最後就是勝利，而勝利又總在前頭不遠的地方向我們頻頻招手，令人鬥志昂揚！

北水泉大隊黨支部的確是座堡壘，老支書為人和善，尤其對我們這些從北京城裏毛主席身邊來的年輕大學生更是關懷有加。有一次村上青年們和我們這些大學生進行籃球友誼賽，親熱親熱，大家很是高興。老支書帶領黨支部一班人馬親臨比賽現場，為雙方鼓掌助威。球場就是村西頭的井臺旁邊平整過的那塊泥土地；球架是有些歪斜，但還總是立著沒倒；籃圈有些擰，但它還是圓的；總之有再多麼不足都是可以忽略不計的原諒的。球場四周站滿了男男女女、老老少少可愛的村民，孩子們像過節一樣開心，相互奔逐嬉戲，笑聲連連。從前我很少見到這種場面，感覺分外新鮮有趣。

綁在場邊大槐樹杈上的大喇叭裏喊話了：「靜一靜！靜一靜！現在請咱們的老支書講幾句話。」一場上突然肅靜，鴉雀無聲，老書記的威信可見一斑。一個洪亮又略帶乾渴、沙啞的聲音傳來：「今天我們北水泉大隊萬分榮幸舉行籃球友誼賽，歡迎從偉大領袖毛主席身邊來的中共……中央……北京……藝術學院……」他話音未落，掌聲驟起，吶喊聲隆隆，人們情緒已經沸騰，等不及了，催促著看比賽……是呀！甭說北水泉的村民們，即使咱們尊敬的老支書也弄不清楚什麼中央的、北京的、還是中共中央的有什麼區別，乾脆把那些個中央的中共的全都湊合在一起，準沒有個錯，表表咱們山溝溝裏老百姓的心意就是啦！他是真心實意地說的，你們聽著就是了，別挑刺兒。但這些調皮的大學生們以後好長一段日子總拿老支書的中共中央……藝術學院……當話柄開玩笑。當然我們學生也只是覺得好玩，隨便說說，並無絲毫惡意的。

老支書看我們這些北京城裏來的大學生吃不飽，心裏著了急，就跟我們班主任老師商量，調我們去刨花生。刨花生這活，不用工具，我們每人都有一雙手，揪住花生秧子使勁拔，花生連著秧子一起拔出來了，有些掉在沙土裏的，撿一撿。老支書的用意是讓我們一邊拔一邊撿些花生吃，填填肚子解決餓的問題。北方同學吃生花生沒問題，有的還吃生白菜、生茄子，可從南方來的同學聽了很驚訝，怎麼都能生吃，連嘗都不敢嘗，我看人家吃，自己的嘴巴不由自主地泯不住了。後來我們動腦筋，撿些零落的花生，裝進口袋裏，回到宿舍，把花生放進搪瓷水杯裏在爐子上煮著吃，味道甜甜的，糯得很，比吃生的味道強多了。沒想到北方同學也放棄早先野蠻人的吃法學會用火煮熟了吃。一開始偷偷摸摸，儘量隱蔽些，不叫別個宿舍的同學看見，哪知道後來成了公開的秘密，哪個宿舍不都這麼幹？但從來沒有人公開交流過，好像誰都沒有這麼幹過，又好像誰都不知道誰幹過。其實呢！誰都幹誰都知道，這叫裝蒜。用老支書的話說，社員刨花生，花生都刨到自個家了，一天下來，同一塊地，大學生交給隊上的花生是社員交的兩三倍。

花生也有刨完的一天，總不能天天用刨花生來解決大學生餓肚子的問題。花生刨光了，而且塞外的天冷得可早，十月初就飄雪花來了。老支書又出了新招，明著幹了。一天傍晚，班長叫各宿舍派兩人到大隊倉庫抬一筐山裏紅去吃。山裏人叫它山裏紅，因為這果子熟了紅得透亮可愛，學名叫紅果。味兒酸中帶甜，或者甜中帶酸。只看各人的味覺偏向哪一邊而定。早先用它製成紅果餅、紅果卷、紅果醬，城裏人愛吃它助消化。現在城裏人也吃不太飽了，還用得著吃它助消化嗎？老支書傳下話來，請大學生們吃的時候仔細點，不要囫圇吞棗把核都吞下肚子去，要把核吐出來，收集在一起交到大隊部。這核兒現如今價錢可貴啦！賣出去一百斤山裏紅得的錢遠不如一百斤山裏紅的核值錢，賣核來得合算。所以大隊黨支部幾番開會討論一致同意，決定賣核不賣果。先是把山裏紅整筐抬到社員家裏，叫社員們吃果交核。剛開始吃果交核所得的核還真不少，後來慢慢的不對頭了，吃掉一筐山裏紅交出的核越來越少，為什麼？因為社員們變得機靈了，果當然吃，核也沒收一些，自個兒拿到市上收購站去賣，弄些錢好買油鹽醬醋，手頭活絡一點。黨支部發現了這秘密，又改變策略，由大學生們來吃果交核，豈不一舉兩得？既可讓學生們填肚子，擋一陣饑餓，又可保證核兒的數量，增加了隊裏集體收入。老支書說這也是公與私的一對矛盾，又聯合又鬥爭，說高了也是兩條路線鬥爭在咱村的反應，我們讓大學生們吃果交核，堅持走社會主義道路，也就是堵住了社員們滑向資本主義死路呀！聽起來也蠻有道理。可我弄不懂，為什麼社員們總自願滑向資本主義死路，而黨支部拼命把社員往社會主義光明大道上拽，還拽不過來啊！怎麼那麼難呵！

自然災害真厲害，連續了好幾年。大隊倉庫裏說空就空了，社員家裏沒多少存糧我明白，因為一丁點兒的自留地政府規定只准種菜不准種糧，又是大集體生活模式，大鍋做粥做飯，先是不收錢放開肚皮吃，享受共產主義生活的福，後來形勢不對，趕緊改成一日三餐定量供應，再頂不住了，只好喝薄粥湯……以菜代糧、糧菜摻和，形勢險惡，每下愈況，到眼下，老支書帶領黨支部一班人也傻了眼，本來倉庫裏的一點存糧也被縣裏收去充作公糧交了，埋怨縣裏也沒用，誰叫咱虛報產量來著，現在好了，上級黨和政府按虛報的產量收公糧，弄得倉庫底朝天，唱起空城計來了。咋辦？咋辦？

一天晌午，一群小孩手舞足蹈奔來，問我想不想看宰馬，我問為啥宰馬？「馬老了，幹不了活！」「沒料餵，咋熬過一冬天？」「宰了好吃馬肉！」孩子們樂呵呵地你一言我一句嚷著，一溜煙跑去看宰馬了。我知道孩子們說的是那匹老白馬，瘦得皮包骨，不用說下地幹重活，平日也很少走出馬廄活動活動，大概有一段時間沒餵牠好料了，僅有的一點兒精飼料還得先餵那幾匹拉車幹重活的黃驃馬和小黑馬，不是故意虧待牠欺負牠老了，而實在是好料精料太少了。有什麼辦法？就說我們人類也不是一樣，一點兒奶粉、一點兒白麵、一點兒白米、一點兒白糖，還不是先配給嬰兒、小孩吃。老人嘛，咳！年紀大了，往後靠一靠。即使老年人自己，也自覺理當讓給嬰兒、小孩吃。雖說自己也給社會服務過大半輩子，可是現在老了，沒用了有啥好說，忍了。我不知道老馬是不是也像人類老人那樣想，不埋怨，忍著。或者牠也想：「我為人類幹了一輩子活，現在老了，輪到我把肉貢獻出來的時候到了。也好，這是最後的貢獻！可是這些人也真沒良心，剝我皮吃我肉，想想真傷心，難過得掉下淚珠來了。」那天晚飯果然吃馬肉，喝馬骨頭熬的湯，我也吃了喝了，太殘酷！我還特別留意到馬肉不酸，因為我以前聽人說過馬肉酸。馬肉的肌理比豬肉粗許多，也不油，成年累月地幹活都把油脂刮乾掉啦！

我的房東小孩小豆子晚飯後過來看見我讀書，就站在門框旁一聲不吭，我知道他要告訴我些什麼。我拉拉他的手，鼓勵他說呀！他胸有成竹地告訴我：老白馬一撞就倒下了，四隻蹄也不亂蹬，綁了，躺在地上一動不動，閉著眼等著。周老伯一刀捅進去，鮮血濺出來……嚇我一大跳，直往後退，踩著小五子腳……朝天摔了一跤。小豆子說他看見老白馬淌眼淚了，是真的。

老支書帶領的黨支部一斑人也費盡了心，他們在油燈下開了好多次會才下決心鄭重作出一致決議，忍痛宰殺牠們，以救眼前的社員的急。可這殺戒一開，過十來天喝牛肉湯了。又過了多少天，小毛驢肉湯也來了，最後輪到一頭騾子做了我們人類的盤中餐。想想人類好殘忍，造足了孽，先把牛馬驢們餵大，叫牠們幹活，到頭來，把牠們宰了，剝牠們的皮，吃牠們的肉，喝牠們的骨頭湯，一樣不剩，也夠狠心的了。牛、馬、驢、騾四種牲口的肉味，我在北水泉大隊都嘗到了。社員們吃的時候喜歡，過後想想明春咋辦？

「下鄉勞動鍛煉，改造思想。」這是臨下鄉前學校領導指示的兩句話。我琢磨前一句是描述我們到農村來幹什麼，幹農活，煉筋骨。重點落在後一句上，「改造思想。」這思想怎麼改造？這是一個難題。思想一般來說看不見摸不著，隱蔽得很。思想在每個人的腦殼子裏，在心裏頭，你怎麼個改造它？我的疑問終於被解開了。

晚飯後自由活動半個多小時後就開始小組學習，當然不是學文化學專業知識，而是唸昨天或前天的報紙，從社論到時事消息，還有聽新聞聯播，有線廣播網很是發達，不用說大隊部，小隊部有喇叭掛在屋子牆角上方，成四十五度角俯視著你。現在幾乎家家戶戶都要裝一隻小喇叭，收聽新聞。北水泉大隊的公共廣播有兩隻高音長頸大喇叭，一隻裝在村西頭泉水井臺旁的大槐樹上，一隻掛在村東頭大路邊的電線杆上，每天天不亮，東方紅樂曲繞著村莊上空一盤旋，新的一天開始了，如角號，如雞鳴，如……傍晚七點鐘開始，中央人民廣播電臺新聞聯播節目……又是一通革命進行曲，人們自覺地停下手中的活計，孩子們也變老實不頑皮不嬉鬧不追逐了……真靈！洗腦筋，統一思想。就是要你不瞎想，不僅嘴上說的要一樣，想的也要一樣，就像廣播裏說的那樣，那是中央的聲音，統一的團結的一致的穩定的根本保證。

經常要我們聽完廣播聯繫實際談感想談體會，你當然得小心，變著法兒也要說得和廣播裏說的八九不離十，如果你能一字不差的背出來，會受表揚。有時候會逼著你說出跟中央不怎麼一致的思想，這叫暴露活思想。活思想就是壞思想。有了壞思想，就要往根子上找，這叫挖思想根源，這個可讓我吃足了苦頭，但不是今天，是兩年以後的事，放在後文再告訴你。叫你談體會麼，你就得學會找一些不痛不癢的什麼屁問題，同中央的精神一對照，噢，發現了差距，啊呀呀！這還了得，趕緊把這思想臭罵一通，罵到這是資產階級壞思想為止，胡亂上綱批自己幾句，就這樣叫做提高了認識，與中央的口徑統一了一致了。這個體會被評判為深刻。思想改造就算有成效了！

這是一般的改造思想方式，也可以叫做普通的思想改造模式。有普遍的自然也就有特殊的了。

每天下地幹活，同社員一般無二；遇下雨天歇工，往炕上一坐，兩腿一盤，開始了全班或分小組政治學習，挖資產階級思想根子。天天總是忙得不亦樂乎，不過坐在炕上學政治還是省力些，思想開開小差，不要那麼認真也總是一種休憩嘛。時不時地往茅廁走動走動，溜達溜達，自己總可調節一下節奏，比起在田野裏幹得腰酸背痛好受些。

一天天不亮就下起雨來了，我估摸著又要學習不用下地幹活，早飯後果然通知下來今天全班集中學習。同學們陸陸續續走進一間臨時會議室，所謂會議室也就不過是大一些的房子，炕大些長些，可躺八九十來個人，屋中間當地置個火爐，可以隨時煮開水喝，當然沒有什麼桌椅板凳之類設備，更不用想沙發、橢圓形會議桌、一排排白瓷蓋花茶杯和東一堆西一堆名貴花卉等大排場。同學們先來的總估個好位置，往牆腳旮旯一坐，背靠牆挺省力，又避人耳目，不顯眼。來晚的只好坐在中間，沒處靠，又處在眾目睽睽之下，這是最不好的位置，也總是最後被填充滿。

班主任老師在同學們來了一大半的時候走進屋子，右臂彎裏夾著一疊參差不齊的紙。眼神往屋子四周一掃，就緊靠炕桌旁坐下，把一疊紙往炕桌上一放，默不作聲。這時那個共青團葛支書挨過去彎著腰壓低了聲音跟他彙報什麼，我坐在靠窗的牆跟前，離他們不算遠，也只聽到咄咄咄……，不知道嘀咕什麼？一會兒葛支書直起腰抬起頭虎視眈眈地發號施令：「各小組長去催催，叫人快點來！拖拖拉拉作風可不好！」有兩位小組長聞聲鼠竄出門招呼他的組員去了。

不幾分鐘，人差不多到齊了。我說差不多是有根有據的，因為又過了七、八分鐘，有兩位同學一前一後跌跌撞撞奔進門來。沒想到會已開始，老師正講到抓作風、紀律制度當口，不正好闖到槍頭刺上了嗎？

老師問前一位同學，為什麼這麼晚才來？回答去茅房了。又問要這麼長時間？回答「屎橛頭太乾拉不出來。」老師不想聽，一揮手示意坐下。面向第二位同學：你呢？你呢？「老師，我拉肚子，早起就拉了一泡，早飯後肚子又疼了，又連續拉了二次。……」沒等他說完，老師就把頭別過去了。那位同學順勢就在門旁炕沿坐下，我估計他待會兒還得去拉，所以就坐在門旁，方便出去。

其實老師拿他們也沒辦法，剛才正講到紀律、作風問題就出現違犯紀律的現象，不過這還不是今天會議的主題，本來是先拿這紀律、作風話題壓一壓的，所以，犯不著糾纏，這才進入主題。

什麼主題？思想問題，挖資產階級思想、樹立正確人生觀才是大問題，才是今天的主題。老師放慢了講話的速度（本來他講話的速度就不快），又擺弄著一張張剛才夾來的紙說開了。這些是我們上個星期交的草圖。大概上上個星期老師佈置下來的作業，說同學們下鄉不能只顧勞動不學專業，我們要做到勞動、專業雙豐收，所以，每人勾一張草圖交上來，主題是通過這段時間勞動，向貧下中農學習，思想覺悟提高了，你怎麼認識農村走社會主義合作化道路的優越性，要落實到你勾的草圖上，思想改造不就和專業結合起來了嘛。這席話的確傷透了我的腦筋，這個人生觀改造的碩大問題，怎麼體現到一幅畫的草圖上來。難呀難！我幾乎忘掉我當時怎麼勾的草圖，又怎麼過了關。大致記得畫了一群人，三三兩兩一堆一堆扒在田野裏刨花生，有社員有學生，怎麼區分呢？社員包頭巾，學生帶頂解放帽或留短頭髮。反正是草圖，也不用畫清楚面部表情。畫個小圓圈就算頭了，大長圓圈算身子了。湊合著畫，我用的紙也小些，細節根本不用畫。別的同學畫什麼也沒什麼印象。

突然間，老師提高了聲調，出問題了，我本能反應告訴我。老師拿著一張草圖幾乎三百六十度的向大家展示，當然什麼也沒看清，聽老師分析說：「這畫的是什麼？一家人圍坐在炕頭，有吃有喝擺了一炕桌，這是幹什麼呀？朱澤西同學你向大夥兒說說。」那位朱同學平日蠻老實，現在更老實，趕忙從炕上爬下，站在當地，一邊看著自己的草圖一邊結結巴巴地解釋：「過年了，一家人好不容易聚在一起做些好吃的，我畫了白麵餃子、油炸果子呀！還有山裏紅、蘋果、花生果，……還畫了一隻燉老母雞、豬肉丸子等等的……」說不下去了。

簡直是精神大彙餐，什麼沒有吃，他就畫什麼，這不是釣饞蟲嘛！我們大家聽著聽著實在憋不住哄堂大笑，心想過年真有那麼多好吃的，敢情好了。可這是畫餅充饑啊！越看越餓。

老師可不笑，也不制止大家笑。我覺得老師還挺仁慈。

老師又說話了：「澤西同學，你畫這些為的什麼呀？要說明什麼意思？」大概他在追究這幅的題旨。朱答不上來，不知所措。冷場了一會兒，他似乎想起來了，只聽他又解釋開了：「社員同志們辛辛苦苦勞動了一年，過年慶豐收，吃得好些，讓孩子們都穿上新棉襖……」最後憋出「都是黨的政策好」這一句感激黨的話來。我真為他高興說出這一串話來，「黨的政策好」五個字最正確不過了，一定能過關。

老師一時也語塞，不知說什麼好開導他，尤其「黨的政策好」把話說絕了，還有什麼好辯駁的呢！這時，葛團支書下了炕站起身，向前跨兩步，挺一挺胸脯表情嚴肅地問老師：「我說兩句好嗎？」老師點點頭表示同意，但沒吭聲。

「這幅畫的問題是嚴重的，剛才經作者一講，我覺得問題更嚴重了。所以，我不得不把問題的嚴重性指出來。站在黨的立場上看問題就心明眼亮，就能透過事物的表面看到本質。聯繫到這幅畫的本質問題就嚴重了（嚴重半天了），它在宣揚『兩畝土地一頭牛，老婆孩子熱炕頭』的資本主義思想，一家人樂呵呵，這不是同我們黨兩條心嗎？不是同我們黨堅持走共同富裕的共產主義理想唱對臺戲嘛！所以我一開始講了，問題嚴重呵！這是資本主義和社會主義兩條道路的鬥爭啊！以前有同學說，兩條道路的鬥爭在哪兒？我咋看不見？現在好了，兩條道路兩種思想兩種世界觀兩種人生觀的鬥爭就在我們身旁發生了，危險啊！問題的嚴重性是明擺著的，還不值得我們清醒啊？警惕啊！」只見他又向老師一點頭，算是說完了。

全場早已在他開講之初就鴉雀無聲了，一直保持到什麼清醒、警惕啊之後。

我真意料不出別人還能說什麼，團支書的話聽起來像社論，無比正確，又不知所云。

老師好半天也沒回過味來，把他原先準備的一席話壓了回去，再說那些就畫論畫的話有何意義？連白開水都不如，反而會映襯出老師的思想覺悟不高，弄不好會惹一身騷呢！

老師不無尷尬地和氣地說：「同學們大家談談，討論討論。」

在這種大唱高調的情境裏，同學們只有沈默的份，還能有什麼別的招？

冷場。有的咳嗽，有的喝洋鐵皮杯子裏的水，更有的起身方便去了。……

還是老師有招，叫澤西同學散會後再想想，調整一下主題思想，多學習一下黨對農村的現行政策，從構圖上也設法修改修改，待下次會上再討論……老師接著說：「這次勾草圖的普遍問題是主題深化不夠，深入思考構圖不夠，總的說是對黨現階級的農村政策精神領會不夠……」好幾個「不夠」搪塞過去了事，誰都明白哪有「夠」的時候，「不夠」是永遠的，「不夠」是最好的詞語。恐怕連那個團支書嘴上也不敢說「夠」，只能說「不夠」，儘管他心裏想說「夠」，諒也不敢說出口。

後來再沒有專門開會討論這幅畫，本來就是勾個草圖嘛，本沒有事何必小題大做呢！再說鬧大了，對老師對同學，尤其對澤西同學都沒有利，還不如大事化小，小事化了拉倒。不過團支部是否為此開會討論過，不得而知了。據我所知，澤西同學當時不是共青團員，我也不是，所以不知道內情。

離告別北水泉大隊只有一個星期了，我心裏不由得興奮起來，要回北京去了，北京是我嚮往的文化古城，我得好好地轉悠轉悠去認識它。可千萬不要在語言行為上表現出來，要是被別人發現了就了不得啦！往輕裏說：說你不安心下鄉勞動，虎頭蛇尾；往重裏說：那可沒有底了，那就夠受了。說你對貧下中農的感情有問題，說你放鬆思想改造，說你對走社會主義道路還是走資本主義道路認識模糊，分不清兩條道路的鬥爭；……任何一頂帽子扣下來，都正正好好，你吃不了只能兜著走，那可慘了，一輩子抬不起頭來。所以我只喜在心頭，仍然埋頭幹活，也不敢多問一句。可就在這當口，又出事了。

一天傍晚，大隊部會議室裏張燈結綵，大紅大綠大黃大藍大紫五色彩紙糊的彩球串兒交叉掛著，牆壁正中央毛主席像兩旁用粉紅色紙花簇擁著，毛主席在花叢裏向大家微笑，長條桌就擺在主席像前頭，鋪上了大紅牡丹花、紫花格子被單，喜氣洋洋，兩盞汽燈照得室內通體透亮，在那個年代裏，最誘人的還是大堆的山裏紅、大堆的炒花生、大堆的蘋果、大盤的黃米棗子糕、油炸果子擺了好幾大盤……滿滿檔檔，長條桌上沒有空地方，對了，還有好幾瓶果子酒和好些粗瓷碗點綴其間，煞是豐盛，要是只看見此場此景，不聯想平日吃什麼喝什麼，保管你以為這大概就是共產主義生活，共產主義今天真的來了。社員，主要是女青年忙，還有我們少數幾個大學生忙。我隨大隊人馬走進去時，真是眼前豁然開朗，簡直不敢相信自己的眼睛，空氣中散發著誘人的果香油香味和焦香味，既濃郁又混雜不清。

老支書和我們的老師坐在毛主席像正下方，大概算是在主席臺就坐。在我們鄉村裏稱主位，反正意思一樣，最重要的席位最重要的人坐。雖說是大會議室，儘量排了凳子，今天來的人特多，沒有找到座位的，就挨牆壁四邊站，擠得真叫水泄不通，亮光光，暖融融，熱烘烘。大隊婦聯主任做司儀站在主席臺旁鼓掌，示意安靜，隨即舒展瞭亮的女高音：「請老支書講話。」老支書不緊不慢站起來，眼光朝四面八方一掃開腔了，先點明了今天是歡送會，歡送大學生們回到毛主席他老人家身邊去，後面緊接著表揚我們的話，什麼和貧下中農打成一片啦，幫助社員秋收啦，生活艱苦樸素啦，幫助五保戶、困難戶、房東做家務啦，掃院擔水報了一大串，概括而言就是與貧下中農同吃同住同勞動，親密無間。話鋒一轉，老支書不忘記把這一切成績都歸功於黨的教育和培養，都歸功於毛主席的英明領導。最最能夠表達大家心願的莫過於老支書帶領在場大眾高呼：「毛主席萬歲萬歲萬萬歲！」歡呼聲剛落，博得全場熱烈掌聲，群情激動，前所未聞。隨後我們的老師致答謝辭，他早有準備，拿出一張十六開大的紙照唸，就遠不如老支書演講那麼有鼓動性，勞動、思想雙豐收少不了向貧下中農學習等語句，最後也是不折不扣的高呼萬歲，這在當時是一種套路。但願句句正確，不會犯錯。老師畢竟閱歷深，見過大世面的，這種場合這樣表態，不長不短，恰到好處。也博得一陣掌聲。老支書轉身向老師鼓掌、握手，並趕緊招呼大家吃、大家喝。其實不等他宣佈，不少坐在離主席位子稍遠一些的青年人已經偷偷送果子進口了，現在一經宣佈，大吃大嚼之勢迅速展開。

那時節人的胃口真是好得不得了，今天的人不可想像那時的人，究竟怎麼了？用風捲殘雲去描述，未免有言過其實之嫌，但用囫圇吞棗形容倒還差不多。

老支書能掌控火候，過了不一會兒，站起來大聲道：「村裏共青團的女娃子們，準備了兩個小節目，也不咋的，助助興啦！」只見東南角裏幾個女青年雄糾糾並肩站在一起，不知誰一聲報幕，《我們走在大路上》熟悉的歌詞撲面而來，接著又是《社員都是向陽花》女聲小合唱，不一會兒變成全場大合唱，男青年也扯開嗓子胡喊，熱鬧嘛，不惹什麼麻煩，農村不像城裏死板，也不像學校那麼教條，大家知根知底，今天來的都是貧下中農，又沒混雜地富反壞分子，不怕。老支書掌著舵呢！老支書笑得眯縫著眼，又加上果子酒多喝了幾杯，禁不住像青年人一樣手舞足蹈了。

我們的老師如坐針氈，左顧右盼，團支書從人群地擠過去，彎下腰用耳朵靠近老師的嘴巴，一會兒，又換過來，用嘴巴貼著老師的耳朵，嘀咕來嘀咕去，臉色又變得越來越不安、緊張。團支書終於重重的點了一下頭，又回到原來的地方，等青年社員的歌聲一落，立馬自我推薦由他來一段「快板書」作回應，抱歉說沒準備，說不好，請老支書、社員們……一大堆原諒咯。竹板也沒帶就臨時抓兩塊小木板做替代。真不知道他說的是什麼，我聽普通話馬馬虎虎，還有點吃力，他又故意帶著冀中土話的腔調，三句聽不懂一句，怎麼也琢磨不透他說的是什麼。最終社員們報以掌聲，但不熱烈，大概也和我差不多，聽不太明白，出於禮貌鼓幾下掌也是應該的。

接下來又是男青年社員的小合唱、男女聲對口唱，最精彩的數老大娘四人合唱，平時根本看不出來，中間還夾著一問三答的對口唱，唱的是今年的五穀豐收糧滿倉牛羊滿圈，唱的是全靠共產黨，唱的是黨的政策好，唱的是毛主席的恩情萬年長。掌聲時時掀起，唱到他們心裏去了，禁不住共鳴喝彩鼓掌，氣氛熱烈，室溫升高，人們臉上發燒、紅潤。

娛樂餘興節目越精彩，我們老師的臉色越難看，神情很慚愧、內疚，我們大學生方面太丟人了，與貧下中農、尤其男女青年一比差距實在太遠了，簡直不像樣子。現在光著急有什麼用，救急才是當務之急。誰能上個節目，頂一陣子，老師心裏急得像熱鍋上螞蟻，人還得坐著，聽著，還得不失時機地鼓掌，呆得像根木頭。突然間，一個微微沙啞的羞澀的男聲傳來：「我來唱一支歌好嗎？」

社員們一瞧是大學生，真人不露相。連說：「好！歡迎！歡迎！」我一聽聲音就知道是他，好驚訝，平時不露一手，關鍵時刻真的救急來了。

老師疑惑的目光盯著他，半晌不出聲。沒有他表示同意，澤西同學是不敢唱的，他的問句是向老師發的。老師一時又拿不定主意，因為我們下鄉以來，從未聽見他獨唱過，集體唱革命歌曲是不少，但混在裏面誰弄得清誰唱得好誰唱得不好，個個是歌手，又個個是南郭處士，扯著嗓子喊就是了，或小聲跟著大夥兒哼，保證不出錯。

「你唱哪首歌？」老師發問了，先調查一下。毛主席教導的好，沒有調查就沒有發言權。「我唱一支陝北民歌，描寫延安革命聖地的大生產運動。」澤西同學自信地回答。

好哇！看不出澤西同學真有兩下子，多好的題材，多好的主題。老師頓時笑容上臉，變緊張為輕鬆，還未發話，團支書搶先面對澤西說：「唱一個吧！代表我們大家謝謝貧下中農。」

澤西同學有勇有膽，還有謀。心想：上次勾草圖弄出個麻煩，老師、同學對我的印象肯定不好，眼看就要回學校，做總結，落個不好的評語真丟人顯眼。他瞅著現今機會來了，頻頻向他招手，他逐漸回憶起少年時代在村子裏看過《小放牛》、《兄妹開荒》等新戲，雖背不出全套戲文、唱腔，但那麼個意思還有印象，陝北民間小調就是那麼個調調，有那麼個韻味，詞兒也不太離譜，大致有點像也就可以了，況且是取樂子，又不是正式登臺演出，怕什麼！

一邊想一邊已被批準表演一個節目。

澤西用左手扶一扶透明邊框眼鏡腳，不自覺地清了清嗓子，心情鬆快地往前擠了兩步，讓大家看得見，朝毛主席他老人家鞠了一個躬，就夾著嗓子唱開了。只聽他女聲一句，男聲兩句；女聲兩句，男聲一句，變換著嗓音進入兄妹倆的角色正陶醉其中樂融融時，老師咳嗽了，團支書盯著老師臉部表情變化而變化……哥呀……妹呀……妹妹喲……哥哥喲，……嗨嗨嗨一疊聲唱詞堆砌著，可嚇壞了老師，急得團支書扯破嗓子喊停，男女社員們早已笑得前仰後翻，你推我搡，不亦樂乎……

歌聲嘎然而止，澤西驚諤的表情，顯然被眼前的一切弄糊塗了，一邊有貧下中農的歡笑聲，一邊有團支書的呵斥聲，究竟發生什麼事啦？先停下來看看再說。

停下來對了。你又犯錯了，澤西同學。

這次犯的是宣揚小資產階級情調的錯誤，情緒不對頭呀！表現形式與上次勾草圖犯的錯不一樣，但思想根子出自一個，都是資產階級不願退出歷史舞臺，從意識形態領域作垂死掙扎的表現，企圖用小資產階級的那一套貨色腐蝕貧下中農、農村幹部，把他們拉下水。明明是無產階級的歌詞曲調，卻被他用軟綿綿、嗲聲嗲氣的調門去唱，變了味，聽起來真像上海灘上妓院裏的淫歌小調。辦不到！貧下中農、無產階級眼睛雪亮！明察秋毫！要他們走回頭路，吃兩遍苦，遭兩茬罪，一千個不答應！一萬個辦不到！走資本主義死路一條！

明為幫助，實為批判，聲浪此起彼伏，時高時低，重重疊疊，連綿不絕。澤西同學的鼓膜被重擊，我是他的同學也不能倖免，被旁敲側擊，時時提醒我們每個人提高警惕，改造思想一天也不能放鬆，不要犯澤西同學同樣的錯誤。

這叫做一人犯錯，眾人同享；一人被殺，眾人陪綁。古時候好像叫做「連坐」什麼的。

下鄉上勞動課，改造思想，參加批評幫助會，這一切的一切究竟是怎麼回事？倒底在追求什麼？我腦子裏混亂得真像一鍋漿糊。

第二部

昔日的朋友們

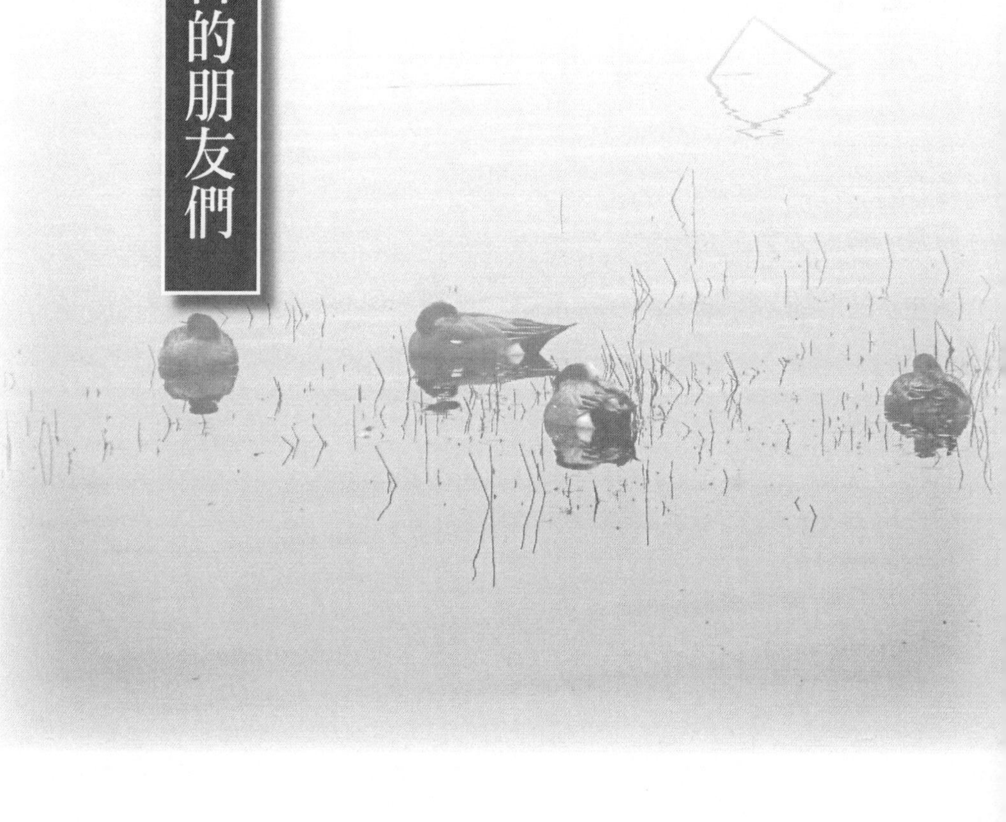

半年之內我第二次扛著鋪蓋捲走進學校大門，已接近元旦，又叫過陽曆新年。把傳統的新年改稱陰曆年，又叫它春節。

學校地處王府井鬧市區，西貼隔壁就是有名的北京東安市場，飯店大師傅炒鍋叮叮噹噹，噹噹叮叮地有節奏的敲打聲不絕於耳，怪有趣的，聞得著飄逸出來的油香味很誘人，可就是吃不起，太貴了，據說一餐飯錢夠我們學生一個月伙食費。我不饞嘴，大概明知沒錢吃不起，也無從饞起。只有那些錢倒有一些，想吃，又怕花了錢，捨不得，處於這種兩難尷尬境地的人才容易惹起饞蟲來，老是在去與不去吃一餐之間猶豫不決，斷絕不了這煩惱。

糧食定量了，饅頭和窩窩頭叫主食，一個月三十斤，合計一天一斤，我把它分成三、四、三兩作一日三餐，即早飯一個饅頭（或一個窩頭）用了二兩，再喝一碗稀粥（白米的或玉米粉的）一兩；中飯兩個饅頭四兩；晚上一個半饅頭（或窩頭）三兩。也有的同學分作二、四、四兩的，三、四兩的，甚至四、四、二兩的，反正就那麼多，變來變去也變不出更多的來，其實完全是習慣使然。吃不飽，肚子餓是事實。食堂裏推廣吃（應當叫喝）一種名叫小球藻的，說可以充饑，我寧願餓也沒敢喝過，稀粥的樣子，一些綠顏色的小顆粒懸浮物混合在水中，這懸浮物名叫小球藻，不知從什麼溶液中培養生長起來的，培養一期約要花一個星期左右時間，好像蠻費事的。我給終不敢喝的真正原因不是肚子不餓，而是看上去太噁心，就像我們鄉村臭水溝裏飄浮的青苔一類的髒水髒物，甚至我懷疑它就是這類東西，城裏人餓慌了，胡折騰，不明其理地風行幾個月，也就銷聲匿跡了。當然更有玄的，打雞血補身子，都是稍有一些錢的人懷抱一隻雄雞，到醫院特設的門診部抽雞血，當場注射進人血管裏的，真不知誰想出來的招，說是打雞血能抵抗肝炎，困難時期肝炎特流行，所以流行起這雞血療法來了，當然沒有什麼注射雞血能治好肝炎的病例報告，一陣風刮得東西南北中，大約只風行了半年，突然中止了。大概既無醫學根據又無治好的實例證明，否則這遍及大江南北的治療秘方怎麼沒流傳到今天，大加推廣呢！民間如此瘋狂，政府熟視無睹，還是暗中鼓勵？不清楚。

說遠了，再說吃不飽的事。我班上有個同學諢名叫「旦」的寒假從陝西老家回來，帶回一些黃金屑，拿到金店去估價，值六元，相當學校半個月的伙食費。於是他約了一位同學上館子去解饞，點了紅燒獅子頭、魚香肉絲等幾個京菜，二瓶啤酒，正要下筷，忽然看見學院黨委胡書記陪了幾個看上去肥頭大耳的人就坐在斜對面的桌子旁，喝得正濃，臉色紅漲得像豬肝，紅眼珠直勾勾的盯著他，嚇得那兩位仁兄趕緊低頭，狼吞虎嚥，直至將菜餚打掃一空，也不敢罔顧四周一眼。匆匆回到宿舍告訴剛才驚險的一幕，起先我們也為他捏一把汗，他最擔心這位書記會不會查他一番，哪來的錢上館子？在這困難時期膽敢大吃大喝。不過我們仔細一琢磨，反過來為他解圍：第一，照你說他已喝得醉眼朦朧，不一定看清楚你是誰，你又和他不熟，即使他懷疑是他的學生，但也吃不准，又不知道你的名字；第二，他也不好去查，他自己在館子裏大吃大喝，一查不也就暴露了他自己麼，和他平常號召我們艱苦樸素，勒緊褲腰帶的豪言壯語，背道而馳！甚至有同學壯旦同學的膽說，很可能胡書記正害怕你揭發他說一套，做一套，人前一套背後又一套的兩面作風呢？我們都鼓勵他給他打氣，說你不用怕，如果書記真要找你麻煩，我們大家幫你，你反倒可以理直氣壯地揭發他。我們這位旦同學頓時笑容可掬了，大聲喊道：「有理啊有理！我一時怎麼這麼糊塗？我是學生，即使犯錯，教育教育算了。你是書記，言行不一，該當何罪！」反倒責問、呵斥起書記來了。好像書記現時就站在他面前，真的面對面對質辯駁，引得我們大家拍手大笑。旦這才清醒過來，也不好意思地隨大夥兒起哄發笑了。

不知是誰問旦同學：「嘿！你這小子從哪兒弄來大把錢上館子擺闊氣了？」有人代他回答：「你不知道，我告訴你，他這次回家弄了些金子回來。」大家一聽，吃驚不小，「什麼？弄來黃金，發大財了？」「你得請我們大家客，我們都仗義幫你，你得酬謝我們呢！」七嘴八舌把旦弄昏了頭。兩隻手掩住雙耳，大喊道：「靜一靜，靜一靜，聽我說！」

「各位同學不要搞錯了，我本沒有錢。說出來不怕你們笑話。不過，你們聽好了，不准外傳，到此為止，更不准記錄。餓急了，我從家裏回來時，順便弄了一片碎金。東西少，又怕丟。上禮拜天我去西單一家金店問個價。那個夥計裝得不屑一顧的神氣，反倒盯著我問，『從哪裏弄來的？』叫我怪不好意思的，我問值多少錢？『不值錢。』『多少？你總得說個價吧。』『六元。』我心想，你說不值錢，還六元呢？夠我半個月伙食費了。我說六元就六元唄！那夥計還咬住問我從哪裏來的？我說這你還管？不是偷來的搶來的，是我爸的，他早年補的那顆牙掉下來的，放在櫃子裏，我拿了，怎麼啦？夥計不等我說完，就笑著說：『得了得了，這六塊錢，你拿著拿著！』」

聽著聽著，同學們早已樂開了花，用他父親補牙掉下的金片換來的這個錢，即使你要請客，咱也嚥不下去啊！說著，各自上床，熄燈睡覺。

◎湯玉琪

迎來又一個新學期不久，一天下午黑板上豎寫一串字通知今晚全班開會，什麼內容沒有說，不過看人們來去匆匆，個別人還咬耳朵與平日氣氛不太一樣，頗有些緊張的味道，總沒有什麼好事。我那時兩耳不聞身旁事，一心唯讀專業書。

開會了，由共青團葛支書主持，他一開始說什麼話我沒有聽懂，大意是今年寒假裏發生過一些不好的事，經濟困難時期更要抓緊思想教育改造等等套話，所以我也不怎麼注意聽。後來聽他聲調提高，口氣強硬，便聽到他說：「現在由湯玉琪向大家作檢查。」我簡直不敢相信自己的耳朵，叫湯同學檢查什麼？

大概會前不少人已知道內幕，所以沒有大吃一驚的氣氛，而把目光一齊射向湯同學。湯玉琪面孔漲得通紅，從座位上僵直站起來，手裏拿著幾張練習紙，走向講臺，站在講桌旁轉過身，向大家一鞠躬，就唸開了。犯錯的過程大致是這樣的，湯交待：我家住大西北天水，大家知道那邊特別苦，尤其冬天可吃的東西更少，我媽年輕時就守寡，帶大我和我姐兩人不容易，現在她一個人過，更慘。放寒假的時候，我從自由市場用平日節省下的糧票換了幾斤雞蛋，還用錢從黑市賣了兩斤高價雞蛋，一共大概五、六斤吧！趁放寒假的機會把雞蛋帶回去給我媽吃，補補身子。那曉得我在火車上就聽說我們那邊的黑市更倡狂，雞蛋價格是這裏黑市價的三倍，我心裏動了一下。等我下了火車出了站，就有人蹇過來，問我：「有什麼吃的可賣？」我沒吭聲，那人又追著問：「有沒有雞蛋？」

「你出啥價？」那人說了個價，我嚇了一跳，比車上聽來的還多，將近四倍。我盤算一下，勻出一半，可掙不少錢，留三斤給我媽吃，賣出三斤，得的錢給我媽日常零用。主意已定，隨那個人到僻靜處——一間公共廁所破磚牆背後我交了雞蛋，收了錢匆匆離開。

湯同學將事實說到這兒，禁不住流著眼淚開始譴責他自己犯的錯誤太大太嚴重了，影響太壞太壞了。分析他自個兒犯了多種錯誤，第一，不該用無價的糧票換雞蛋，違反了政府的規定；第二，到黑市買雞蛋，助長了黑市交易，擾亂了國家市場；第三，到了老家又進行投機倒把賺黑錢，等於從北京把雞蛋販賣到大西北，這不是給咱偉大祖國的心臟抹黑了嗎？第四，我是一個大學生，未來的國家幹部，這樣墮落下去，後果不堪設想；第五，我自私自利黑了心，一心只想著我媽怎麼怎麼，心裏沒有裝著千千萬萬勞苦大眾都在困難面前挺直脖子，戰天鬥地，艱苦奮鬥建設社會主義共產主義；也沒想著全世界還有多多少少被壓迫被剝削的勞苦大眾生活在水深火熱之中。總之（作總結了）一句話，我放鬆了思想改造，讓資產階級思想鑽了空子，害得我走到了黨和人民的對立面，危險萬分！我感謝黨感謝人民感謝團支部感謝老師同學們挽救我，團支部書記多次找我談心，挖思想，找根源，提高認識，小會幫助我從兩條道路鬥爭的高度上認識我犯錯誤的嚴重性和危險性，把我從危險的深淵挽救過來，把我從泥坑裏挖出來，給了我自新的機會，重新做人。最後大呼：「毛主席萬歲萬歲萬萬歲！」湯同學時而痛哭流淚，時而泣不成聲，真心實意、淋漓盡致地痛罵自己一頓，結束了這份深刻的檢查。

不過在湯同學檢查之後的好些人幫助發言中，有評論說還不夠深刻的，有說講過程多，思想根源挖得不深的，有說這是初步的檢查初步的認識，以後還要繼續加強思想改造，唱什麼樣高調的都有，就是沒有人像我想的那樣說，也許他們心裏跟我想的差不多，嘴裏說得嚴重些，害怕別人說自己思想有問題。有人說這叫「左傾」，社會上一般的論調認為「左傾」比「右傾」好，「左傾」革命，「右傾」落後，接近反革命的邊緣，所以刮了幾十年「左傾」的寧左勿右歪風，苦不堪言。還有不少人未發言，也不知怎麼想的，平心而論，湯既沒有搶也沒有偷，為他媽省吃儉用從北京買幾斤雞蛋帶回大西北，這是難得的孝子行為，表揚還來不及呢！有幾人能做到他那樣？麻煩似乎只出在轉手高價出售賺錢這一節上。

葛支書總結的時候說，今天是第一次會，以後還得開，要湯同學下去以後，抓緊政治學習，樹立革命大目標，痛改前非，下決心改造資產階級思想，爭取改造成為新人。湯只有點頭、拼命做筆記的份兒，一聲不吭，大氣不喘。

批判從嚴，處理慎重。後來湯同學的確又被開過幾次小會，就是從嚴批判過，被多次嚇唬過。卻沒有被學校警告、記過、留校察看和直至開除學籍中任何一個等級的處分，只獲得共青團內警告處分，那是什麼都不算的，做做樣子而已。

這不都是三年天災惹出來的禍麼！沒災害肚皮不餓，不鬧事就不會發生這些小故事了。當然，話也不能全那麼說，總有例外。

湯同學發生這樣的事，真是很不幸，我很同情他，我弄不懂他是自己向組織交待的，還是別人揭發的？自己交待，不太像，也鬧不到全班開會的程度；如果別人揭發，又是誰能知道這些遠在西北的細節呢？唯一有可能是他自己向好朋友訴說的，這位好朋友卻義無反顧地出賣了他，或者用當時的行話，叫做以革命的名義幫助了他，總不能看著他在資產階級泥坑裏越陷越深，不能自拔，於是決定向團組織告發他挽救他。這人究竟是誰？我至今不知，也沒敢當面詢問過湯，依然是個謎。

◎溥玉柱

一

溥玉柱是我的同班好朋友，一個星期六下午，我倆都在宿舍，他問我：「十力，明天到哪裏去？」

「哪兒也不去，到圖書館看書。」我答。

「出去走走怎麼樣？」

「上哪？」

「去我家。」

「上你家？在哪？」

「不遠，明天午前我來接你，還有唐寶石一起去。」

他家在北京，週六晚回家，週日晚上回來睡覺，平日和我們住集體宿舍。

「好啊！」

「一準兒。我媽說包餃子吃。」我一聽吃餃子，又說了一聲：「好啊！」

傍晚見到唐寶石，我問明天去玉柱家，帶點什麼？寶石的腦子就是靈，只一晃頭就順口說出來：「蜜餞。」

「北京特產，甜甜的。大媽一定愛吃。」我附和著說。

鼓樓西邊不遠的大石橋胡同裏有個大而不太雜亂的四合院，灰磚黑瓦、東西南北四向平房面對面蹲在那兒，玉柱的家就在院子的前部。院子裏公用的兩個水籠頭並行排著，畢竟使喚它們的人家多，所以總在不住地流水，咋一瞧，跟農村裏井臺差不離兒，人來人往，打個招呼說個話，蠻有人氣，情調也不錯。靠著他家窗前有棵棗樹，還未發芽，千百雙蟹爪似的枝杈指向灰白色的天空，紋絲不動。

我們進屋，玉柱掀起藍印花布門簾喊：「媽，我們回來啦！」

我和寶石趕緊上前一步喊道：「大媽，您好！」

「大媽，打擾您老人家來了。」

「喲，我跟柱子說了好幾回了，叫你們來家坐坐。」

「我們不就來了嗎！大媽。」

大媽正坐在炕上忙著呢！說著她準備下炕來迎我們，這禮數咱可受不了，她是長輩，我趕上一步把她按住，趁勢就往炕沿上坐下。大媽可高興了，說就像到自個兒家裏，不用客氣，寶石遞上蜜餞禮盒說：「大媽，沒什麼好孝敬您老人家。」

「不用買什麼，來家坐坐就好。柱子真不懂事。」玉柱連忙委曲地申辯：「我不知道，他們又沒告訴我。」

「大媽，沒什麼好買！」

還是玉柱性格直爽可愛，他幫我們勸她媽：「媽，雖說蜜餞是北京特產，可咱家好多年沒捨得買，都快忘掉啥味兒了。來，媽先嘗個蜜棗。」說著把一顆蜜棗塞進大媽的嘴裏了。

正說著，通向裏屋的花布門簾掀起來了，玉柱的大姐帶著一個估摸五、六歲的小男孩走出來，跟我們打招呼，小男孩長得虎頭虎腦的，都說像舅舅柱子。姥姥抓一顆杏脯給他吃，教他謝謝寶石和我，說也叫聲舅舅吧！反倒讓我倆覺得怪不好意思的，空手撿了個外甥。玉柱的大姐大圓臉盤，落落大方，挨著大媽坐下，擀餃子皮，大媽和餡，油瓶、醬油瓶、鹽缸一字兒排開，「真不好意思，買了半斤肉餡，還說要肥些，拌在白菜末裏找都找不著影子了，真像全素齋一樣子。」大媽一邊絞拌一邊訴說。

「素的好吃，我們吃習慣了。」

「你們正在長身子，盡吃素怎麼行呢？你們又不是廟裏的和尚、尼姑。」

「我們跟和尚也差不多了，先在廟門外練習練習。」

說笑歸說笑。我心裏想，不，其實人人心裏都清楚，這半斤肉，是一個人一個月的定量，這一頓餃子就吃完了。再說每人的糧食定量，學生每月三十斤算高的，北京市民可慘了，一人每天不足一斤，七兩、八兩的都有，以菜代糧度日，日子過得可艱難吶。但我看大媽，真心實意的為我們包餃子，她的笑發自內心，只因為我們是柱子的好朋友，家又遠離京城千裏之外，所以待我們像她的大兒子一樣實在。

大媽識不多幾個字，典型的北方農村樸實的婦女，她隨丈夫從河北水鄉白洋淀遷到北京，就住在這院落裏，生兒育女，玉柱上肩有大姐、二姐，連著兩個女兒，接著來了個男孩，寶貝的程度不難想像，所以叫玉柱，拴柱他的意思，不讓他跑了，溥家的長男呀！三年後柱子有了一個小弟弟，全家的歡喜真不能用語言形容。溥伯伯在貿易學院做大廚師傅，工資雖然不多，全靠大媽操持，節衣縮日，全家人和和美美過日子。孩子們又都懂事，懂得父母的艱辛，特別孝順，做父母的還需求什麼呢？只要有這份孝心就足夠了。玉柱的大姐二姐都已工作，大姐在一家國營商店做售貨員，二姐在爸的學校找了一個差事，都能幫家裏一把。小弟上初中，學習知努力。

二

玉柱脾氣耿直，性格開朗，保留著北方農村青年的淳樸作風，中上等個子，圓頭圓腦，大大的雙眼，兩個大酒窩，笑起來很可愛，真是個美男子。

他做我們學校學生會文娛體育委員，組織球賽、拔河比賽，勁頭實足，三年天災困難時期，上級號召組織週末舞會以抒解因肚子吃不飽而生出的疑惑、洩忿等情緒，當然話不能這樣直說，當時叫做豐富文娛活動，比較婉轉又動聽。玉柱十分賣力，幾乎週週組織小活動，雙週搞大舞會大活動，似乎有使不完的勁。他畫速寫特別傳神，潦潦幾筆，剛柔相擠的線條，把個人像活脫脫地跳出來了。他有很好的繪畫基礎，他是從藝術學院附中升上來的。在我看來，他見識寬廣，人緣又好，真有海闊憑魚躍，天空任鳥飛的大好前景。

人的命運太順了，是不是也不怎麼好？我不知道答案。

有一次他倒楣了，來得那麼突然、迅疾。

學期中間，去郊區草橋校辦農場勞動兩週，我們全班住兩間大屋，一律地鋪，水泥地上鋪一層乾草作墊子。你想想我們都是青年人，那麼多人一起睡，該有多熱鬧、愜意。白天大田活兒不重，吃得比在學校食堂又好，早飯有牛奶喝，雖未經消毒處理，我們腸胃功能強著呢！本身就有消毒劑，就是暢達的流水線。喝牛奶不限量，剛剛從乳牛乳房裏擠出來，盛在一個金屬大敞口圓桶裏，用大勺子盛，你可想這氣勢，大有武松在景陽崗喝上三大海碗不過崗的勁頭。糧食定量增加了，每人每天一斤半，肉食，主要是豬肉也增加了，總之不是一個月半斤了，一星期總也要超過半斤。想想這日子在當時是什麼味道，離神仙也差不遠了。白天幹活，晚上讀半小時報紙學習時事，很早熄燈睡覺。到了第一個週末，不知誰出的點子，娛樂娛樂，當然輪到玉柱了，他說好啊！大家出節目，唱歌跳舞都行，獨唱獨舞，合唱集體舞也歡迎！

剛才我說過了，好不容易吃得飽又吃得好，好不容易不用腦只需賣力氣，活兒又不重，個個體力大增，能量無處發洩。

這個星期六夜晚過得真痛快，幾乎人人唱歌，也幾乎沒有人沒跳過舞，最不愛熱鬧的也混在合唱中叫喊幾聲，雜在集體舞中伸胳膊翹腿的，怪聲怪氣怪動作，大受歡迎，引得陣陣哄堂大笑，聲震屋宇。

室內氣氛越來越高漲，我們的情緒進入了高潮。

玉柱宣佈他跳一個舞，叫「快樂的囉嗦」，好像是雲南西雙版納地區納西族的舞蹈，當時很時髦。

哪去找少數民族的頭巾、服飾？就地取材，用上衣袖子往腰裏一紮，光著腳板子，頭戴一頂破草帽。玉柱登場了，隨著全班同學為之擊掌的節拍，齊聲高唱：‖ 55 3 | 55 3 | 3553 21 | 3 — ‖ 1332 12 | 6 — | 6216 11 | 6 — | ……反復唱，越唱節拍越快，玉柱追著節拍在同學們圍成的圈子裏手足並用，隨心所欲的飛舞著，擾動了空氣，擾動了人心，他招呼我們：「大家來呀！手拉手！」加入一兩人，三四人，越來越多，幾乎全班人都捲進這漩渦裏了……玉柱從牆角抓到一雙破草鞋，還粘著泥土，他滿不在乎，用雙手扶著掛在兩邊耳朵上做大耳垂，引來高潮疊起，叫喊聲、歡呼聲、大笑聲直沖雲霄，伴隨著筷子敲打洋鐵皮杯和碗的尖聲，歡樂、瘋狂、瘋狂再瘋狂。最

後，轉圈實在轉得太多太快太累，轉不動了轉暈了，像多米諾骨牌似的一骨碌統統跌倒在地，喘著粗氣，伸臂躺腳，偃旗息鼓……人人歡樂，人人參與，人人滿足，一個永遠難忘的快樂的週末。

勞動結束，回到學校後的第二個星期，玉柱的笑容不見了，坐在課桌旁沉思，好像換了個人。

「怎麼啦？柱子。」

「沒什麼。」

「身體不舒服？」

「沒有。」

他臉上掠過一絲無奈的歉意。

答案出來了。

名為總結下鄉勞動收穫的通知寫在黑板左邊木框旁。我已有些經驗了，什麼總結、小結、思想彙報等等都內含不祥的預兆，總得替換著有人當靶子。

這次靶子輪到玉柱。現時玉柱的沉思，正在打腹稿，計劃怎麼在團組織（他是共青團員）、全班同學面前檢查，怎麼上綱上線，想方設法怎麼跟資產階級思想掛上鈎，聯繫實際——也就是跳「快樂的囉嗦」舞那天的事，狠挖靈魂深處的壞思想，總之，要在眾人在無形的組織面前臭罵自己一通，越厲害越深刻越容易過關，把人格踩進泥土裏去，糞堆裏去，就越容易得到組織的寬恕，大多數同學倒不一定這般要求，但這組織是根本的致命的東西，玉柱心裏明白。玉柱不傻，他不是楞頭青，他知道鬥不過會繞個彎走路的人。何況我們跟他一起玩得那麼痛快的情景，清晰分明，就那麼容易忘恩負義，當叛徒？跟他為難的不是別人，還是那個靠整人起家取得上級領導信任重用的葛支書。除了他之外，還能有誰願意幹這種勾當？

群眾不被煽動，所以那天批判會開得半死不活，大家懶散得很，玉柱心裏明白。葛支書也沒有神通，也不敢再開第二次批判會，草草收場，換句話說，沒法把玉柱在群眾中搞臭，但組織處理倒蠻嚴厲，把他全校學生會文體委員的職撤掉，和我們一樣過平民百姓的生活。

這反而使玉柱得益多了，他在校排球隊打球的時間多了，和我們在宿舍裏聊天聊藝術觀點的機會多了，但很明顯，他接觸人的面有選擇性地縮小了。他仍是週六傍晚或下午沒有活動就提早回家去了。不見他週日晚間回集體宿舍來睡覺，但星期一早晨第一節課之前他總已坐在課桌旁，安靜地等待老師來上課。

他有意在改變他的外在行為方式，看起來循規蹈矩，不做任何出格的事，其實他內在的性格依然如故。看來人生來的性格性情很難用外力干預、壓迫和制止等等辦法改變的。

在我腦海中一個疑問愈來愈加深，生在這個叫做新社會裏的新人，為什麼有資產階級思想呢？怎麼又那麼根深蒂固，不易改變？為什麼要不停地進行思想改造？多少人在最近十多年裏被接連不斷的各種運動整肅，弄到人亡家破、妻離子散的地步而思想依舊？而每次運動劃出百分之五這一小撮社會敵對分子，倘把每次的百分之五加起來可是一個相當可怕的數字呵！再者，每個人的社會關係（指近親、遠親血緣關係像古時的連坐法）裏幾乎沒有乾淨的了，總有社會敵對分子是你的祖輩、父母、兄弟姐妹，或姨表、姑表親、外祖父母家，再不就是好朋友裏有敵對分子，這社會裏的人不是敵對分子，就是敵對分子的親屬朋友，這是什麼樣的社會結構？人人可以被懷疑，人人自危；又人人可以懷疑別人，變為奸詐之小人。所以，背信棄義，相互攻訐，成了社會的風氣和時尚。城市的街頭巷尾到處掛著深綠色的小木盒，橫書白油漆三個字「檢舉箱」，異常醒目。政府鼓勵告密、陰損，與武則天曌皇帝時代做法毫無二致。還有一種遠距離的告密法，叫「檢舉信」。比如一個居住在南京的人，可以被一封不知從哪個角落寄出的檢舉信誣告，真是禍從天降，被檢舉人就被警察、人事部門、單位的領導階層審查、停職……直至把你搞得臭不可聞打倒在地。當然也有不少例外，忽然有一天作出結論：「事出有因，查無實據。」也就不了了之，整你是應該的，整錯了也不賠償名譽的精神的連累的各種損失，算你倒楣。當然也有的鋃鐺進了大獄，一蹲就是幾年，十幾年，出獄時成了廢人。更有甚者，吃槍子做了冤鬼。

所有這些都是為了你的思想服不服從現社會這一點惹的禍，馴服與不服，是分水嶺。馴服，做順民，有工作有飯吃，吃好飯，甚至做官、升官發財；不服，有你受的，從穿小鞋、誣諂、丟飯碗下崗失業，直至讓你丟了小命、老命等招式不一。至於該不該服從，沒有人研究，即使研究出了成果，成果又如何發表、何處發表也都是難題；當局者所說的就是法律，容不得別人怎麼想怎麼說，這是什麼樣的社會呢？有人振振有辭地辯稱為無產階級專政的社會，稍後又演變為什麼什麼特色的社會主義，還詭言那是社會發展所必經階段之特色等等等等。

三

玉柱的興趣轉變了，郊遊是個好主意。文化古城本來可去的地方真多，城廓裏的紫金城、孔廟、國子監、雍和宮、法源寺、白雲觀、定慧寺等一大串好去處，一個週末去一個地方，已夠你跑的。其實，城外僻野的山坳裏訪古尋幽味道更濃，紅螺寺、碧雲寺、戒台寺、潭柘寺、雲居寺，即使不遠的石景山法海寺也夠吸引人了。他隨身帶著速寫本，小小山村、蹲在村口的老農、玩耍的光屁股兒童、一尊佛一尊菩薩像都收入他的形象記憶——速寫本裏。玉柱興趣廣泛，正做著厚積薄發的功夫，不過這時的他並不那樣的有意識，只是覺得新奇、好玩而興致益發濃烈而已。

一個星期天的中午，玉柱和一個女孩突然來到我們宿舍，要拿什麼東西帶回家。他向我和寶石解釋，並指著那女孩向我們介紹：「趙紅芳，我的表妹。」紅紅的大臉蛋，像玉柱，也是濃眉大眼，眼珠滴溜溜轉，向我們一笑，微微點頭。我們各自報了家門，算是認識了。後來，我們發現表妹是托詞，玉柱戀愛了。親戚關係也許是有一點，但不定是親表妹。幾乎一週隔一週的週六到學校來接玉柱出去。她是小學老師，就住在離學校很近的燈市東口，借住在親戚家，不在父母身邊，所以有更多機會與玉柱在一起了。

玉柱就是柱子，多可愛多鄉土味濃濃的名字，她喜歡這樣稱呼他柱子。柱子和趙紅芳深深的愛著，經歷著熱戀、灼熱炙炙，柱子畢業之後，他們結婚了，生了一個男孩。小男孩是溥家長孫，格外招人愛。

新的革命運動、更大規模更加深刻而被稱之為史無前例的「文化大革命」開始了。炮打資產階級司令部，打倒資產階級反動學術權威，一次又一次粉碎資產階級復辟陰謀……鬥爭高潮一個接一個，總之，資產階級的政治代表人物、學術權威和陰謀家在一九六六年企圖推翻無產階級專政，取而代之。資產階級太瘋狂了，無產階級總不能坐以待斃，豈能讓政權得而復失？拱手讓給階級敵人嗎？所以劉少奇與毛澤東演出真刀真槍的對壘，劉少奇表面上不堪一擊，身敗名裂，直至形體被消滅，毛澤東多次登上天安門城樓歡慶無產階級的偉大勝利，曾幾何時，毛澤東身後變成了最大的輸家。劉少奇恢復了生前擁有的所有名譽。毛卻躺在水晶棺材裏木呆呆地像被軟禁著，眼睜睜地看著一齣又一齣正劇鬧劇連續上演，在五星紅旗下鐮刀斧頭標誌的黨怎麼沿著有特色的社會主義前進，把與資本主義世界接上軌定為十三億人口大國的奮鬥目標口號。這是後話。

杜子走上出版社工作還不到一年，在新的環境裏熱血沸騰，他固有的熱情、耿直和豪爽精神正是毛初期文化大革命運動所需要的，他被這股強勁的旋風裹脅住，隨風起舞，不得脫身。單位裏有的是老奸巨滑的政治運動油子，有的是甘願賣身投靠靈魂齷齪的魔鬼，有的是不論事非曲直、利慾薰心，甘受鬼蜮驅使的愚盲，……杜子年輕，閱歷不深，隻身踏入地雷陣，陷阱密密麻麻，鬼魅正等待著暗算他，有一天杜子突然被抓走了！誰抓的？關在哪裏？他的妻子不知道，他的父母不知道，他的親近朋友也不知道。這是一個瘋狂的人人朝不保夕的動蕩年代，這正是革命處於高潮時期的特色。紅色革命風暴席捲全中國！

幾天後，她的妻子趙紅芳在自家門口地上發現一張字條，以造反派名義命令她把杜子用的牙刷牙膏毛巾和少許換洗內衣送到他工作的單位去。事情見到了一點眉目，原來是杜子單位的造反派綁架他，或是與杜子單位有關的造反派抓了杜子，現在我們只能這麼推斷。趙紅芳請了假，當天就把命令中的用品，還買了一包餅乾一起送到杜子的工作單位，趙沒有見到她的杜子。趙問杜子被關在哪裏？沒有回答。反被罵為「反革命家屬」，並轟她走。趙第一次聽說杜子成了現行反革命分子，從革命隊伍中的一員銳變成革命的對象、革命的敵人。人的命運何其如此乖戾囂張！革命與反革命只是一字之差，一線之隔，而且往往身不由己地被迫戴上這頂可怕的十惡不赦的反革命黑帽子。

趙捱過幾天，又去出版社打探，一點消息也不走漏給她，也許被她問的人真確不知道，因為關於反革命分子的資訊屬絕密的。又過了幾天，她去找柱子在出版社的同輩好友，他們個個都說不知道，他們自己也都很著急，著急之外還多了一層緊張，像地下工作者那樣，隨時怕自己也被抓走而東躲西藏，所以那時節人們的行為、言語都有些詭秘和異樣。趙覺得真是白費功夫。忽然一天又被通知送肥皂送外衣送鞋襪，趙照做不誤。還捎回一句柱子口訊：「我很好，請放心。」趙信以為真，緊繃的神經稍微放鬆一點，她還要回去安慰柱子的父母雙親，又免不了編些謊言讓二老放懷。

兩個月過去了，其實趙覺得度日如年，在熱盼煎熬中的人都是如此感覺，人心相近嘛。她明白捎回來的那句話是假話，柱子為了安撫她的心而說了謊，或者柱子根本就沒有說過什麼。

形勢急轉直下：

溥玉柱死了！

溥玉柱上吊死了！

溥玉柱吊在崇文門外一間破爛不堪的煤棧裏！

溥玉柱畏罪自殺！自絕於人民！自絕於黨！

打倒現行反革命分子溥玉柱！

溥玉柱死了，不准開追悼會，追思會！

溥玉柱的單位立馬召開批判、聲討他現行反革命罪行大會！

玉柱的靈魂在人群激憤地批判、聲討他現行反革命罪行大會的上空盤旋、遨遊！

聲討大會口號聲陣陣，批判辭彙用到最最最，發言者個個義憤填膺、捶胸頓足、呲牙裂嘴、唾沫四濺！

這齣戲接連唱了近兩個小時，統統是陳詞濫調，字字虛假，句句重覆，色厲內荏！

玉柱的靈魂在劇痛中回憶並思考：

我終於回到屬於我先前的住處，記得二十八年前的我就從這裏降生下界，兵荒馬亂的地球東方，有個倭寇國度的人侵佔了也是黃皮膚人的泱泱大國，據說這泱泱大國敗仗連連，熬過了漫長的八年時間，才把侵略者趕回到原居住島上去了。泱泱大國仍保有君子大國的風度，對戰敗國不願也許是不敢提出分文戰爭賠償，反而笑臉相待，連連叩頭如搗蒜：「不要賠了！不要賠了！我們是一衣帶水的友好鄰邦！」

這是我聽住在那塊土地上有權有勢的人說的，我從不懷疑那種傳說，因為後來我也沒有聽說過有賠款進入泱泱大國的國庫的消息，報紙、電臺、電視臺種種媒體也未見報導過一字一句，貸款給泱泱大國的報導卻年年都有，連篇累牘。

我的軀體怎麼被掛在煤棧裏了？誰將我運進了北京城？誰對崇文門這一帶怎麼熟悉？想出這一招的？移動我的肉屍並作出偽裝的？唉！在這大革命年代裏，他們一手遮天，什麼都由他們說了算，容不得他人一星半點兒疑問，我知道，正直的人沒辦法，黑夜和白天顛倒的年代，善良的人們不明白真相，那讓我告訴你們，請拿張紙記下來，待數十年後的人們研究去，再復原事實真相也不遲。

四

我被非法綁架的第三天夜裏，就被用黑布蒙住眼，裝進一輛三輪小貨車轉移到了蘆溝橋西邊的一個廢舊倉庫裏。這是我後來才知道的，當時的方向感覺是貨車從城區往西開，開了近一個小時平坦的柏油馬路，後來路徑曲曲彎彎、跌跌撞撞的，車速本來不快，還是慢下來了，因為路面有問題，高高低低，坑坑窪窪的，車子顛簸得厲害，時不時我的頭會碰到車棚頂，我的手又不能扶，被綁住的，被震動得東倒西歪。被押我的人推搡，斥責我坐好。後來乾脆把我拖下長條板凳，席地而坐，也就穩多了。押我的三個人中，兩個人不是我單位的，我不認識，另一個人聽說話腔調和聲音我認識，同一單位裏的，知道他名字，不說算了，說他名字沒意思，他幹人事工作的。沒搞大革命之前，大院裏見面總是打招呼的嘛，當然，現在我成了現行反革命分子，他是最革命的分子，他不認識我，我還能認他麼？把我押到了目的地後，他跟車先離開回城去了。

他們撕下黑布條，我朦朦朧朧估摸這是一個經久不用的舊倉庫，不算小，住十來個人沒有問題，地上鋪了不少乾草，他們叫我蹲在離門遠些的牆旮旯裏，吆喝我：「你就住這兒！」

「嗯。」我答應著就往乾草上一屁股坐下來，實在太累了。

一會兒兩個人進門來對押送我的人說：「你們休息去吧，把他交給我們。」

新來的那兩個人以前好像見過面，但記不清是誰。

他們坐在對牆那邊，提高聲音向我發動了黨對反黨分子反革命分子階級敵人的政策攻心戰，並說明把我轉移到這荒山野嶺來的目的是讓我安下心來想問題徹底交待清楚，不抱任何幻想，爭取黨和人民寬大處理，又說我剛從學校畢業，年紀輕輕，出身也不錯，前途遠大的呢！

我被看管著，他們日夜輪班看守我，專門有兩個人審訊我，逼我交待反革命罪行。一天二十四時就圈在這舊倉庫裏，就在這西北牆旮旯裏的鋪草上。上廁所當然有人跟著，提防我逃跑，其實是多餘的，我往哪兒跑？

我知道我沒有罪，我跑什麼，不跑。交待罪行，我交待不出來，不是有罪行想隱瞞而不交待，因為沒有犯法犯罪，所以在我內心裏真是坦蕩得很。我不能胡編亂造，投他們所好，要什麼就編造什麼交待出來，不是害人又害己嘛，這種沒良心的事咱不幹。聽他們訓話中提示，我知道了他們需要我交待什麼，那就是我在美術口工作的三兩個月時間裏有沒有參與議論、傳佈和整理炮打中央首長黑材料的事，具體指誰？指毛主席的妻子江青，江青在三十年代上海的臭事我不知道。美術口工作的幾人也都是年輕人，也不可能知道，要有，也是聽人說說而已。後來經他們提示我才知道在美術口工作過的人分別被不同組織的人抓走，誓死保衛江青同志的極左革命派企圖從我們身上挖出什麼來向江青邀功用的。可我當時不十分明白。我還真的在腦海中翻江倒海，搜索可能在什麼場合、可能向誰說過不該說的話，聽過不該聽的話，有過不該想的念頭……沒有，真的沒有！江青是毛夫人是旗手，是手持尚方寶劍的人，是代表著黨中央無產階級革命路線、無產階級司令部的人！我沒有依據怎能無端懷疑人，更加說不上整理江青的黑材料！我心裏很踏實，沒有就是沒有，沒有什麼可以交待的。

現時我估計美術口工作人員中被逼胡亂交待了什麼，牽涉到我了，也許根本是訛詐。有一天夜裏（他們經常搞夜戰）他們缺乏耐心，升級了，威脅我說：「你們一夥人裏有人開口交待了，配合得很好，你陷得很深，所以這些天來，黨的政策你聽不進，我們苦口婆心地勸導你也沒用。好！限你三天三夜，竹筒倒豆子，痛痛快快把你所有的問題交待清楚，否則，一切嚴重後果由你自負。」

我不編造，說實話，就沒有什麼交待，滿足不了他們的欲望。如果我編造的話……前思後想不能這樣幹。思想鬥爭既反復又激烈，在正義與邪惡之間搖擺不定，時而正壓邪，時而邪壓正。痛苦啊！痛苦！我沒心思吃、睡，他們看我這樣，說很好，你現在思想裏有矛盾有鬥爭，叫我趕快站到毛主席革命路線上來徹底交待問題，又是什麼竹筒倒豆子，他們準備著豐收豆子。在我看來，這不是邪惡戰勝正義嗎？讓我說瞎話，背離我的良心麼！不！我不能滿足你們的惡念。期限之內，他們的確為我費了不少心機，口唸毛主席語錄當符咒，背黨的政策作誘餌，看到他們舌燥口渴，也真累，我反倒生出幾分同情心和憐憫他們。但當我斬釘截鐵地告訴他們我沒有什麼可交待的時刻，他們的臉變了形，扭曲得厲害。一下子收起假裝的慈善面具，法西斯的手段頃刻而至，不知從哪裏弄來的皮鞭、內藏金屬的橡皮棍紛紛向我襲來，我的背我的屁股我的胸腹受苦，我的頭部沒有遭打，腦子告訴我這下可完了，我暈過去了。

不知過了多少小時，我逐漸醒過來，一動彈，就聽到吆喝聲、咒罵聲，勒令我交待罪行，我又昏過去了。

稍有知覺，我就聽到重覆的叫罵聲，除了頭、手、足部的皮肉受盡了苦楚，我的神經受盡了折磨。他們半個字也沒有得到。千萬千萬不要搞錯了，不是我意志堅強，不是我為了什麼時髦的主義、理論的信念而堅持什麼，很簡單很自然很實在，我不知道就是不知道，我不能造假。

這就是我致命的原因，那天夜裏，臨走的那天夜裏，他們好幾個人又來折磨我了，我預感到了這劫難的盡頭，他們下手那麼狠，但那規矩沒有破，頭、手、足三部分依然倖免，但我的脊柱被打折了，我的五臟六腑已被搗毀。甚至我的靈魂已經出竅，在上空看著他們死命的搗毀我的肉體，我禁不住流淚了，不是熱的，是冰涼的淚珠。

待他們打累了，歇手的時候，才突然發現我已經不行了，一人驚叫：「他死了！」另外一人還說：「他裝死樣！」其實我的鼻息已停止有一忽兒了，他們這才真的著了急，找來做人事工作的那個人，叫他拿主意，咋辦？

一陣亂七八糟的聲浪過後，決定把我送進城，把我掛在崇文門外一家名叫日升的煤棧裏，用粗麻繩套住我的脖子，我早已僵硬了，他們把我拉拉直，好像我自個兒幹的那樣。其實我是被殺，他殺，虐殺；不是自殺！他們栽贓我自殺，新增一條罪名：「畏罪自殺，罪加一等！」

所以，能驗屍嗎？不能！即使來驗屍，能真實的驗屍嗎？不能！只不過又一次造假而已。造假以亂真，這種人類道德的流行病，我走的那個時候就盛行了，再往前追，根源遠著呢！

所以多少年之後，有人說要為我平反、要為我恢復名義，我都離開這個塵世三千六百多夜了，還在乎這，哈哈，一笑了之。我死了，平反於我有什麼用？都是做給活人看的把戲！耍猴的戲，平反那一套又是造假，多一層假而已，用實例教育他們如何造假，見證造假在這個世界裏的作用和價值。那是他們的傳家寶。

我已遠離塵世，我已拋棄我玉柱這個名字，我去了我該去的地方，地球上的人們不明白的另外一種境界，不能用好壞、是非、美醜、公平和欺詐、自由和專制、光明與黑暗、愛與恨、快樂和痛苦等等概念去描述，我已習慣於虛空和靜宓、渺小，……似有若無而近於無的無邊無際狀態。

沒有多久，我見到了老朋友老同學佟泉，大學讀書的時候習慣叫他老佟，像老大哥一樣待我們，比我大七、八歲。那一天，我閑來無事，在遊逛，突然看見遠處一個光頭，好熟悉但記憶不清，飄近了定睛仔細一看臉龐才認出是老佟，可顯得老多了，額眉、鼻形和嘴型未變，我叫他老佟，他沒反應，我改叫他佟泉，他呆住了。他過後跟我解釋道：「我新到此地不久，以為沒有熟人，你叫老佟，我不經意，因為畢業以後沒有人這樣叫我，或叫我佟技術員、佟老師、佟先生，跟著我工作單位的變化而更改叫法，你一喊佟泉，我似乎又回到本身的我的位置，所以我驚訝，的確有人在叫我的名字。你我相隔近三十來年了，似乎你變化不大啊！」

「是啊！我離開那個世界時才二十八歲，你今年貴庚幾何？」

「六十有一了。」

「怪不得，可做爺爺輩的人了。」

玉柱和佟泉在那邊見面、聊天、敘舊……

◎佟泉

一

這裏另有一番景觀。

思凡大學藝術系辦公室裏人聲嘈雜，系秘書高調喝住眾人：靜一靜……。大概為安排佟泉先生的後事而佈置工作。

佟泉看著他們差點兒樂呵呵地笑出聲來，他們聚在一起開會幹什麼？他記起來昨夜發生的事……我躺倒在書桌兼做飯桌旁的水泥地上，靈魂飛出去了，什麼東安市場、小飯鋪的風箱鼓得爐火正旺、認出白鬍子的老頭原來是我父親、昌平旺村的老家棗樹……都是風馳電掣般地從我（是我嗎？我都不敢相信）身旁掠過，我到哪裏去？我不明白。

我看到我的妻子臉色蒼白，緊張得不得了的神色，她跪在一個男人身旁，她怎麼哭了？她怎麼啦？這男人光頭，我懷疑這男人是我？下意識伸手摸自己的頭，怎麼沒有啊？摸不著，不過我記得我是光頭來著。……

我怎麼會躺倒在地上的？我自己企圖解答自己的疑問：

我在整理一份數量不小的資料，是的，是系裏通知我儘快整理好關於我自己的業務資料，明天要交給系裏，為什麼要得那麼急？想起來了，為我申報教授職稱，我已經連續三天忙這件事，今夜一定要完成，對！明天交給系裏，然後轉到校部去，限時限刻要的。真像催命鬼！我妻子叫我去睡，夜深了，明天早晨再做，我哄她去睡，一忽兒我已躺在地上了，不錯，是這樣的過程，我全記起來了。是的，教授的數額是上級規定的，像反右派的時候都先有上級規定了名額，然後下級按照上級給的指標去找右派分子，現時改為找教授分子。雖然右派和教授名稱不一樣，但基本的行為模式本質上是一樣的，體現了黨堅強統一的領導，難道說有什麼不同麼？我看不出來。我就是在這誘惑這壓力下倒下去的。

拉風箱，爐火正旺又是怎麼回事？噢！那是我少年時代的故事，我家住在燕山腳下的一個叫旺村的村莊裏，我家門口那棵棗樹我記得特別清楚，秋天棗紅了，我使勁搖樹幹，熟透的紅棗就紛紛落地，我的妹妹撿起來就往嘴裏送，不怕髒，根本不知道髒不髒。一天下午，父親回家來，跟母親說悄悄話，晚飯的時候，父親對我說：「泉兒，明天跟我去北京找飯吃。」叫我到一家小飯鋪當學徒，拉風箱就是我的第一個職業，難怪我覺得拉風箱那麼熟悉的。我當年不足十二歲。父親在西城幹活，我在東城，也不常見面，那時沒有星期天休息一說。我撿到一張舊報紙，也不知是什麼，更不認識一個字，密密麻麻的小方塊筆劃，排得那麼整整齊齊，豎的筆直，有大又有小，煞是好看。晚上，小飯鋪關門了，我掏出來翻來覆去的看，老闆問我看什麼？我說不知道看什麼。你看懂什麼沒有？我說沒有。老闆闆告訴我：「這是新聞紙。世界上重要的事，新鮮的事都寫在上面吶！」我更奇怪了，這紙太神奇了，會有這麼大的本事。老闆小聲對我說：「上面說日本鬼子現在碰到麻煩了，不像在咱北平那麼太平無事啦！」

學識字，我第一個念頭。識了字，我才能看得懂新聞紙上寫的是什麼。這念頭一直跟著我不放。父親來看我的時候，我求他讓我學識字。父親勉強笑著說：「孩子，識字，唸書，進學堂是要錢的，我們窮人家，哪兒來錢哪！」父親說得對，我明白他的話。我後來再沒有向父親說這種傻話了，但我想學識字的念頭絲毫沒變。幹活間歇的時候，我拿這張舊新聞紙上大號的字問老闆，老闆心眼不壞，我平時幹活又賣力氣，所以樂意教我識幾個字，總是耐心地教我唸，我明白這利害關係，機會難得，拼命記，幹活也更加賣勁。老闆看我識字不耽誤他的活也就樂意抽空教我幾個字。

日子一長，我識的字十個、幾十個、成百個地增長，我自己都覺得奇怪，老闆最多教我兩遍，這個字我能認能唸並且初步明白它的意思，尤其放在句子裏的字我更容易明白它的意思，抽一字單獨拿出來，我還覺得陌生，記住了讀音，但不明白它的意思。

再後來，我到了一個學校的總務科工作，那時已經二十歲出頭。我的工作是向各系發放教學儀器設備以及掃帚、畚箕、黑板擦、粉筆之類用品，有時還陪採購員上街買東西，接觸的面寬了，需要多識字，方便工作。學校領導把像我這樣文化水平低的人組織起來開辦夜校，學校職工利用夜間免費學文化。你就知道我是多麼用功刻苦了，這不用自我表白，因為這正合我意，哪有不努力之理？

三年裏我的文化課，夜校老師說我超越了初中三年級的水平，我自己都不敢相信，唐詩我能背誦幾首，杜甫的《兵車行》讓我心酸，賀知章的豪放風格叫我神往。……業餘時間我習字讀書，趙之謙、吳昌碩的字與我意相合，齊白石、吳昌碩的畫是我初學的範本。夏天夜間，室內悶熱，我脫了上衣，光脊樑寫字畫畫，後來知道這樣子古已有之，叫「解衣盤礴」。

那時，也許是時來運轉，我們夜校速成中學同班生分別報考不同學校，進入中國人民大學的人數最多，而我竟然考取藝術學院，太興奮了。當我告訴父親時，他直盯著我總不止三分鐘，才問我：「你沒弄錯？小泉子。」我給他看學院錄取通知書，他才如夢初醒，接著提第二個問題：「哪來錢供你上學？」當我告訴他我是帶工資上學，當然不會是全工資，打了折扣的，但也要比全額助學金還高不少呢！解除了他的疑慮和後顧之憂，我父親滿布皺紋的臉上露出一絲輕易見不到的笑容。他當年只有五十歲出頭，可臉皮又乾又黑，活像我們旺村東頭那棵百年老槐樹的樹皮裂紋又深又粗，經年累月的辛勞印記呵！

上大學最麻煩的課程是俄文課。全中國都在學蘇聯老大哥，他們科學技術先進，工業化程度高，農業搞集體農莊，世界第一，報上宣傳他們正大步流星地奔向共產主義社會，我們樣樣學，大學裏外語都改成學俄文了，學英文的只保留了一個小班（全院），我以前沒有學過外文，理所當然的就被分配學俄文。不過，多少年後聽小道消息傳我們偉大領袖毛主席他老人家肯吃苦，獨僻蹊徑，號召大家學俄文，向老大哥學習，他自己卻悶聲不響地苦學英文，老師是章士釗老先生的千金呢！也就是說章家兩代人都做過毛主席的老師，章含之一對一面對面教毛英文。我的俄文老師原先教英文，她是轉成教俄文的，她去俄文培訓班學習過，人很聰明、善良，碰到我這個年歲與她仿佛的學生，的確讓她頭痛。第一關是發音，主要是舌頭不聽使喚，我模仿她的嘴型、舌頭擺放的位置，照著她的樣子噴氣，說也真怪，我發出的音就是和她的不一樣，最難發的是那個顫抖長音，嘞——嘞或是得——得——得，反正我發音階段就遇到困難，剛開始就被她發現我這個笨學生，她完全出於好心幫助我跟上進度，課堂上常提問我，多練習多校正，其實不但幫不了我，反而讓我生出厭惡心，反正學不好而不想好好學的心思與日俱增，記得有一次提問我「星期天」怎麼唸？我就熟練地用中文唸「襪子擱在鞋裏邊」。惹得我們全班同學哄堂大笑。這是課下同學們發明的記憶法，儘量想中文字發音與之接近的音，這樣易記易唸，我就是太中文化了，沒有一點俄文發音的影子。弄得這位女老師站在面前望著我，眼裏含著淚花，控制著情緒才沒有讓它流下來。

我心裏不好受，我學不好，老師比我還急，真對不起老師她。這次課上出了洋相，老師讓課代表多和我課後一起復習俄文，那就是十力啦，他比我強，年輕我七、八歲，高中又學過俄文。可惜他說高中俄文老師的發音一團糟，人又很兇惡，常常訓斥同學，胡說學俄文是向蘇聯老大哥學習的態度問題。不知道他在哪裏被培訓了幾天就到中學販賣俄文，一定是個半吊子，沒本領的人，所以很兇，用兇來掩蓋其無知無能。這是十力告訴我的。十力還告訴我，這位中學俄文老師在反右派、反右傾政治運動中可積極啦，通俗的說法是狠心狠命，正規的稱謂是靠近黨組織，一心跟黨走，黨指到哪就打到哪兒，所以不久他成了無產階級先鋒隊成員，做了全校教導主任，專門上政治課，抓學生的思想工作，整學生，不教俄文了。不說他了，這種人到處有，希望不要多，多了可了不得啦，禍害成災。

我們班上也有這種東西一二個，成不了氣候，不在乎。

二

上大學期間最有意思的是去外地實習。忘不掉去龍門石窟實習的那兩個月，我不是說天天鑽進洞裏去畫什麼方格網，繪描佛像的事……，我是說那種課外活動的樂趣，我剃了光頭，本來頭髮一直在脫落，稀稀拉拉的，還不如剃光頭來得乾脆利索。光著腳丫子，爬西山，那裏有三、四百個佛洞，大大小小錯落排列在山坡上，面朝東，迎著太陽。十力他最喜歡去奉先寺，他說那兒開闊，視野廣。好幾百年前遭雷劈掀了頂，盧舍那佛滿不在乎，露天趺跏坐在那兒，笑瞇瞇的神情特別可親可愛，祂坐得那麼高，從大約二十五米高處俯視眾生，所以祂的眼神是最難處理好，我在佛座跟前仰望祂，感覺佛的慈祥目光注視著我，我走到對面伊水河東岸的東山腳下遠眺祂，仍然在佛的慈祥目光注視下，足有二百米遠的距離，真是不可思議，佛就是那麼神奇。現在已大不如從前，風吹日曬雨淋霜雪冰凍，祂經受了許多許多歲月，不像一千五百年前剛完成造像的時候風光，卻更顯得高古凝重和神秘永恆了。那高聳的大殿歇山頂，寬闊的撫廊，那氣派那場面，現在人怎麼想也想像不出，你說給他聽，說不定還懷疑你吹牛，因為他們懷疑慣了一切，也不能怪他們。十力說過奉先寺那座佛像是按武則天女皇形象塑造的，不知幾分真幾分假，不過是武曌皇帝批下來錢造的恐怕倒是不假。女皇的確夠有氣度、有胸襟，幹過幾件大事，也派兵到北方打過幾回仗，女權主義在中華歷史上堪稱顛峰時期了。後世罵她頌她的都有。罵她最利害的有兩條：一條是罵她篡了唐朝李家的天下變成武家的天下，這不是竊國麼？只是說說便罷。宋太祖趙匡胤不是做著皇室侍衛的頭兒，借假部下擁戴的名義不得不黃袍加身，陳橋兵變而坐上龍庭的嗎？他是男人，以武力為後盾加上陰謀奪權建立宋朝。再說李淵做的什麼好事？皇帝美夢老早縈繞在他的心中，實權在握，隋朝在他心裏早已不存，只是做表面文章的功夫好，你說他這個李家唐朝不也是兵權加陰謀搶來的嗎？什麼叫改朝換代？就是坐龍庭的姓氏改改咯，姓劉的姓趙的姓李的姓朱的都可以坐一坐，今天張三可以是皇帝，明天黃五就不能做皇帝了？世事本來就這樣，誰有實力誰有本事誰個野心大誰個陰謀深就可能誰去做皇帝。皇帝不過是個明火執仗的特大強盜頭頭，許許多多小強盜中強盜大強盜大小陰謀家為他奔走做走狗。武則天怎麼啦！她從宮廷裏邊著手，從皇帝身邊下功夫，為唐朝兩代皇帝獻身換來了武氏天下，有人覺得不成體統了，毫無理由，完全可以不理不睬。另一條罵武則天荒淫，她養了幾個面首。這是明明儒家男尊女卑觀念作怪，女人在最近二、三千年人類社會裏總被貶斥，受男人支配、控制、享樂……豈不知女媧是女身，盤古王開天闢地，沒有女媧補天行嗎？不行。早先男人、女人雜居，生下孩子，只認母親，人類的延續主要不是依賴女人嗎？那時候男女性生活很平等，女性的自主權常常大於男人。後來男人坐大霸道了，皇帝可以天下選美女，什麼三宮六院，三千嬪妃供皇帝淫樂，大臣、大盜、士大夫、地主富人可娶妻養妾，堂而皇之，誰敢道個不字！現在武則天學學男性皇帝蓄幾個面首，數量太少，不過相當於大臣、士大夫一級的水平，竟然得罵名如此深遠，歷一千多年而不止，這又何苦？她也是人，她和男人一樣有性慾，她用歷代帝皇的內宮秘術，采陽補陰，頤養天年，何罪之有？所以她要找年輕男人，就像男皇帝士大夫們找年輕女子一樣，天經地義，根本沒有本質區別，我看武則天敢作敢為，倒蠻像個皇帝樣子。如果奉先寺本尊像真與武氏神形酷肖的話，我倒要說武氏真有一副富貴相，當幾天皇帝不為過，挺合適。不知十力從哪裡聽來的一番宏論，真是耳目一新，與課堂上老師講的，書本上印的不大相同，確切說，書本上不講這些話，儘是些不痛不癢、似是而非的語句，然而在這世上混飯吃真還離不了它。不過，我們所言都在私下，大庭廣眾誰也不講，十力更不講，他只是埋頭讀書、思考，平時很少言語，小組會、班會很少很少見他發言。我雖是個團員，已超齡，不作數了。他從南方農村來，人很誠懇老實，不跟人惹是生非，有點孤獨，也許因為這個原因，我們逐漸親近了。

十力他也常問我些關於齊白石、吳昌碩書畫上的事，他說他原先見得少，底子不厚，他從農村來，哪像城市人，尤其北京城裏人見識多呢！記得他對我說過，至少有兩次，上古代繪畫史課，王遜先生帶我們去故宮繪畫館觀摹唐、宋、元、明、清繪畫，九月中旬北京天高氣爽，最宜古畫出出風的季節，故宮館藏的僅有一點古代精品才捨得拿出來給人觀賞。王遜先生先等在那裏了，我們學生星星散散到齊了，王遜先生從不怪罪誰，沒有說什麼，只請大家進去觀看，他跟隨學生也往裏走。十力說，不到一小時我就把繪畫館瀏覽個遍，看不出有什麼好來，墨線墨團堆砌成山石、樹木、竹林……玩不出個滋味；看牛、馬，五條牛站在那兒，幹什麼？那許多馬在曠野地裏閒蕩，或奔或踴或跳或舔草或躺……還有那些畫上的人像，死板、發呆、沒生氣……只有那界畫，一片瓦一窗格一座橋畫得那麼細緻，一定花了很多功夫，又費眼神，真不容易，心裏佩服，紅紅綠綠的顏色也很鮮艷，不錯。再有工筆花卉、飛禽走獸畫得逼真，不過也有些不活潑不水靈，甚至裝模作樣，不自然……至於齊白石、吳昌碩的畫揮灑自如，那份渾厚、灑脫真帶勁，似有神助，一揮而就。過了好一陣子，十力鑽進圖書館裏研讀畫冊、讀畫史貫通繪畫演變過程，……他變了，他利用週日自個兒去故宮、去美術館看畫，不，他用心讀畫，不是看畫，讀，是的，他覺得可讀的東西很多，讀進去了，趣味無窮，他鑽進去了。

到了龍門，十力鑽進佛洞裏，整日的不休息。我對佛龕興趣無多，提不起神來，做飯的興趣又回來了，我們班自己辦伙食，我有小時候做學徒的經歷，我竟成了全班的大廚師，煮菜、蒸饅頭。學院食堂派的季師傅也是個大光頭，咱倆很合得來，脾氣比我好，季師傅大概五十歲上下，整天樂呵呵的，從不跟同學們計較，人可和氣啦。白天幫季師傅做一日三餐，傍晚我們在伊水河灘上踢足球。伊水一到初夏，怎麼沒水了？兩邊的河床裸露著，流經中間的水道窄窄的淺淺的混混的緩緩的懶洋洋的全沒勁。簡直無法相信她過去歲月的浩渺和坦蕩胸懷，一千六七百年前顧虎頭畫的洛神仙子在伊水上輕飄蕩漾的神態歷歷在目，水波粼粼，天水一色……現在哪兒？全然變了樣，全沒了，也沒了情致。我們的足球場就是在往昔仙子飄飄的地方，告訴誰誰都不敢相信是真的。

十力也愛逛山尋幽，一天傍晚我們去東山憑吊白香山墓。香山長眠在伊水河東岸一千四五百年有餘。我們住西山，隔山相望已有多日，好神往啊！但不能去，外出要請假，還要結伴而行。香山墓被雜草包圍著，草高得把墓碑都遮掩了，本來不高的雲母石碑在風動的草葉裏忽隱忽現，狗尾巴草搖蕩得最活躍、歡暢。三兩朵蒲公英花的金黃色格外引人注目，也算是白公英靈的閃亮點啦！我站在墳頭冥思，我忘了向他鞠躬致意，胡思亂想白公還在裏頭嗎？他理會來憑吊他的人嗎？他有感知嗎？如果有，他憑什麼來感知？又感知到了什麼？他離開這個人世間太久了，他是否又轉生了？果真轉生了，以五六十年一世計算，恐怕已有近二三十世了，現如今他在這人間還是詩人？作家？

軍人？種田人？還是開飛機？他還轉生在中土？或者去了西域？也許到了歐洲、美洲，非洲、大洋洲都有可能……忽然聯想到我自己，不知我的前世是幹什麼的？在哪個洲哪個國度裏？三十年後的一天，有個自稱有異能的朋友，讓我在他行催眠術的作用下，看到我的最近的前一世曾在北非撒哈拉沙漠裏領兵作戰！騎一匹黑馬馳騁疆場，那時正是法國人殖民北非的十八世紀末期。再早再晚的我，這位朋友都沒看到，大概他的功力尚嫌欠缺些吧！他只會講英文和廣東語，他說他是伍子胥的後裔，他曾回中國尋根三次，還未尋找到根究竟在哪兒？他還說下次去內蒙古境內尋找伍子胥後代的根。

龍門小鎮以龍門石窟聞名，當地居民住在龍門小鎮上，鎮上有一間破屋，是鎮上居民的娛樂場所，規模不甚小，裝一二百人，一日午後路經此地，只聽裏面有人扯破嗓子呼叫不停，既悲愴又綿長，忽然眾人歡呼拍掌，從這破屋裏破窗而出，十力驚訝不已，駐足靜聽。我知道這是秦腔，是陝西的一種地方戲。人說：一方水土養一方人。不錯，一方水土一種腔，腔調太不同了，所以有南腔北調一說。陝西的語音，尤其陝北的很硬朗，那裏的民間唱腔高亢、瞭亮、陽剛，牧羊人放開喉嚨高歌能傳數裏路之遙，能在青天之下迴蕩久久。不似江南小調纏綿、幽雅、陰柔到了極點，悲悲切切，只能在月夜窗下花叢中傳佈了。同種文化因了地域的差異而不同。秦腔不是洛陽也不是龍門的地方戲曲，是陝西的藝人到中原來串戲、跑碼頭，這也是一種文化交流，不是國與國之間的，而是區域性的民間交流，不過，再早個一二千年，也應算是國際文化交流的，從秦國到了趙國吧？

我幫季師傅做飯，他高興，同學們吃得也高興，我也高興。我高興什麼？我可以藉做飯而少鑽或不鑽洞去用方格網畫佛像，這是一項極無聊又費時的活，匍伏在永遠不見天日的潮濕陰冷的石板地面上，一扒就是幾小時，什麼滋味呀！再說畫了這佛菩薩的線描像究竟有什麼用？鬼知道。純粹是無謂的消耗生命，比剛上大學一年級時去北水泉鄉下種田還沒意思得多。又過一年的五月份，全班去天水麥積山石窟實習，還是用方格網畫佛菩薩泥塑線描像。我知道也是一無意思，還是做季師傅的助手幫大廚好。這次活動餘地大得多，買糧買菜要趕大車走八十里地到天水鎮，一個月走動兩三次，同學們要買日用品我也幫著捎帶。麥積山文管所就在麥積山腳下一堆破舊而不爛的幾間房子裏，圍成個四合院的樣子，其實原是個破廟，供的一尊佛像，真認不出是那方的佛，依我看是當地的土地菩薩一類。有一天清早，來了好幾十個山民，平日裏根本見不到一個山民的，那天一見特別的新奇，文管所是張所長一家人的住地。山民們來借菩薩像一用，迎到村裏去遊行，答應當天傍晚送回。在文管所張所長同意之下，菩薩像被紅綢帶裝扮起來，坐到簡易轎子裏，在前呼後擁敲鑼打鼓浩大排場下簇擁而去，可惜我不能跟隨走去，否則一定能飽個眼福。我想起來了，十力在龍門石窟附近有過一次奇遇，記在他的《龍門雜憶》裏：

> 農曆四月初八日是個重要的日子，釋迦牟尼佛誕生日，他本來是個王子，長大登基即位，他偏不要做淨飯國王，到民間看見賤民的悲苦情狀，從人生經歷生老病死的種種疾苦中獲致感悟，於是他毅然

捨去宮裏的榮華富貴的一切投入叢林修行，達十二年之久，最終在菩提樹下打坐七七四十九日開悟成佛，成佛那天正是四月初八日。後來他傳道人間，直至圓寂。所以，四月初八這一日在佛教徒的心目中可是了不得的神聖日子，信佛的人有的提前兩天，甚至提前三天趕路，朝龍門石窟徒步而來，他們一路走一路唱經一路拜佛，信眾們都會在四月初七趕到。龍門石窟西北二裏路的一個大打穀場上，人愈聚愈多，老年婦人居多，也有攜帶小孫子小孫女的，身穿素靜的白衣或淺灰的短裝，少數著袍子，小腳的占多數，步行數十裏或百幾十裏路，非常辛苦又快樂異常，她們或蹲或坐或半躺在地上、麥秸堆上，也有些進了場邊門窗全無的空屋裏。她們從井裏汲水飲，從布包袱裏取出乾饃饃鹹菜疙瘩來吃。吃得那麼香甜那麼滿足，還有互贈的或謙讓的，但都很安靜，不大聲喧嘩，即使小孩也很聽長輩的話，乖乖的。

太陽落山了，點燃了一支支蠟燭，也不知道是誰組織，或者根本就沒有誰組織，完全自發的，是的，發自各人內心的需要，人們逐漸聚集到打穀場中心，開始了一種曲調由慢而快，繼而由快而放慢的歌唱和舞蹈，歌和舞的節奏感很強，歌唱的音量由低轉高又緩緩地向次低漸高地變幻。歌舞者各自歌舞，互不相擾，陶醉在一種莫可名狀的氛圍地。舞的動作簡單，一般往前跨二步退一步，或跨三步退一步二步，圍成一圈二圈三圈……大圈套中圈小圈，可圈成七、八層或更多；場地上容不下，屋裏也圍成圈，一圈二圈的跳和歌；不知疲倦地跳和歌，似乎根本不會產生疲倦感地跳，這是慶祝、歡樂的場面；歌唱的詞也十分簡練，只發七個聲，高低快徐隨舞步緩疾變化而變換，所以這聲浪在夜間忽高忽低，傳佈經久且遠。這七個字音是：哎—嗨—彌—呀—哎—嗨—佛。哎嗨兩音是起始音，烘托氣氛用的，音階比較高，中間的彌呀音拖得比較長，有過渡和前後聯結的用意。阿彌陀佛被簡化為彌佛，又將彌佛分成前置和殿后兩處，彌是導引，佛是主體、本尊。音收在佛字上，又敦厚又莊重。曲調簡單、辭彙單純簡練，最宜眾人記憶歌唱，整潔又齊力。何況佛教淨土宗修練只需日日正心頌唸：「南無阿彌陀佛」六字，也有簡化為：「阿彌陀佛」四字的。不在廟堂裏，且歌且舞的境遇裏僅用「彌佛」兩音也不為失敬，虔誠之心本自自己，外在可見的只不過是一張皮，甚或表皮都不是。且歌且舞僅僅是一種表達，一種借助集體行為的個體心願顯露，一種參與、一種幸福、一種享受、一種體驗、一種經歷、一種修證……她們全身心被籠罩沐浴、融化在佛光之中了。

通宵達旦，徹夜不眠，不可思議。只有阿彌陀佛的虔誠信眾，不見和尚尼姑身影，也無方丈、住持、法師等等出場，更無鑼、鈸、鐘、鼓、磬等法器伴奏，完全是原始的民間的自發的慶祝，她們以己之心貼近佛，與之交流、相遇。

三

麥積山，這名好直率又好聽，說它像麥杆堆積起來一般的山，想來是當地居民贈予它的，多智慧！在它向陽坡面上鑿了百數十個大小佛龕，泥塑彩繪的佛菩薩像上千尊，年代早於龍門，多數是東西魏時代的精品，不像龍門的精品是盛唐時期，要早三四百年，整整十幾代人。古樸有餘，體態閒雅，泥塑手法洗練，不事雕琢，好似信手拈來不費功夫，真是逸品，第一百二十三窟的童男童女像更是傳神非常。跨過十六、七個世紀以後的我仍能與之交流、感悟，真是不可思議。

不過佟泉我對大多數塑像仍沒有多少興趣。每天傍晚我組織同學們上山撿柴以備炊餐之用。砍柴是不敢的，怕有違法之嫌，其實是無所謂的，違法？法在哪兒？政府人員在哪？見不到幾個人影的荒山野嶺裏，誰管誰？天高皇帝遠。不過，我們從遠道來，住三兩個月，撿柴就夠用了，撿柴燒省了煤塊，煤塊要錢買，從天水市用牛車拉一車要不少錢呢？還是能省就省，省下的錢買肉吃，所以，麥積山的伙食水平比龍門石窟那兒好多了，平均算起來同學們每週都能吃到兩次肉，大塊大塊的紅燒肉一餐三四塊的吃，在那個年代是啥滋味呀！不可想像。上山撿柴，樂趣無窮，我編了兩句詞教大家吆喝：「我腰裏掛著腰牌，上山打柴去買賣。」這兩句詞不能算我編的，應該說是從古戲裏借來的，鼓動大夥兒上山去撿柴。當然現今我們既沒有腰牌，也不用掛，因為路上無人盤查，不用誰允准。繩索倒是有的，撿到的柴禾用繩索捆綁住，小捆抱，大捆拖。說是上山撿柴，幹活，倒不如說是一路玩兒一路看山景一路撿柴禾，掛著腰牌、打柴買賣的吆喝聲此起彼伏，在山谷裏迴旋震蕩，在這千萬年寧靜山谷的夕陽中增加一份特殊又瞬息即逝的色彩斑點。

剛才不是說到要去天水買糧買菜嘛，每次去至少兩人多至三四人，看情況而定，我是每次必去的。天水市場上，有高價油果子賣，不收糧票，可以買來吃個飽。油果子是當地人叫的土名，類似北京叫油餅的，與南方的油條也差不多，只是形狀不太一樣些，有圓形和長條形的分別罷了。有一次汪廷生跟我去，我請他吃油果子，他高興得不得了。從不知道到天水買糧買菜還有這好去處。他有些錢，可沒地方花，肚子餓，乾著急。後來他常主動要求出公差去天水，我猜解解饞也是一個主要原因。

四

課餘時間我的愛好是誦讀唐詩宋詞，再有就是畫畫寫字，畫學吳昌碩齊白石，字從趙之謙。有人問我為什麼？畫畫寫字完全是興趣愛好所致，就像有人愛吃甜酸，有人偏愛鹹辣，有人喜清淡有人嗜味濃，蘿蔔青菜各有所好，真說不出個所以然來，很可能是每個人的性情、境遇諸因素的綜合結果。我做事大大咧咧，待人直爽。說話痛痛快快，吃肉喜歡大塊大塊的，半星不點的肉末還不如沒有的好，純素也夠味兒。昌碩老以書入畫，以篆刻作畫的金石味感覺特別對我的路，從心底地喜歡，橫塗豎抹痛快淋漓。作畫寫字令我專心致志，旁邊人聲、雜音我都不聞不問，聾子似的。這樣心靜下來了，但還未到心靜如鏡的地步。要是哪一天真能達到那種心境，真有哪個緣份，是我的造化了，可惜我的生命沒有讓我走到那一天。我老早剃了光頭，同學和同事說我像和尚、陀頭，佛緣卻還遠不夠呢！

我想過進廟修佛，吃齋、唸經，做和尚去，可惜塵緣未斷，此生此世滾在塵土中。我最後還是倒在為名所誘惑的泥潭裏，我如果不稀罕這教授虛名，就不會那樣被限時限刻的驅使。我對世間不公不平事仍憤恨於懷，還時不時的打抱不平，這與佛家境界相距太遠了。記得當年班上那個葛姓團支書的一些行為、言語，讓我作嘔；他巴結黨支書，打小報告，動足腦筋，專門整在他眼裏的所謂落後同學，以致後來他在文化大革命中當造反派頭頭手槍別在腰裏不可一世等等所作所為，都令我搖頭。他的事還是由他自己去想去說為好。我只說一句：「這等人不能與之為伍為友，清者自清，濁者自濁，也不用我多言多語，造口孽。後頭自有他的好戲看。」

◎汪延生

一

汪延生的父親噩耗傳來，太突兀了。昨天下午他還在丹東地區四清運動幹部大會上作報告，號召機械系統幹部注意自身革命化。這主題也許是他作為械系統領導人的角度發現了一些問題而提出來的，或許只是根據上級佈置的題目作的演講。據說演講剛結束，臺上臺下掌聲拍、拍、拍中他突然向右方傾倒在講臺腳旁，不言語而口吐鮮血，血色由鮮紅變暗變黑。送到醫院搶救，住進特護病房，因為他是十級高幹，按規定可以享有的特殊照顧待遇。不過這都是形式，都晚了，與汪局長的生命斷絕了關係。汪局長走了。遺體就在當地火化，骨灰盒由他的現任妻子，也就是第二任妻子迎回，按黨的規矩他的革命資歷能進八寶山革命公墓，這可不能含糊，既有關他一生的評價，又關係到他的遺孀和未成年一男二女的撫恤金。但這些不能用金錢來衡量，這是嚴肅的政治待遇問題。

十力他素與延生友善，他和唐寶石代表全班同學去出席汪延生父親的追悼會。八寶山革命公墓禮堂辦這類儀式視為家常便飯，如小菜一碟。因為汪局長在十三級以上高幹中是偏低的，他僅十級，比十三級高不了多少，離七級八級五級四級還遠了，更不用說一、二、三級了。一級只有一名毛澤東，劉少奇屈居二級，所以在八寶山革命公墓管理處的領導眼裏十級幹部根本算不上什麼，按規定用不著派警衛士兵，普通得很呢！

哀樂、黑布白字橫幅、花圈還是有的。不過花圈的數目、花圈尺寸的大小還是有區別的。供弔唁者每人一朵紙質小白花放在靈堂門外的籮筐裏，各人自己取來別在左胸前。紙白花不知用過多少次了，別在胸前取下放入籮筐裏，再別在胸前又取下，經年累月，不說沾染了許多塵垢，外觀也夠嗆，小白花已不很潔白，灰頭土臉的花瓣又散亂，毫無精神，反倒正符合這種特定場合特殊的悲涼氛圍。

汪局長被診斷為急性大量胃出血，延生的繼母和她親生的一男一女都還在上小學，在靈堂裏哭得死去活來，哭聲整天價響。延生的悲痛沒表現在哭聲裏，而深藏在心底裏。延生說過他的家史情史：

我的母親和父親參加革命時的年齡都不大，到延安時父親十九歲，母親只有十七歲。我生在延安的窯洞裏，正值秋收時節，母親有煮紅棗作補養，產後身子養得還不錯，可是我母親在我三歲那年，也就是著名的延安整風開始後一年得了一種不可名狀的病，不痛不癢，不吃不喝，類似癡呆，不言不語，臨走時卻大笑不止，聲震窯洞，天搖地動。我記不得，是聽我的婁嬸告訴我的，她住在我們家隔壁。我相信她說的是真的，她從不騙人，更不會騙我。後來我進全托幼稚園，一週回家一次，總是父親來接我。那時候父親的悲痛我並不瞭解，一點也不懂父親的心情。後來我上中學大學都住校，仍是一週回家一次，那時已住在北京解放路附近的一幢小樓裏。父親機關裏的一個女子嫁給了我父親。我叫她阿姨，開始我仍每週回家，但在家的時間短了，週六傍晚回，週日午飯後就回學校去了，慢慢的我改成週日上午回家，午飯後回校，再後，我不是每週回家，跟同學出去玩，或到同學家去，每月回家一兩次，因為我得回家拿生活費交給學校，所以，我保持在每月回家一次的水平上。我感覺父親關心我不像從前了，需要他關心的家庭新成員也多起來了，從一個到兩個三個，我和他也有些疏遠，心裏生出一種不太好的念頭，不太喜歡他，我不十分明確我的意識。

我在中學裏結識了好多不錯的同學，我們都是高幹子弟，大家比父母的級別，我發現我父親的級別在高幹中是比較低的，我的情緒有一陣子很低落，因此也比別的同學少一層傲氣，現在想想少點傲氣這很好，當然我身上還有傲氣，我看不起那些市儈氣十足的同學（指大學裏），更不要瞧那些一味奴顏婢膝的夢想往上爬的小丑。我願意和實實在在、心地正直的同學交往，心裏踏實。

我小時候沒有母愛，後來又失缺父愛，長期全日托，住校讀書，所以家庭觀念很淡薄，一句話，我得不到或者說很少得到家庭溫暖，我又有些傲氣，在別人面前不願被人看低，不要別人同情憐憫，其實我內心渴望著溫暖、友情。我想起了小梁，幼稚園裏的小朋友，初中的同學，她畢業後從軍，去了部隊文工團，在合唱隊裏當一名合唱隊員。起初她興奮、浪漫的念頭層出不窮，總希望有一天會嶄露頭角，靠自己的歌喉會幫助她扶搖直上，當獨唱演員是她的目標。她圓潤的臉蛋，水淋的眼睛，漂亮的身材，做起美夢來會莫名其妙地獨自笑出聲來。青睞她的人也不少，忙得她靜下來想一想的功夫都沒有。可惜她年輕沒弄明白，頭牌演員、第一獨唱家、首席小提琴手……不單是憑技術決定的，內中有許許多多貓膩，單純的她對此一竅不通，不過終於她看到這些頭牌、第一、首席……輪不到她，根本沒有她的份，她因此偷偷傷心，夜裏鑽進被窩裏落淚，還恐怕被人發現挨批判，逼得她學會了人前裝笑臉，樂觀、積極向上，背著人獨自兒悲歎、淒涼。

延生我打電話約她週日見面。兩顆幾乎有著共同困擾的心以每秒九百米的超音速接近、靠緊，青年人的烈火一觸即燃，舊日的記憶成了起先的熱烈話題，中學同學間的笑話重提更讓我倆開心大笑。有一個週日我倆回母校一零零一中學，不為什麼，只為再看一眼母校的樓房、柳樹和小草，只為再看一眼昔日的教室、課桌和椅子，……就為了溫習可以引發我倆現今感情的證物，證物也成了有情有思的生命體，成了我倆感情波浪再次掀起的紐帶和載體。

三日兩天見面，爬香山鬼見愁顛峰，微風吹來，延生我能聞到她青春活力的汗香，我嬉戲地告訴她關於香山的故事，因為有個出香汗的姑娘住在山頂上而得名。去頤和園昆明湖划船，我們停泊在後山蘇州河柳蔭下，呼吸著綠葉的馨香，她最愛用舌尖去撫摸那含苞待放的荷花花蕾，那形那色那滑膩的感覺時常令她出神遐思。夜晚我們從碧雲寺出來往山下走，相互摟著腰，時而停下腳步向對擁抱瞬間，於外界的風霜雨雪一無所知，我的心被溫暖著，引燃著，旺盛的熾烈的火焰燃燒再燃燒。

孤寂總是恆常的，喜悅卻是短暫的。小梁被調往幽州。軍隊的命令誰敢違抗，俗話說：軍令如山。個人怎能抗得住高山？山能壓死人。小梁走了。她笑著隨部隊一起上了火車，我去送她。我們在眾目睽睽之下只緊緊握手一會兒，鬆開了，放下了。我看到她的笑臉隱匿著苦澀和無奈，我的心隱隱作痛。就在昨天晚上十點鐘我們分手之前，我們坐在圓明園那棵老白果樹下的情景再現了：她雙臂環繞著我的脖子，緊緊地摟抱住我，淚水早已湧出她的眼眶，經過她的臉頰流淌到我的臉頰直至頸部，……我將她的腰腹部盡力地箍緊，她要給我，我知道這是她一時衝動，不顧一切，事後她會後悔的，雖然我已膨脹到極度，但……幸福？苦痛？是歡？是悲？一塌糊塗，無法分辨。昨夜今日，人前人後，我虛偽，假稱理智，實是害怕，害怕什麼？我也不清楚。

時間是消蝕劑，距離是挑撥離間的長舌婦。信件往返一回需兩週時間，又無電話可打。一開始傾訴思念之情，隨後剩下平淡生活的報導。友情維繫的紐帶色彩逐漸褪去、淡化。雪上加霜的是嘗過愛情甜蜜滋味的人再沒有自持力後退入無愛的生活中去。我是這樣的人，她也不例外，我們似乎都有這種感覺，她身邊的青年戰友多得很，不斷地輪番向她發動猛烈進攻。

二

正巧大學畢業後，我失戀了，我消沉，我生病了，當然不是身體機能上的毛病，那是心理上造成的不適，頭痛腦熱，失眠厭食之類，一天請了病假，我躺在單身宿舍裏，寂寞難熬。傍晚時分，篤篤篤篤的女子皮鞋聲停在我的門口，接著重而急促的敲門聲，我喊進來的話音未落，門就被推開了，熟悉的小錢的臉蛋伸了進來。她一屁股坐在我的床沿上，關切地問我：「怎麼啦？」

「病了。」

「什麼病？」

我自己也說不清，吱唔著說頭痛腦熱，她俯身伸出右手來放在我的腦門上測試，說只有一點點熱，不要緊的。又問我吃了沒有，我又吱唔著。她站起身嗔怪似地說：「這怎麼行呢？我給你做雞蛋打鹵麵去。」

她叫瓊花，是我不同科室的同事，她比我小七八歲，但人情世故比我懂得多。從小在京城裏長大，算是老北京了。十八、九歲了還沒出過德勝門、安定門，她經常出前門回家，離老舍小說裏的龍鬚溝不算遠。她也住單身宿舍，只隔我三個門，冬天的烤白薯、糖葫蘆串、春天的香餑餑、貓耳朵等老北京小吃，時不時的拿過來與我共用。我也請她去吃過餛飩侯、沙鍋居。她知道我有個女朋友在外地，所以我們之間的接觸往來似乎顯得自然，有一種保護作用，誰也不會往情愛方面去想，至少我是這樣的。

可是現在情況有變，我的心搖擺動蕩。當她捧著一大碗熱騰騰的麵條進屋的瞬間，我發現她也變了，雙手在嘟嗦，臉頰在發燒，情緒不穩定。其實她什麼都不知道，只是我的心在猜測，但我相信是真的。我怎麼會不去接碗，卻抓住她的雙手腕，差一點把麵條打翻在地，她停住了盯著我看，我手一松，她把碗往小桌上一放，隔著被子擁住我，那麼近盯住我的眼睛說：「你太苦了，苦了自己。」我聽了，直鑽進我的心窩，以為她知道我和小梁之間所發生的情變，我茫然地抱住她的頭，摟得緊緊的，她也更緊的擁抱我，我們倆誰也不出一點聲，就這樣緊緊的摟抱在一起足足有三分鐘、五分鐘，還是十分鐘，我不記得了，後來怎麼吃的麵條我也想不起來了。只清清楚楚的記得她滑進了我的被窩裏，她自個兒脫精光，還幫我忙，脫了上衣，內褲是她和我合力脫下的，我們瘋狂地打仗，一回二回記不清了。天濛濛亮我就醒過來了，看著她躺在我身畔，單人床窄得很，我們擠在一起，她也瞇縫著眼看我，摟住了我的脖頸吻。我得到了她，同時我也徹底投降了，她勝利了。她合上眼似乎又睡過去了，臉上露出喜悅的微笑。她徹底醒了，嘴附在我耳邊，輕聲告訴我：「遠距離的愛情不靠牢。」她說得對，她在近距離把我俘虜了。

「你什麼時候知道的？」我問她。

「我早算定早晚你是我的。你別看我讀書不多，初中畢業，可是這方面我的知識比你多，我的見識比你廣，可不要小看了老北京。外地多多少少來京讀書、工作的才子一大半不是都倒在我們北京姑娘的懷裏，你不數數你的大學同學裏有幾個不是這結局？」

不久，他們舉行婚禮，向毛主席鞠躬，朋友送的禮品中有好些個毛主席塑膠立像、胸像，開初還擺放在窗臺上小桌上，末後都堆在床底下，人家說笑話：毛主席為你們站崗放哨，安全得不得了，你們盡情地幹吧！

汪的熱情不久就淡化了，沒有共同的話題，夫妻不能只有一起吃飯同睡一張床性交這些個，還應有更多更豐富的精神的思想的交流，可惜汪得不到滿足，在日記裏寫：

「什麼叫同床異夢？以前只解其字面意思。引伸的含意，現在我正體味著，從無味到厭煩。什麼叫市井小民、家庭婦女？我似乎也明白了。我要麼甘心墮落，不能自拔，同流合污，要麼另僻蹊徑，盡力自救。」

三

《朔方紀事》雜誌社的辛小姐靈活、聰明，人也長得清秀、漂亮。延生和她約會了幾次，頗覺情投意合。小錢的娘家人多，眼線不少，跟蹤延生，延生卻全然不知，蒙在鼓裏；延生還反以為小錢被蒙在鼓裏，所以越來越不隱蔽，膽大妄為。一次在王大人胡同西口相約，小辛的左手臂剛挽著汪的右臂彎還沒走幾步路，神不知鬼不覺地三個男人前擋後堵把他倆團團圍住，厲聲喝問：「幹得什麼好事？」汪一瞧勢頭不對，甩開手臂，想趕緊溜之大吉，一回頭認出是小錢的六哥錢克慶，慌了神，脫口而出：「沒幹什麼！」

「這是誰？」

「同事。」

「同事？吊著膀子幹什麼？」汪一時語塞。

「欠揍！」

一時間三副拳頭一齊向他襲來。突然間竄出妻子小錢來，一把拽住小辛臂膀，連著摑了兩記耳光。口喊：「六哥，把那賊押過來，別打！」

硬是逼著延生當著眾人的面認了錯，發誓今後不再找小辛了。

小辛已哭得淚人一般，用手袋擋著臉，小錢說一句跟著唸一句，前面幾句是懺悔的話，最末一句最難聽，又被摑了一記耳光才憋出來：「從今以後再不當婊子找汪延生取樂。」汪低著頭站在一旁聽著。小錢回過頭問：「聽清楚了沒有？」

「聽清楚了。」

初夏的傍晚，北京人喜歡站著蹲著在胡同口、大門前聊天，這場好戲上演時，急急圍攏過來，此時已經人頭攢動，圍了個裏三層外三層了。人群中有人叫喊：「拖到派出所去！」小錢怕事情鬧大，怕丟了汪的面子，不好收拾，連忙用雙手分開圍觀的眾人，從人縫裏拽著延生往外走，六哥他們也魚貫地往西走去。

小辛低著頭向胡同東口奔走去了。

事過不久，小錢神氣活現地向十力講她的得意傑作。是不是她逢熟人便講，我卻不得而知。後來知道這場戲的人越來越多，熟人圈子裏幾乎人人知曉，只要有人提個頭，不用往下說，大家都會心地一笑，這種笑意味深長了，同情的、憐憫的、幸災樂禍的、詭譎的……什麼都有，人心隔肚皮，難測呵。

水面的平靜狀態總是短暫的瞬間的，微風吹起層層波紋，狂風卷起波濤洶湧。水面總處於不停地變幻之中，只看船家如何駕馭了。青年人的感情波瀾正如同大海行船，關鍵在千變萬化中把握和協調，安然航行者為勝者，即人們所說的營造幸福小家庭。

一日，延生打電話給十力，說不好了，小錢喝農藥敵敵畏自殺，現在友誼醫院急診室，醫生清洗了她的胃，沒危險了，但情緒很不好，你去勸勸她，好嗎？十力騎自行車趕到那邊，小錢的二哥五哥都在。小錢正在哭訴、咒罵，一切傷心的話難聽的話都翻來覆去說過幾遍了，死活就是不想活了，跟他活不下去了。汪立在床腳跟前一路陪不是，一路下保證，對天發誓沒有的事，只差一點兒說是你小錢疑心太重。比如下班時分，手頭工作未做完，放下明天再做又怕接不上頭，有時領導上催得急，總之加了一小時半小時班，回家晚一會兒，小錢懷疑他又黏花惹草去了，找哪個小妮子去取樂了。汪百般解釋也沒有用，厲害的幾次，小錢打電話給汪工作單位的領導核實前一日是否叫汪加班了，多少時間，弄到汪的領導也覺得挺麻煩，更不用說給汪有多難堪了。這一日起因是汪又晚回家了二小時，一再解釋沒有用，晚飯也沒吃，吵了大半夜，小錢又哭又鬧又笑，神經極度興奮和痛苦，背著汪喝下了小半瓶敵敵畏殺蟲劑。汪躲在廚房間聽不到小錢的怒罵聲，以為她累了，歇一會兒，過了大約半個多小時，汪才躡手躡腳地推開五夾板做的房間門，只見小錢躺在床上，頭歪著沒枕枕頭，走近一看，不料她口吐白沫，哈拉子淌了一大灘，這下可急了，一定喝毒藥了。汪怎麼會想到她喝毒藥上去？還虧得他倆平日吵罵時，小錢曾威脅說：「我喝敵敵畏死了，讓你跟那些婊子鬼混去！」這可提醒了汪，趕緊喊隔壁的老龍弄了一輛平板車，不過十五分鐘路程就趕到了友誼醫院急診室。

大家異口同聲責怪汪延生，無非是想討好小錢的心意，勸她不用往絕路上走；又不能將汪說得太嚴重，因為沒根據，都是放空炮；這不又給足了小錢的面子，最終小錢得勝了，凱旋而歸。汪只有更馴服和謙卑，家庭生活恢復表面的正常。

延生照常上班下班，看起來一切很正常，與往常沒有什麼變化，可在他的內心深處經歷著劇烈的震動。他和她妻子作愛，有時力不從心，她年輕，精力旺盛，需求得多；有時心不在焉，他發現自己並不像以前那樣愛她，因為有過太深的間隙；有時欲火正熾，小錢故意敷衍迴避，逼得他肝火中燒，苦痛不已，又無人可說。

四

大革命年代降臨了，革命的烈火四處漫延，單位裏、機關裏、學校裏，連幼稚園裏都大唱革命歌曲：「大海航行靠舵手，萬物生長靠太陽，幹革命靠的是毛澤東思想，……」「衝衝衝！……拿起筆作刀槍！……殺殺殺！……牛鬼蛇神都殺光！」

延生的小家庭也不能倖免，劫數難逃！

一日，汪的單位裏工宣隊黃隊長找他個別談話，給他大講全國革命大好形勢，又講到本單位革命形勢大好，標誌是人民群眾都發動起來了，寫大字報，揭發批判深挖隱藏得很深很深的現行反革命分子。並問汪，你在社會上有不少朋友，活動又多，你覺得有什麼問題要向領導上彙報、揭發的？現在可以跟我講一講。這話說得還算婉轉，因為工宣隊看過汪的個人檔案，知道他的父親是高幹，雖說已經去世有年，但汪的出身不變仍是高幹子弟。汪想了一想說：「沒有呀！」

黃隊長沒有發火，繼續做汪的思想工作，啟發他、誘導他，汪仍不覺悟，不揭發。

黃隊長有點按捺不住了，單刀直入：「你自己有什麼問題要跟領導上講清楚的嗎？」

汪沉思了一會兒，搖搖頭，表示也沒有。

汪不開竅，黃隊長只有出第三招，點題了。

問：「你聽說過五一六反革命集團嗎？」
答：「聽說過。」
問：「這五一六反革命集團幹什麼的？」
答：「炮打無產階級司令部，罪大惡極！」
問：「是呀！你的朋友裏，你認識的人中，誰是五一六分子？」
答：「不知道。」
問：「不要那麼急於回答不知道。想一想，一個一個從你腦海中過一遍，像電影螢幕那樣仔細過一遍，再回答也不晚。」
汪低頭沈默不語。黃隊長以為汪正在過電影，也不言語，不打擾汪。五分鐘十分鐘在寂靜中過去了。
黃隊長抽完一支卷煙，再用平靜的語調問：「想起來了嗎？」
答：「想什麼？」
黃隊長火了，但語調仍還算平靜：「誰是五一六分子？」
答：「不知道。」
黃隊長挪了挪身子，坐正了。繼續平靜地問：「你呢？」

答：「我什麼？」

問：「你是不是五一六分子？」

汪驚愕住了，一時口呆，過了半晌才斬釘截鐵地回答：「我不是！我不是五一六分子！」

黃隊長露出一絲獰笑說：「可是有人揭發你是五一六分子，你怎麼說？」

汪失措了，但不驚慌，只覺得被冤枉了：「我不是！我說什麼？」

黃隊長搞案子整人經驗十足。他閱讀黨中央無產階級司令部的紅頭文件，明白五一六反革命集團十分可惡，喬裝打扮成最徹底的革命者，做著萬惡不赦的反革命勾當，妄圖用清君側的手段摧毀無產階級司令部，最後篡奪無產階級領導權，變為資產階級修正主義反動政權。黃隊長也明白這些五一六分子極端狡猾，不會不放一槍一炮就投降的，他和工宣隊員們從檔案從現實表現各個方面各個角落研究透了汪延生，以及他的家庭、社會關係背景，決定先用政策攻心的辦法把這個堡壘拿下，讓他主動交代清楚自己的罪行，然後順藤摸瓜讓他揭發同夥、揭發他的上線下線，戴罪立功，成為五一六反革命集團的叛徒，徹底劃清階級界線……再把他從反革命營壘中拉回來，繼續作為一個革命者，樹立一個政策攻心成功的典型和樣板。到那時，黃隊長就能到處作報告，傳經驗，整個文教系統的工宣隊都得學他的經驗，豈不是他也出了名成了樣板？這盤棋一定得算計好，下好它！

黃隊長換了一副面孔，和顏悅色地對延生說：「你的父親組織上知道，他是三八式老革命，後來在四清第一線因病不治，理應是個烈士，你是革命烈士的後代，年紀輕，做了錯事沒什麼。只要跟組織上講清楚，取得群眾的諒解，不就沒事了？解放了？輕裝上陣，繼續革命！……」無論黃隊長怎樣採用軟硬兼施戰術，汪一直低頭不語。

黃講煩了，自己找臺階下：「今天我們談話是頭一次，時間不早了。你回去好好想一想我剛才說的話，明天早上來找我，竹筒倒豆子，向組織交待清楚，不就一身輕了嘛！好！就這樣，回去吧！」

延生站起來走了。回味剛才黃隊長的一番話，越掂量問題越嚴重，革命者的後代、高幹子弟、紅五類……五一六分子、現行反革命分子……一線之差一紙之隔，那麼容易跨越，說變就變，他迷糊了。按時到家，小錢今天興致卻很高漲，做了兩個葷菜一個素菜一個番茄雞蛋湯。一個葷菜是紅燒肉，延生最愛吃，悶聲不吭吃了小半碗；還有一個菜也是延生愛吃的獅子頭，吃了一個又一個。不知從哪弄來的紅果酒，兩個人也乾了大半瓶，小錢一勸之下，延生遞過酒杯，又斟了大半杯，兩個杯子砰的一碰，竟然都乾了！

延生昏昏然躺在床上，小錢收拾了碗筷放在塑膠面盆裏浸泡上水，心想待明兒個再洗，前後腳也跟了進來，鋪床睡覺。延生脫了外衣往被窩裏鑽，小錢脫光了依偎在汪的胸口裏。汪喝酒沒有醉，只覺得頭昏沉沉。小錢呢，酒量本不小，根本不醉，清醒得很，不由得有點興奮，開始撩撥他。汪經不得小錢略施小技，就痲癢得不能自主，小錢正求之不得，於是夫妻倆幹了一仗。汪幹得不漂亮，小錢意猶未盡，繼續求歡，汪無力量再幹，悶頭大睡，呼聲大作。小錢氣得捶胸頓足，輕拍汪的耳光也沒用，只得熄火，睜眼望著屋頂歎氣。

第二天第三天，直到第四天汪沒有找黃隊長交待五一六問題。黃隊長也沒找汪麻煩，卻找了小錢談話，那是第四天的下午。

黃隊長開口就說：「瓊花同志，你要作好思想準備。」

小錢嗲裏嗲氣的問：「黃隊長，您說什麼呀？」

黃：「你們領導沒有給你打招呼？」

錢：「沒有呀！打什麼招呼呀？」

黃：「你看看，什麼都能忘，這個招呼怎麼能忘呢！」

錢：「黃隊長，您說怎麼回事？別讓我猜啞謎了。」

黃：「噢，別著急，瓊花啊！年輕人嘛，愛著急，看你急成這個樣！不要著急，聽我慢慢跟你說啊！你說咱全國革命形勢一片大好，是不是？」

錢：「長城內外，大江南北，全國山河一片紅……」

黃：「對咯。咱無產階級專政的鐵打江山在毛主席革命路線萬丈光芒指引下革命形勢一日千里，勢如破竹地把劉少奇的資產階級反動路線打得一敗塗地，落花流水，革命群眾每人踏上一隻腳，大約十億多隻腳，你想想有多重有多少分量？叫反革命修正主義永世不得翻身，咱們紅色江山真的千秋萬代萬代千秋地傳下去，這有多好！這不都是革命群眾的心願麼！」

錢：……（想插嘴也插不上）

黃：「可是呀！晴空出現了一塊小小的自不量力的烏雲，妄圖與咱們心中最紅最紅的紅太陽毛主席他老人家一貫正確的革命路線較量較量，這不是雞蛋往石頭上碰麼！誰膽敢冒這天下之大不韙，咱工人階級不答應，千萬個不答應！瓊花啊！你要有思想準備啊！」

錢：「隊長，我小錢準備好了，只要毛主席他老人家一聲令下，只要工宣隊帶領，我小錢上刀山下火海，粉身碎骨誓死保衛毛主席！保衛毛主席的革命路線！保衛社會主義紅色江山！千秋萬代萬代千秋永不變色！」

黃：「好！瓊花同志你這態表得好，看得出你對黨赤膽忠心，最可靠的革命群眾，咱們革命運動的骨幹分子！（黃停了一忽兒，兩人都能聽到對方的呼吸聲，心跳聲，室內窒息了）瓊花呵！汪延生這兩天情緒怎麼樣？」

出乎意料之外的問題，錢瓊花木木的望著黃隊長，不知回答什麼好！丈二和尚摸不著頭腦。汪又出了男女關係問題？又跟哪個婊子幹上了？怪不得從大前天起，幹那個事像在敷衍我，不起勁，不像以前不惹他就上勁了。……正在胡思亂想，醋勁上來之際，只聽黃隊長又說話了，語調沉穩、嚴肅：「汪延生跟五一六反革命集團有牽連，領導上掌握了確實證據。為了幫助他從反革命泥坑裏爬出來，回到革命隊伍中來，前幾天我找他談過話，苦口婆心地講清了黨的一貫政策，我看他出身高幹，不錯麼！總要治病救人嘛，他又年紀輕輕的嘛……」

錢瓊花先是驚呆，張開的嘴合不攏來，突然一把抓住了黃隊長的右胳膊不放鬆，繼而哭了，哭得那麼傷心，末後竟大嚎起來，一把眼淚一把鼻涕地大哭大喊……黃隊長見採用政策攻心術，首戰告捷，小錢不僅已被擊中、摧垮，而且內心已被制服，哭得那麼傷心。……

毛澤東思想戰無不勝、攻無不克的威力再一次得到證明！錢瓊花擦乾眼淚，懇切地向黃隊長保證：

「我堅決聽黨的話，我一定按黨的要求去做，我一定和汪延生劃清界限，和五一六反革命集團鬥爭到底！總之一句話，黨指到哪裏，我就打到哪裏！」

她唯恐黨不相信她，懷疑她；黨，在哪兒？就是眼前坐著的黃隊長。錢瓊花恐懼、焦急的心，在黃隊長眼裏看得一清二楚，利用這形勢，開始第二波攻擊。

「瓊花同志啊！你放心，黨相信你，相信你跟黨一條心，所以今天才找你談談心，現在你和黨站在一條戰線上，不用害怕，敵人遲早會投降，或是被消滅。你回去跟汪延生談談，勸他早日徹底交待他的五一六問題，並檢舉揭發同夥，戴罪立功，爭取寬大處理，坦白從寬、抗拒從嚴這八字政策，威力無窮。不過吶，瓊花同志啊，也不能輕敵，五一六反革命集團之所以隱藏得那麼深，發展得那麼廣，你想北京、上海、瀋陽、天津、廣州、西安、成都等大城市不用說了，就是農村，甚至於邊遠的農村都有五一六反革命集團的黑窩子、黑據點，隱患有多大多嚴重，所以我們心不能慈手不能軟，堅決徹底一個不漏地把五一六分子統統挖出來。黨中央下了大決心。偉大領袖毛主席給定了性：『五一六是個反革命集團。』林副統帥指示：『堅決徹底乾淨地一個不漏地把五一六分子挖出來。』所以我說瓊花啊！你肩上的擔子有多重，看你能不能把隱藏在你身邊的五一六分子挖出來！對了！瓊花同志你要求進步，要求入黨，黨一直關心培養你，現在正是黨對你考驗的關鍵時刻到了。在這生死存亡的關鍵時刻，你是堅定的革命者還是革命隊伍的同路人、落伍者，就看這一仗了。」

黃隊長又咬著瓊花的耳朵說了些什麼，教了什麼錦囊妙計，不得而知。錢瓊花的精神完全瓦解，聽黨的話！聽黨的話！她一遍又一遍叮嚀自己，堅定自己，在這兩個司令部的又一次大決戰中考驗自己，堅決做黨的馴服工具。她想起已經寫好了的入黨申請書還在抽屜裏放著，明天一定交給黃隊長，也好以此表示自己的決心，接受黨的嚴肅考驗，爭取火線入黨。

五

盤算來盤算去，左思右想，愛意恨意交織混雜，根本理不出一絲頭緒。也不怪她，她本沒有邏輯思維的習慣，有的是感性的發洩型的脾氣。真如晴天霹靂，黨告訴她的丈夫是一個五一六分子，一個反革命分子，多可怕多嚇人，她忽然聯想到毛主席他老人家的名句，用在現在的她的境遇裏多麼恰當：「修正主義者赫魯雪夫就睡在我們身邊。」毛主席用赫魯雪夫影射劉少奇修正主義分子。小錢想，五一六反革命分子汪延生就睡在我身邊。我多糊塗，多麼放鬆警惕，差一點做了階級敵人的俘虜。她不止一遍又一遍問自己，我和反革命分子吃在一起、睡在一起，還拼命作愛，樂在其中。……她感到罪孽深重並痛恨自己，責問自己怎麼沒發現一些蛛絲馬跡呢？這正證明了黃隊長引用黨的論斷無比正確，五一六反革命集團隱藏得最最深的，偽裝得最最巧妙，汪延生就是這樣的反革命分子，一下子激發起錢瓊花萬丈怒火，踏進家門口的瞬間正是誓死保衛毛主席為首的黨中央的革命激情最最最高漲的時刻。

「我都知道了，還裝什麼蒜？」錢瓊花面對汪延生大吼一聲。

「你都知道什麼？」

「黃隊長都告訴我啦！還想瞞我？」

「瞞你什麼？」
「喲！裝得還真像，輕鬆得跟沒有什麼事似的！」
「沒有就是沒有！」
「我說汪延生啊！老老實實向黨交待清楚，出路還是有的。」
「怎麼啦？什麼叫出路還是有的？」
「坦白從寬，抗拒從嚴！黨的政策歷來都是這樣！」
「連你也不相信我？」
「我相信你，愛你，才跟你結婚，那是以前！現在可不一樣了！」
「現在又怎麼了？」
「你是現行反革命分子！五一六分子！」
「那是誣陷！」
「嘿！怎麼不誣陷我？單單誣陷你？」
汪延生語塞……
「怎麼不說話啦？乖乖地向黨交待清楚，竹筒倒豆子，沒有什麼好說的。」
「我不是五一六分子！我交待什麼呀！」

「你說不是也得是，黨掌握著確鑿證據，你還強嘴！你還有什麼好狡辯好隱瞞的？」

「我隱瞞什麼呀？」

「你怎麼參加五一六反革命集團的？上線是誰？誰發展你加入的？你又發展了誰？說了什麼話？你們一起又密謀了什麼？一五一十、一滴不漏地統統交待清楚。」

「我真不知道誰是五一六分子，我也不是五一六分子，又怎麼交待得出是誰發展了我加入呢？」

「你看，問題就是要想，細緻地回憶，把具體情節都回憶起來，在哪裏？哪間屋子裏？白天？還是晚上？把當時具體場景、細節都回憶清楚，比如那人開初怎麼說的？說了哪些反動話？你怎麼回答的？有沒有第三人在場？……有沒有填什麼表之類的東西？表上關鍵的欄目是哪些？表是豎式的還是橫式的？叫申請表還是叫登記表？表用的紙張是什麼樣的？一般白報紙還是道林紙？橫條紙？……」

汪延生盯著她一言不發。錢瓊花以為汪延生聽進去了，有希望回憶細節交待了；繼續做深入細緻的思想啟發挽救工作，聲音也比先前小些，語調也緩和了些。「黨歷來都是挽救人，黃隊長還說你是高幹子弟，從小受黨的教育多，你是一時失足受人矇騙，階級敵人要利用你，你放鬆了警惕，就上當受騙，上了賊船。不要害怕，黨是咱的親娘，她還能害兒子害你，你別再糊塗下去了。黨的政策你又不是不知道，『坦白從寬，抗拒從嚴』是總的政策，延安整風那個時候就用了，許多反革命托派分子都受用了。還有這總政策之下的小政策吶，叫『首惡必辦，脅從不問』。我看你呀！也不過是個脅從者。脅從不問，不是說不要交待，偷偷摸摸過關算了。群眾的眼睛是雪亮的，誰個劣誰個好都分得一清二楚，甭說你是五一六反革命分子，你們都是榜上有名的，全在群眾心裏掌握著呢！我說汪延生啊！你還頑抗什麼？你還想僥倖漏網？人民群眾早就盯上你和你們一夥了，頑抗到底，只有死路一條！」

延生時而氣得青筋暴漲、眼珠外凸，時而垂頭喪氣，軟癱在木圈椅裏，並無言語。

錢瓊花去竈頭上忙了一忽兒，端來一盤三個饅頭，一碗剩菜和一小碟油炸花生米，沒好氣地坐在桌邊自顧自吃起來，半當中突然衝著汪延生叫喚：「吃飯還要請？」

延生沒挪動身子，仍然癱坐在木圈椅裏。

「敵人不投降，就叫它滅亡！」

「全部、徹底、乾淨、一個不漏地挖出隱藏得很深很深的五一六反革命分子！」

「五一六反革命骨幹分子汪延生抗拒到底，死路一條！」

……

這類標語貼在汪延生的工作單位裏，外牆上、玻璃窗上、樓道裏、大字報棚裏，滿眼都是。

專門對付他的專案組已經成立好幾天了，內查外調，提審汪延生，作筆錄口供，逼他寫交待材料……但進展不大。同一大單位裏的鄔康已被群眾專政兩週了，據說他在嚴刑逼供之下已經開口交待了，證實汪延生是五一六分子，是他們一夥的，但是還沒有交待是誰發展汪的，還說汪參加過一個秘密小會，好像是火燒英國駐中國代辦處前夕，又傳出汪在火燒事件中衝進了英國代辦處，取走了一包什麼東西，不知轉移到哪裏去了？交給了誰？線索斷了。一包什麼東西？有說是英磅，有說是機密文件，有說……說什麼的都有，傳言滿天飛，真的假的混雜一處，臭魚爛蝦無從分別。

汪延生被專政了，關押在一幢大樓的地下室裏。那裏曾經關押過老右派分子，當權的走資派，現行的反革命分子，統稱為牛鬼蛇神的集中營，嚴刑逼供出來的口供當作證據，批鬥、遊街，老住戶已經視作家常便飯，新住戶神經緊張異常，六神無主。汪延生是新住戶，他還在考慮自己的面子，以後怎麼見人等等私人的小事，不像有的人大大咧咧，你要什麼材料，揣摩你的需要給你寫，落個態度好，少吃眼前虧，少受罵挨打。汪延生則不然，跟專案組較真，少不了皮鞭、木棍上身咬人，鮮血直淌。不出一週時間，他被晉級為特別看守，單間關押，強光徹夜照射，夜間被不間斷的麻雀戰攻心戰輪番轟戰審訊，老虎凳坐散了骨架，疼痛到麻木沒有知覺，仍不能滿足專案組的欲望。活不如死，死是一種解脫，唯一的一種徹底解脫。汪延生第一次感到死亡的誘惑，認真思考死亡，自殺是一條出路。他從專案組人的嘴裏聽出錢瓊花同他們一鼻孔出氣，在外邊散佈他莫須有的罪狀，更令他五內俱焚，誓不兩立。

錢瓊花在黃隊長唆使下正同專案組合謀套出革命鬥爭需要的汪的口供，把鬥爭引向深入發展，手段更加殘酷，慘無人道。

舊的專案組人員不露面了，換來了一批新人，對汪的態度變了，使出來軟攻手段。汪有感知，但不動聲色。傍晚，錢瓊花在專案組人員陪伴下出現了，「汪延生啊！進來有一個多月了吧？瓊花同志接你回家住兩天，後天十三號星期五這個時間仍由瓊花同志送你回來。如果這兩天你想清楚了，徹底交待了，群眾和黨原諒你，也許你就不用再進來了。現在跟瓊花同志回家吧！」專案組長交待過後轉身就走了。

瓊花臉上掠過一絲隱蔽的微笑，右手抓起汪延生胳膊就往外走。汪回頭想取毛巾，瓊花悄悄地在他耳邊低語，「家裏有，快走。」似乎很關切又柔和的聲調，延生不由自主地被瓊花牽回了家。

汪跨進家門，既親切又陌生。還是那個小餐桌、還是那個煤球爐子、還是那扇掛著小粉花布簾的小窗戶、還是那高低不平的長方磚地面、還是那張破床、那盞自製的小木臺燈、那對舊木圈椅……老朋友見面，不需言語，自覺親切；又有隔世之感，倍覺陌生，驅使它們的好像已換了主人，它們被清洗過被擦拭過被整理過……它們像是它們自己，它們又不像是它們自己，它們難道被換了心，換了內臟，換了腦子，換了靈魂……真不敢往下想。

鼻子癢癢，直想打噴嚏，延生用手揉鼻子，還是連打了三個噴嚏，響亮乾脆，也許是進門的好兆頭，也許是壞兆頭。朝不保夕的歲月裏誰也鬧不清下一個時辰會是什麼臨頭？禍兮？福兮？全然不知。小錢把延生按在木椅裏，像是命令又似嬌嗔地央告他：「坐坐，歇一歇，我撥開火把水燒開了，先洗個澡，洗得乾乾淨淨咱倆再吃飯。」

延生開始懷疑在關押期間聽到的關於小錢的傳聞，她不可能跟專案組一鼻孔出氣，她瞭解我，不會栽髒陷害我，甚至感到內疚，輕信傳言，真對不住她，冤枉她了。

圓形白洋鐵皮做的洗澡盆裏盛了小半盆溫水，延生只能在裏面半蹲半坐著，腳鴨子就伸到盆外了，這時小錢已經拿過毛巾、肥皂來，坐在小板凳上從身後往延生背上撩水打肥皂擦背啦！那熟悉的手法、輕柔的迫壓感令延生暫時忘卻了近期的地下室遭遇，他回味小家庭的溫暖和小錢愛撫他時的種種愜意，氣氛恰如其分的好、和諧，繃緊的神經一下子放鬆了，自如了。心裏想：妻子就是好。……他倆擁抱接吻在一起，摟得緊緊緊的，水淋淋的站在地磚上，一個裸體，一個穿著薄衫，全濕了。小錢挑逗著延生的下體，延生膨脹得不能自主……小錢退後一步告誡他，不要猴急，先吃飯。她主宰著把這一幕往後推遲。

延生穿上白色圓領汗衫、短褲從臥室走出來時，地上的水漬、澡盆都已由小錢收拾停當。砂鍋雞湯、一碟黃瓜炒雞蛋、一碟油炸花生米和泡酸菜、兩付碗筷已經擺放在桌上，一個朝北一個朝西向挨肩坐。一斤裝的二鍋頭酒瓶直挺挺地站在桌子東北隅，二隻小玻璃杯緊靠著兩碗白米飯旁邊。

小錢笑眯眯地提起二鍋頭瓶頸，對延生調笑道：「來一杯怎樣？」

「半杯吧！我怕頂不住。」

「好，先來半杯。」小錢將二鍋頭斟入兩隻杯裏。

「來！喝了這杯接風酒！」小錢仰頭一飲而盡，順手將杯口向下一傾。

「好！」延生只抿了一小口，放下酒杯，夾了一粒花生米吃。

「你為準備這桌菜，辛苦了。」

「還好！雞蛋是我爸送的，花生米家裏本來就有，泡菜我自己泡的，現成的，難就難在這隻老母雞了，說出來你真還不要怪罪誰，還是黃隊長關照小解從延慶鄉下弄來的呢！大前天他們就通知我你回來住兩天，就是那天傍晚也把雞送來了。」小錢詳細的告訴延生這桌菜的來歷，在小錢的用意表明工宣隊黃隊長的關心，專案組的仁慈，聽在延生耳裏，像針紮，實在不是滋味，又好像打翻了五味瓶，難以下嚥。不過，也不能拂逆了小錢的好意，畢竟在這時代辦這桌菜可不容易，難為她了。再說自己的腸胃太歡迎了，食慾被全吊起來了。

小錢有意勸進，廷生半杯、一杯、再一杯的二鍋頭下肚，神經末梢漸漸作怪不聽指揮，昏沉沉、醉醺醺，不能自己了。小錢趁勢扶延生進臥室上床，玉成好事，妄圖先圖個痛快，戰他個天黑地昏，豈不知延生久未沾酒，又多飲了幾杯，竟然有氣無力，不能征戰，害得小錢色慾無法滿足，折騰來折騰去，爬上爬下瞎折騰，渾身出汗，延生依然垂頭喪氣，不能攻戰……末後，延生竟打起呼嚕來，一頭睡過去了。

小錢只得翻下床來，進廚房收拾了桌子，洗了碗筷，坐在窗前扇扇子，胡思亂想。剛才這一幕，本來不在黃隊長交待給她的設計之中，這是她自己加進去的，沒成功，只怪自己不好，黨不是這麼安排的，黨叫我用軟的一面勸他回心轉意，轉變立場交待問題。什麼叫「軟」？我領會錯了？也怪自己沒問清楚什麼叫「軟」？黨不會錯的，錯一定錯在我小錢。不管怎麼樣，我得完成任務，叫他徹底交待，用黨的政策攻心，把他這個頑固的碉堡拿下，否則兩天過去了，怎麼向黨交待？怎麼接受黨的考驗？怎麼火線入黨？這一連串問題攪得錢瓊花腦子裏像一缸漿糊。後來，她自己也不知道怎麼爬到床上躺在延生身旁睡著了。

六

小錢一心想兩天內完成黨交給的任務；

延生思索著小錢的所作所為；

小錢好言相勸，詞窮理屈，白費口舌；

延生明白了工宣隊放他兩天假的真實用意；

小錢暴露出真槍實劍，大加殺伐，威脅加碼；

延生聲色俱厲，眼睛雪亮，義無反顧，大喊冤枉，指責幫兇。

夫妻反目，大擺戰場，把話說絕。延生已經無路可走。「敵人不投降，就叫他滅亡！」的口號聲在耳旁迴蕩不迭。他明白明日再進地下室，真是到了滅亡的日子！甭想再活著走出地下室。

傍晚時分，延生主意已定。沈默不語，靜心聽小錢潑婦般咒罵不停！延生再不吭一聲，他的心已死了！他的耳已聾了！他的眼已瞎了！他的知覺已盡失了！真實的延生已經死亡，坐著的只是延生的軀殼。

第三日午前，延生沒有小錢陪伴，自個兒走到工宣隊黃隊長辦公室門口，也沒有敲門就推門進去，掏出一個棕色信封放到黃隊長面前的大辦公桌上，「我坦白」三個大字赫然映入黃隊長的瞳孔裏，黃隊長半是驚愕半是欣喜的眼神遊移不定，汪延生直挺挺站在那裏，紋絲不動。

黃隊長抽出信紙，開始讀起來：

我坦白

我沒有參加五一六反革命集團！我不是五一六反革命分子！「坦白從寬，抗拒從嚴」的黨的政策我知道，但是我沒有什麼好坦白的，也不需要什麼從寬處理我，我本來就沒有罪，清白的，還用得著黨來處理我嗎？

為什麼成立我的專案組？我沒有罪為什麼要成立審查我的專案組？人民內部哪有一部分人對另一部分人隨意抓起來關押起來，嚴刑逼供交待罪行的？我父親是革命者是黨的高級幹部，我是革命子弟，參加過少先隊、共青團，我也打過好幾次入黨報告，黨支部把我列為培養對象，叫我聽黨課……現在突然都變了，反了。一夜之間我成了一個現行反革命分子，我成了無產階級專政的對象。我思想裏就是不服，就是有怨氣，於是專案組成天打我態度，誣衊我對無產階級專政刻骨仇恨，反對無產階級文化大革命，炮打無產階級司令部，攻擊偉大領袖毛主席！說我罪惡滔天、罪該萬死！要把我打翻在地，再踏上十億隻腳！總之，先要把我反革命囂張氣焰打下去，這是哪家的王法？不是要叫我被屈打成招，做冤死鬼嗎？我不幹！我抗爭！我寧死不屈！視死如歸！

我知道了你們的陰謀，我知道了在你們的手裏我只有死路一條！你們唆使我的妻子錢瓊花先是誘惑我交待所謂五一六罪行，爭取黨和人民的諒解，當我義正詞嚴拒絕之後，露出了尾巴，對我兇狠至極，再惡毒的話都說出來了，讓我明白了你們搞陰謀的本質，要把我置於死地而後快。她不過是一條小狗，你們豢養的一條小小的瘋狗，黃隊長你也不過是一條狗，受人指使的搞陰謀的狗，層層疊疊等級的狗們中你還屬於下層的一條瘋狗。我再一次義正詞嚴地宣告：我不是五一六反革命集團成員！我不是五一六反革命分子！你們想把我屈打成招，製造再一起冤案！你們罪大惡極，喪盡天良！

我準備結束生命，成全你們的願望！我被你們逼迫得走投無路，我無選擇地做了殺人犯！用你們豢養的小瘋狗的鮮血提前祭奠我一個無產階級革命者後代、高幹子弟的英魂！而且是由這個革命者的後代自己動手親自完成了這一祭奠自己英魂的儀式！這是曠古未有的創舉！你聽說過嗎？你能否定嗎？

現在你們可以把我抓起來，押著我領你們去現場找人證物證，地點就在我家裏！作案工具是剪刀和菜刀。我已將小瘋狗分解成幾大塊，裝在麻袋裏，推到床底下。原先想翻地磚，掘地三尺埋到地下，轉念一想不用如此遮遮掩掩，無產階級革命者的後代連這點血腥小事都不敢承擔，豈不玷污了先烈前輩的名聲！想起革命先輩們拋頭顱灑熱血的壯烈場面，我自形慚愧不如於萬一。於是我決定前來自首，坦白！我必須告訴現在活著的人們，我殺小瘋狗的動機：一，我不讓黨蒙受製造多不勝數冤案的美名中又加上我這一樁冤案，少一樁總比多一椿好，我無力不讓發生別人的冤案，但我用自己的血肉之軀讓黨少做一椿冤案的赤誠之心的行動而為黨貢獻出我的性命，並以此作為我申請加入黨的最末一次表白。二，我殺不了被豢養的所有狗類，也殺不了你黃隊長這階層的狗，我只能殺一條小瘋狗。但這意義遠不止於殺掉一條小瘋狗，這小瘋狗是狗類的象徵，是狗類的大悲哀。三，我殺了小瘋狗，就是殺了人，我就成了殺人犯，這樣你們就可以順理成章地槍殺我了，我為你們設想並成全了你們的陰謀、你們的心願。四，最後這一點是最重要的，我是被你們逼迫才走上這一條死路的。你們打我態度，又說態度決定一切！態度好，罪行就輕，還可立功贖罪（就是要我像瘋狗一樣喪盡天良亂咬別人，我不幹，情願死。）！完全是顛倒黑白，人間地獄！我是一個好人，我不聽你們擺佈，我只得以死抗爭！喚起人們的良知復活！

我死而無憾！我對得起我已死去的父親母親！我死在父母親為之奮鬥終生的紅色江山坐穩了的紅色政權的槍子下！

汪延生　一九七零年五月十六日

兩個月後，汪延生夥同其餘二十多名據說都是刑事犯罪者（政治犯思想犯在理論上是不會被處於極刑的，即使要對他們用極刑，也會找到刑事罪名去解決的。汪延生又不在此列，他自己主動製造殺人罪名以示對黨的最後忠誠。），在東郊體育場經過八萬人的見證下，被宣判死刑，剝奪政治權利終身，立刻執行槍決！反革命分子家屬必須交納兩角五分的槍子兒錢！決不讓反革命分子臨死還佔了人民群眾的一分血汗錢！

事後傳言，當汪延生被押下審判台，由兩名大兵拖去刑場的路上，延生哀求道：「我還可以為黨為人民畫畫來贖罪，我還可以畫《毛主席和白求恩》。」延生畫的油畫《毛主席和白求恩》，在那革命年代的初期紅火過一陣，隨著作者被槍斃，畫作也不再被提起和宣傳了。傳言只當傳言聽，不要太認真，為什麼？因為大兵們早就準備好了細鋼絲繩已經勒住這些死刑犯的脖子，只讓他們喘小口氣，哪有說話和亂喊的可能？輕輕往背後一勒鋼絲，連喘氣的份兒都沒有，所以都是拖著的，到了刑車上都是由兩個大兵兩邊一夾架住的。這傳言分明是沒有經歷過也沒有聽聞過怎麼通過這最後階段鬼門關的人胡謅出來的，所以可不能輕信它。

汪延生被關押審查的起因是懷疑他是五一六反革命集團成員，五一六現行反革命分子！結局是以殺人犯吃了一顆槍子喪命！前者的結論是「事出有因，查無實據」，不了了之，並非開恩汪延生一人，而是整個所謂五一六反革命集團大案純屬子虛烏有！統統是捏造！汪延生在閻羅王生死薄上的死因一格填：「冤案」！

錢瓊花在閻羅王生死薄上填：「冤」！少了一個「案」字。

◎唐寶石

一

唐寶石不知從哪裏輾轉聽到汪延生遇難的消息，從法國寫信來問倪十力，想證實消息是否確實？信中列舉出他聽聞延生之死的四種不同版本：第一種版本是延生殺妻後從四樓窗戶跳下自殺的；第二種版本延生沒有殺妻，從三樓跳下摔斷了脊樑骨，成了殘廢。錢瓊花改嫁給了黃隊長；第三種版本延生殺妻後臨刑前高呼：毛主席萬歲萬萬歲！偉大光榮正確的中國共產黨萬歲！後在刑場獲救，關在獄中繼續畫《毛主席和白求恩》；第四種版本延生未殺妻，小錢被他人所殺，栽贓延生所為，被殺！

唐在巴黎盧弗爾宮臨摹安格爾的油畫《泉》，正在畫少女肩上的瓶口時耳聞的，竟立馬丟下畫筆，拿起木炭條寫起信來了。他全然忘掉地球上被劃分成一塊一塊的顏色，每塊裏都由國王、總統、主席……等等稱謂的最高統治者掌管的，他和汪延生在大學裏讀書時是好朋友，怪不得他如此激動，想弄清楚究竟。

僅僅七年的時光，竟能洗刷了人們的記憶，如果真是這樣，那也實在太可怕了。人是多麼健忘的兩足動物啊！

二千五百五十五天前，唐寶石申請去香港探親，名譽叫探親，實際上無親可探，說是因為唐的祖父在印度尼西亞，辭世後有少些遺產要處理。當時的人，一聽遺產兩字，眼珠子都要凸出來了，總想像著有大把大把的錢進帳，其實並不一定如此；當時的人，一聽去香港那消息不脛而走，用不了半天全校園的人都知道了，是大新聞。唐去香港，後來真的釀成大新聞，弄到他只好留在那邊，有苦難言，只有他自己心知肚明。你聽他訴說：

我去香港探親純粹是偶然的事，只因為我祖母太想我了，說長孫已經上大學了，我還未見過，再過兩年她老人家也歸西了，就永遠見不著了，所以動了心，一定想法叫我去香港見她老人家，她從雅加達到香港，把香港作為一個會面的地點，大家都方便，事情就這麼簡單。可是事態發展令我懊喪不已。

我向系裏提出申請，幾經周折，一個多月後，我看到在我的申請表上寫著：「沒有理由不准出國。」這八個字的意思是我獲准去香港。於是我著手辦護照，帶幾件換洗衣服，過個暑假就回來。臨走前系裏叮囑我早些回國，我一口答應了。

順利見到了我的祖母，她老人家問我學什麼？老師教得怎麼樣？我一五一十如實回答。祖母說聽起來你學油畫的條件還不如香港好，那你不能換個地方學？至少這暑期可以在香港學一段看看，什麼時候回去以後再說。我說趁暑期放假來看看您老人家，暑假結束我就回校的。剛過一個月，哪料到北京的學校來信催我回校，我想現在是暑假，又不上課，我在這裏多看看，美術館、畫廊也多，增長一些見識，所以未馬上回校。八月下旬學校又來信催，說如果逾期不歸，要按校紀處理。有點威脅的味道，校紀處分等級我聽說過一些，無非是警告、嚴重警告、記小過（累計三次小過成一大過）、記大過（累計不得滿三次）、留校察看、勒令退學、開除學籍。我沒有把這事看得有多嚴重，所以也就沒有及時回應何時回校。豈不知那邊學校裏已鬧騰得很熱鬧很厲害了，這是後來我才聽說的。說我目無校紀；又說我滯留香港屬違法行為……謠言越傳越嚴重，後來竟至於說我與香港黑道有關了，把我祖父也牽涉進去了，鬧到最後竟然認定我「潛逃」香港，真是笑話！這期間我收到學校一封措詞強硬的信，像最後通諜一般，其中要害的一句話：「如果你不馬上回國到校報到，我們將不保留你的學籍，視你的行為而定，直至開除！」

這是什麼話？我請假出來，學校批准，合法探親，利用假期在外多參觀學習幾天，用得著這麼大動肝火，威脅著要開除我的學籍。我祖母聽我唸到這句，跳了起來說，「你北京這學校還有沒有王法？拿開除學籍嚇唬我孫子，」又回頭對我說：「孫孫，就不回，看他們怎麼著你。學籍，還不稀罕呢！」一看祖母動氣較真，我倒心慌了，千萬別這樣，我對祖母說：「你老不知道內地情況，他們在這方面認真起來可不得了，真是說得到做得到，不馬虎的，殺雞給猴看，我就被開除定了，將來想回也回不去了，趁早我回去，明天就動身。」祖母聽了，也有些躊躇了，自言自語地說：「聽你說學校領導真那麼厲害？我有些不信。」我說：「現在同抗戰時期不一樣了，那時要組織廣泛的統一戰線共同抗日，也同五十年代初不一樣了，民主黨派共同參政，由政協來協調各黨派在黨領導下共商國家大計，五七年反右派鬥爭整了一大批民主人士，縮頭烏龜者成了民主黨派的領頭羊，有的跨黨派成了執政黨分子，您說厲害不厲害？好了，我看我還是乖乖的早些回校吧！事情鬧大了不好收拾。」祖母一時間也無話可說，推說明天再商量不遲。

兩星期前我給十力寄出一封信，探聽一些學校的情形，湊巧今天收到他的回信了。十力告訴我：你的事在學校裏已鬧得沸沸揚揚，都在傳說你已叛逃了，不回學校來了。只差一紙公佈開除你的學籍，至少佈告欄裏還沒有貼出來。看完信，我琢磨著，現在我被逼得很尷尬，即使馬上回校，保住學籍，但少不了要我檢查，交待錯誤，挖思想根源。我怎麼挖這個叛逃、潛逃的思想根源呢？我根本沒有想潛逃，哪來的思想根源？我肯定挖不出，不檢查不交待就是頑固抗拒，這不越弄越僵？越來越被動？我不是自己向絕路上走嗎？回去等於自投羅網。

三伯父上門來，祖母叫我去應門，我說三伯父您來得正好，我有事求教於您。祖母說是她打電話叫他過來的，三伯父坐定，祖母就開腔了，把我目前的處境說了一通後問：「現在您幫我想想，寶石孫孫服從他們馬上回北京學校去好呢？還是有別的辦法可想？」三伯父反問我有什麼想法？我說我拿不定主意，又把上面的擔憂說了一遍。三伯父說現在想問題的門徑似乎應當分兩步：第一層分析回學校去學習究竟能學到多少？經過這一波折，學校對寶石侄兒的看法可能對他的前程有何影響？如果有，影響可能有多深？第二層再考慮不回北京的學校，在香港或去英國去法國能否學習油畫？學到你所希望學到的東西嗎？

我說回北京的學校能學到多少不好說，我已讀完三年級，基本技術、技法都已教完，接下來的四、五年級主要是教創作。三伯父插話，創作怎麼教？我答：「首先是學習文藝理論，馬恩列斯怎麼論述文藝的，毛主席的文藝思想，尤其是他在延安文藝座談會上的講話，一定要重點講的。再有就是黨的文藝方針政策，如文藝為工農兵服務，文藝為無產階級專政服務……等等。」三伯父不耐煩聽這些，叫我說說這一波折後可能的影響。我說這真說不清，叫我檢查交待，我肯定檢查交待不出什麼，要我跟著他們的口徑說自己有意潛逃、叛逃，哪怎麼行？我不幹。那麼肯定說我態度不好，立場有問題，先不說最後給我下什麼結論，怎麼處理？就這件事的記錄放在我的個人檔案裏，那我一輩子背著黑鍋，甭想挺起腰桿子做人畫畫了。三伯父連連點頭，說他明白這個檔案的厲害，他們就靠這個控制人叫你一輩子活不痛快，除非寶石侄兒願意昧著良心投靠興許會改變會過得好一些，那也太難了。「依我看，不用回了，留下來吧！」末尾兩句是回答祖母的問題而說的。

祖母也說我看呢，這邊學什麼做什麼都自由些，選擇的餘地大，何必吊死在一棵樹上呢！事情就這樣定了。三伯父說：「這第二層意思呢，今天不用談也不用急，寶石侄兒在這邊多看看多想想，過一陣子再拿主意也不晚。」祖母高興，留三伯父一起用完午飯才放他走。

二

一晃過了好多個年頭，真是無巧不成書，那一年春末夏初，我在盧弗爾宮內庭院走過，不遠處看見一個人的身影那麼熟悉，那人在逗鴿子玩，鴿子也逗他玩，飛在他肩上，又跳到他頭上，再飛落到他伸出的右掌心上，興致正濃，我走近看到這個人兩隻犬牙那麼突出，我心頭一動是他，一定是潘先生，三步拼作兩步走過去，恭恭敬敬叫了一聲潘老師。不想他一楞，迷茫的眼色盯我看了看，繼續與鴿子玩，我又叫了一聲：「潘老師，我是唐寶石」。唐寶石這個名字喚醒了他，撇下鴿子看清了我：「啊，嗨，是你呀！」兩雙手握在一起，好一會兒沒鬆開，激動的情緒過去之後，我陪他到塞納河南岸路邊P・C咖啡店喝咖啡，他問了我出來以後的情形，我一一報告他。他歎了一口氣，好像時間把他倒轉回去，回到我決定留在香港不回北京學校那會兒去了，潘老師說開了：

「那陣子可緊張呢？把我急壞了，系裏、院務會議討論過好幾次關於你的問題，你逾期未歸，系裏開會怕擔責任，就報告院裏，院裏說寫信催你回來。沒有作用，最後用學籍保留或開除這張牌將你一軍，信一發出，我就發覺錯了，怎能靠將軍這一法子呢！一將軍，問題複雜，矛盾激化，哪邊自由？誰的心裏都清楚。我心想唐寶石不會回來了，這封信等於斷了你的回校後路，誰願自投羅網？誰都明白你回來沒有好果子給你吃。少不了檢查、批判資產階級思想，往重裏說這是叛逃呀！果然你一字未回，從此杳無音信，如斷了線的風箏一般。我也想你肯定這樣做，你不傻，我知道你。現在我要告訴你由於你的事我可遭了罪。追查誰放你走的，是黨總支集體討論通過的，但當時沒有會議記錄，互相推諉，都怕擔責任，上面怪罪下來，這罪名難擔當哪！後來查到由我簽字，並有『沒有理由不准出國』八個字，算是找到源頭，我一看，賴不掉，筆跡也是我的，怎麼辦？我左看右看，急中生智，想加一個逗號進去，點在『由』字後邊，句讀成『沒有理由，不准出國』。這個逗號是關鍵，有與沒有意思絕然相反，我的責任可推卸掉。但考慮到墨水漬深淺不一，不好下手加上這個逗號，於是我辯白當時筆誤，少點一個逗號，『沒有理由不准出國』變成了沒有理由不讓人出國，就是可以出國了。如果不漏點一個逗號，『沒有理由，不准出國』意為沒有出國的理由，所以不准出國。總而言之，我承認我工作疏忽，少點了一個逗號，這是一個嚴重的錯誤，我承認，再多的錯我死不承認，那有多難呀！你想像得出來，原先跟我不和的人這下子總算抓住把柄了，猛攻；原先和我一頭的，看勢頭不對，多數都轉向了，藉口很正當，跟我劃清界線，他們兩者的區別在於，前者一定咬住我批准你出國，由我擔當協助叛逃的罪責；後者說即使相信你只是筆誤，也是不可饒恕的錯誤，因為這個錯誤造成的後果是嚴重的，因為效果是一樣的讓你叛逃了。就這樣可笑！當時誰也不去想想，追問一下，唐寶石去香港的動機是什麼？又帶出去了什麼密件？一個學生能接觸到哪一級黨的機密？不可能！再說去香港怎麼叫出國？香港不是中國的領土麼？租給英國九十九年，又不是割土給了英國人，租出去的東西主權怎麼就變成租借人的了？一點常識、邏輯、理智都沒了。人們瘋狂了，瘋極了，一個方向颳風，越刮越大，越刮越亂，結局是我下臺，不當總支書記了事。還好，沒給我一個黨內處分已是不幸中的萬幸了。」

我聽完潘先生的敘述，哭笑不得，真不知道我的事鬧得那麼雞飛狗跳了一場，潘先生受委屈了，我趕緊向他陪不是，離開咖啡店去皇宮飯店，請吃法國大餐，這是陪禮道歉的一種好方式。我們中國一向自詡是禮儀之邦，又是以吃聞名於天下的，由民以食為天的理論支撐，更是橫行天下，現如今愈演愈烈。潘先生的酒量本不小，一頓酒飯下肚，早把宿年的積怨不快情緒驅趕得無影無蹤。他又詢問我的近況，我又一五一十地向他報告一遍，他直點頭稱是，幾次插話評論：「比上藝術學院還好，學藝術應該自由選擇，尤其像你這樣有天分的學生。你的路走對了！」

我簡直不敢相信自己的耳朵，潘先生地下黨出身，學的是蘇俄的油畫，無論從政治、藝術哪個角度似乎都不該說出這樣的話來。我心想大概潘先生故意說些好聽的話，鼓勵鼓勵多年不見的學生我吧。因此我小心翼翼地對他說，「潘先生，學生我雖然離開學校離開你有些年頭了，但我經常想到你，我現在仍然是你的學生，你不妨直率的批評我指導我，怎麼走自己的藝術之路？其實我很徬徨，以前學校裏學的和現在接觸的實在很衝突，在我的心裏血液裏常常角力，勝負未分，或者換句話說，相容並蓄，但我至今未悟，仍在摸索再摸索啊！」

潘先生仰天哈哈大笑，怪我太謹慎，勸我不要學做謙謙君子，藝術家者向來以狂妄傲世為榮，那是才氣的標誌，屈原狂不狂？人間無人可以與之對話，他與天相對，才有「天問」一名篇問世。畢卡索更狂了，任何人都不在他的眼裏，幾筆一勾，和平鴿出世了，風靡全世界；非洲黑人藝術、亞洲佛教繪畫、日本浮世繪無不在他筆下玩它兩下子，就成了他的創造，世人頂禮膜拜不迭。我們中國的獨孤氏、歐陽氏也不都是口出大言者，才震住了國內藝術界。「我說唐寶石呀！這可不像你的風格。藝術這個東西，你以為是什麼？不過是一種工具，是用來為某種目的服務的，看來似乎高雅的工具，僅此而已。這一點你不懂，我們地下黨在藝專裏面怎麼活動？地下黨員不學畫怎麼打入藝專？所以學畫不是憑黨員自己的愛好，而是一種任務，黨分派給個人的一項特殊任務，學畫不是目的，是手段，為革命這個目的而找的一種掩護，就像天冷時穿一件大衣一樣，這不是工具是什麼？現在執政了，情況變了，但工具的本質沒變。黨員要在藝專真正立住腳，專業上拿不起來，遲早被那些對黨心懷不滿的藝術家瞧不起，貶低你，所以我們一再強調培養黨員藝術家，或者找業務上強的人拉進黨內來，一樣壯大黨員藝術家的隊伍，擴大力量。當然這是在和平時期，一旦力量大不平衡時，黨會運用政治運動的手段把那些與黨抗衡、離心傾向者整一整，就老實一陣子，穩定一陣子了……，這些手段，或者說得冠冕堂皇些，就叫做領導藝術。你是不懂的，這裏面可有大學問了。藝術與政治比，真是小巫見大巫了。」

潘先生的一席高深宏論，我聞所未聞，丈二和尚摸不著頭腦，連聲稱是是是，佩服佩服再佩服。潘先生似作結論地最後說道：「我們有緣在異國他鄉不期而遇，緣分大著呢！」我也隨他回答他：「緣分大著呢！」

三

又過了幾年，我手頭有些餘款，部分是我多年的賣畫積蓄，過半部分是我祖母的，祖母年事已高，遺囑中贈我一筆錢，後來轉到我的銀行帳戶上了。所以這幾年下來我有些多餘的錢。人真是奇怪的動物，或者真的相信世上的一切，包括錢都是身外之物，多餘的錢有何用處？因此寫信告訴十力，問他怎麼在國內用掉這些錢的大部分？十力回答我：「你想想清楚究竟在哪一方面做善事，那就往哪個方向投，如你所說不圖報酬，只圖痛快的話。」又順便告訴我潘先生升官了，成為華夏美術大學的黨委書記兼副校長，校長是黨外專家，不管事，所以潘書記權力可大了，大不比從前啦！

十力無意中給我的這條資訊，我派了大用場，何必不直接與潘書記聯絡呢！於是我打了個電話給他，一聽清楚是我唐寶石，他眉飛色舞的表情從電話線那頭傳過來，客套之後，問我有什麼打算？我一說想把一些手頭不用的錢……話音未落，他就接過話頭：「緣份，緣分。讓我按排一下，不急。你先回國訪問，看看祖國，看看首都北京一瀉千里的變化（一日千里說成一瀉千里，我理解他因激動造成的口誤，就像多年前的那次筆誤一般），我們好好合計合計。」我告訴他回國一次耽誤不少時間，他回說：「儘量按排緊湊點，一星期怎麼樣？」

一個月後我飛抵北京開始了一個星期的回國之行。北京真是大有看頭大有變化，馬路寬了，一環二環三環四環把北京包圍住了又打通了，立交橋東西南北這一座那一座像蜘蛛網一樣張開著，高聳林立的水泥鋼筋和玻璃混合的寫字樓、住宅樓和四星五星級豪華大飯店像外國象棋盤上的棋子一般矗立著，默默不語，連故宮大殿的撫廊裏竟開張美國的「星巴克咖啡店」，真是匪夷所思，任憑你再豐富的想像力也敵不過北京的現實存在。不過這還只是看得見的摸得著的硬體，軟體怎麼樣？回國之初我一無所知，一週之後我似乎略有所悟，放在後面去說。

潘先生，不，潘黨委書記的派頭、排場今非昔比。我去看他，黨委兼校長辦公室的工作人員先把我引進貴賓接待室，寬敞明亮的大房間，沿四邊牆排放著單座、雙座、三座大套大沙發，都穿著雪白的帆布或嗶嘰外套，縫頭鑲嵌一絲紅繩，十分醒目，靠背左右上方的角邊鑲一松樹形圖案，嫩綠色，圖案不大，倒也別致。一張張茶几整齊地排在沙發前，像僕人一般恭候著。北面牆正中的三人大沙發前的大茶几上一隻圓形小口玻璃瓶裏，插了幾支紫色繡球花，球形花壓在圓形玻璃瓶上，重覆又壓抑，形不美，一無趣味，反倒與這白套衫大沙發、木呆呆的大茶几還算相配。

我剛落坐，一位半老不大的小姐進來給我沏茶，帶圓形小帽滴子的瓷杯蓋不知怎麼掙脫了小姐的手指跳到地板上，一咕咯滾出八尺來遠，竟未受損也未破碎，她順手撿起來，往手心地一擦又蓋上了杯口，動作很是嫻熟利索。

我還未喝上水，潘書記急急地推門而入，向我奔來，我忙站起，兩雙手慌亂中又攥在一起，緊緊地，好長一會兒，但顯然沒有上次巴黎相見時激動了，這時節，只聽他急速地道歉：「咳，有個急件要看要批閱，上報宣傳部的，耽誤了，讓你等了，抱歉抱歉。」

我沒有看見潘書記搖頭使眼色，也沒看見他擺手的動作，招待我的人員悄然不見了，一個不剩，門已掩上。

「這裏就我們兩人，隨便說，不要拘束。」潘書記說。

其實我還是心有餘悸，早年讀書輟學的事，一踏上這塊大地就有一根無形的繩索提著了我的心房，於是我試探著問：「那年所謂叛逃……」

潘書記不等我把話說完，就接過話頭安慰我：「這事早就過去了，你看我不是也提升了麼！不要心存不安，再說當年這個『叛逃』的說法就有問題，不過咱不能這麼較真罷了，較真也沒啥意思。黨的政策變了，形勢變了，我們的思想要緊緊跟上還不夠，要緊緊追上才好。以前有以前的政策，用那時的政策衡量是錯的，就錯了；現在的政策衡量是對的，就對了唄！其實呢，好些事不能用對或錯的概念絕然分開，對中有錯，錯中有對，糊裏糊塗，不清不錯跟著走，保你不出大錯，小錯認個錯，檢討一下，態度要好，什麼叫態度好？就是痛痛快快認錯，本來沒有錯，你說有十分錯，本來有三分錯，你說十二分錯，總之把那些要批你鬥你的人肚子裏的話先他說出來，不就堵住了他們的嘴，說不出更厲害的話來了？當然你認錯的時候千萬不要嘻皮笑臉，而要低著頭、順著眼，少不得再來一兩滴淚水，眼淚汪汪更有誠意，更動人更好……，盡說這些幹什麼！『叛逃』的賬已經一筆勾消，舊事莫提。」

他又是讓茶又是讓煙，問我怎麼樣？我答要聽您潘書記的高見。

他說學校正在擴建，舊樓太矮太小太舊太破不適合現今的形勢，您看四周圍都是高樓林立，把我們都包圍住了。是不是由你出資建一幢樓，以您的名字命名「寶石樓」如何？多響亮的名字？主要考慮該樓的用途，這要看您的意思，您喜歡教育呢？展覽呢？娛樂、電影、舞廳呢？還是培訓……任您挑，這是一層意思；第二層意思呢，學校也不能只用您的錢做事，也得給您回報，給您一個工作室怎麼樣?您回來也有作畫的工作室，回來期間，只要您願意，招幾個研究生在您工作室學習，您一年回來一兩次指導指導，二年後就是您帶的碩士生、博士生，何樂而不為呢!當然了，學校擴建計劃中有外藉專家樓，劃給您300平方米的四居室三衛浴二客廳一個大套，您的家人、朋友來京也有個住處，裝璜一流，人說賽五星級賓館，公共設施服務，您大可放心……，他一口氣說下去，沒有我插話的空隙，這才輪到我答話：「您談的計劃都很好，但不知這『寶石樓』造價要多少?」潘書記突然低聲細語，好像旁邊有第三者竊聽著似的說道：「這好說好說，說高就高，說低就低，甚至你拿少部分，大頭我們出，這都無所謂，主要考慮對外開放的正面效應，國際、國內可以影響一大片，我們名譽上也好聽，宣傳起來又方便，會吸引更多的人仿效您來捐助……，」我有點躊躇，心想這怎麼行，豈不是有點兒弄虛作假的味道?將來查出來怎麼辦?大概我心裏發怵，臉上表情已經傳達出來。潘書記看出我的心理活動，大聲說：「您放心，這一切由我安排，我包了，這有政策的，您放心吧，一百個放心，再說現今國家特大要案重案堆積如山，貪汙幾十萬、幾百萬的人有的是，甚至幾千萬、幾億的人都有，盤根錯節，說查就那麼容易查清了?查到一定高層查不下去了，也不敢查了，不了了之。我們這兒，您投入我沒貪汙，只是稍稍借用一點名譽，根本沒有事，大家還不是為了國家利益嗎?到哪裏去說理都在我們這邊，寶石呀!出去時間長了，看來您真不瞭解國內的情形了，晚上我讓人給您送去幾份小報看看，那上邊的馬路新聞可熱鬧了，都是有鼻子有眼的，什麼黃河晚報、揚子晨報、長城新聞、世界郵報……都是可看的，您若再不信，」他又壓低了嗓子：「明天我帶幾份內參給您看看，那才叫您嚇一跳吶！」

離開潘書記後，唐寶石找到倪十力說了這一切，問十力怎麼看？幾次三番追問，倪總是笑而不答，玄奧難辯，微微搖搖頭，左手捋那上唇短鬚說：「不懂。」

一年半後唐寶石再訪北京，大吃一驚，潘書記上次畫的餅，豈止充饑？數十人大吃大喝也吃不完，工作室、四居室都等著唐寶石歸來，潘書記又升一級，榮任全國文聯副主席，全國政協裏頭也謀了個什麼理事、常務理事的當當。昔日的「叛逃」者今日名正言順堂而皇之的成了他的座上客。唐寶石再也不用躲躲閃閃，新朋友源源擁上門來，越滾越多，畫冊幾家美術出版社搶著出都來不及，倪十力卻與之漸行漸遠，終於絕跡了。

傳說中唐寶石正計劃著在北京郊區的大興或西山或小湯山地面大興土木蓋一座大莊院，五米高圍牆加電網，雇幾個保鏢，養幾條德國夏波爾特種大狼犬耍耍威風，過幾天吃喝玩樂的土地主加洋葷的風光日子。

第三部

葛淮踵

一

冀山北麓有個名叫香河的小鎮，傳說以榨芝麻油聞名周圍數百里，芝麻油在當地不稱芝麻油，以其味香濃俗名香油。出香油的村子不知從哪個朝代起改名香河小鎮了。香河產的香油行銷天津、北京、大同、包頭等城市，開初貨色不錯，頗得名聲；又不知從何年何日起，香油味兒變了，有的說摻假，有的說芝麻粒兒太陳變味，總之，江河日下，一蹶不振，香河不產香油了，知道的人也越來越稀少。不過，香河人會做生意的名聲依然在外，不見衰絕。

葛家在小鎮上屬貧窮戶，葛淮踵十二歲那年他爹葛棒子當上了鎮黨委副書記，從此葛家政治上翻了身，經濟也逐漸寬裕了，葛淮踵的爹眼光看得遠，政治、經濟翻身不長久，只能滿足眼前利益，學文化上大學才是長遠之計，所以他去北京走門路，找到早年離開小鎮鬧革命，現在北京城裏做了什麼區政府的副區長奇達周，幾次上門求見，送土產，攀老鄉關係。也就是倪十力上北京讀書那年，葛淮踵早了半年進了北京城，七轉八轉他作為代培生，也進了那所藝術學院，正巧與倪十力同一年級同一班。

前面說過，葛淮踵已被系黨支部指定為臨時團支書，因為他出身貧窮，他父親又是基層黨幹部，頂呱呱的根正苗紅，革命事業接班人的培養對象，團支書這把交椅理所當然地由他來坐坐。他在鄉下的表現大家聽說了一些，深得系領導的信任，你想想葛的位置又多重要又有多穩固。在當時，我倪十力可並不知情，蒙在鼓裏，雲遮霧罩，不知底裏。

從鄉下回到學校的第二天通知召開全院大會，學院黨委書記訓話，他說下鄉勞動也算大學的課程，而且排列在最前列最重要，叫做下鄉勞動改造思想第一課。今天開始上第二課，叫業務課。警告我們學生上第二課時，心裏不要忘掉第一課，思想改造千萬不能忘，不能放鬆，要抓緊。只專業務，思想不進步，叫只專不紅，很危險，資產階級思想就來腐蝕，無孔不入。被他這麼一講，我真有點害怕，資產階級真厲害，無產階級天天抓思想，還抓不過來，改造不了人。這資產階級思想在哪兒，像隱身人一樣，卻能腐蝕人。誰指揮？用什麼方法、手段腐蝕人？我全然不明不白，潛意識裏覺得資產階級思想像鬼魂，會附身，會從汗毛孔中鑽入人的身體，浸入腦中，可怕可惡至極。

每天上午兩節課，每節兩小時，課間休息二十分鐘；下午多數是自修課，間或也有政治課、體育課排入。下午五點鐘以後至晚餐自由活動時間，可打排球、籃球，也可踢足球，打乒乓球羽毛球，操場上人很多。圖書館的閱覽室裏有畫冊、書籍和藝術的非藝術的報刊雜誌隨便看，我幾乎隔天上圖書館、隔天玩足球或籃球。晚間上夜自習兩、三小時，然後回宿舍，簡單梳洗就上床睡覺。

早晨打鈴起床、早操、早餐，接著上午的課程。每天的作息很有規律，也很有興趣，樂在其中，在我的生命中這是最快樂的時段，在知識的海洋中遊玩，悠哉遊哉！

其實不然，慢慢地我感到壓力，壓力不是來自課堂的教學進程，或專業學習方面碰到困難，而是來自無形的黑手，茫然相向，又無處不有。

思想不開展！思想不進步！不暴露活思想是通常對我和其他一些同學的批評！來自何方？

葛淮踵現在儼然以一個思想管理者的姿態自居，全班二十五個同學中大約十六、七個團員都屬他管。我根本不知道他怎麼個管法？團員同學們又何以服他管？怎麼管他們的思想，我不懂，也根本不想懂。有一天課後，即自由活動時間。葛走到身旁問我：

「你有時間嗎？」

「有。」

「我們談談心？」

「談談心？」我不解地反問。

「就是我們隨便聊聊思想。」

「噢！」我想他套上來了。

我們從教室走到操場西邊的兩棵大榆樹樹蔭下，他又說了：

「最近忙嗎？」

「忙。」

「忙什麼？」

「做作業，看參考書，跑圖書館查資料，真是累，課餘時間都用上了還嫌不夠。」

「要多關心國內外時事形勢。像反對美帝國主義侵略越南的抗議示威遊行……」

「我去遊行了，天安門廣場真大，聽說拆了不少民房、牌樓才整出那麼大一塊地方來……」我興致勃勃地說。

「我說的不僅是參加集體遊行，還要開動思想，多讀報上社論，這是黨中央的聲音，多學時事，思想求進步。」

「噢。」我一時不知說什麼好。

「最近聽到什麼反映？」他又問。

「沒有。」

「你想些什麼？」他再問。

「想些什麼？……我覺得上高中時讀的藝術類書太少，老師在課上講時，簡單一提就過去了，我想課後趕緊到圖書館去查找相關的書來讀，補補我的知識不足。……」

「我問你思想裏想些什麼？」他打斷了我的話。

「這就是我想的追補我專業知識的缺失，我真的就想這些。」我如實作答。

「咳，我不是講業務課，而指政治思想方面。」

「沒有想，我覺得這些很空，不好想，也不知道這怎麼想。」我傻乎乎地告訴他。

「以後呢，不要只想專業專業的，思想要開展，黨號召我們又紅又專，你得多想想提高覺悟，多多靠攏組織，要求進步，多寫寫思想彙報……」葛淮踵像作政治報告一樣教訓我。

我只是聽著，沒有回答。

有一天中飯後，靠黑板左邊豎寫了一行粉筆字：

通知

今晚七時在教室召開團支部大會，請團員同志們準時出席。

團支部X月X日

過了不到一個月，靠黑板左邊又豎寫了一行粉筆字：

通知

今晚七時在教室召開團支部大會，請團員同志們準時出席。

團支部X月X日

晚飯後我就沒有回教室自修，去圖書館看書。正巧圖書館那天為清理什麼而關門，沒法進去，折回宿舍去，班上另外幾位同學正在宿舍裏，他們也不是團員，聊起來：「他們團員開會，把我們趕出來，到哪裏去？逛街去！還不如去紅星看電影，聽說正演《鬼魂西行》，精彩得很！走！」「我睡覺了，你們去吧！」大家七嘴八舌說一通，誰也不動窩，無可奈何，胡聊天，瞎耗費時間，一個晚上就這樣打發過去了。

第二天午前，十力在去飯堂的路上對玉柱說，你可否向團支書建議今後你們團支部開會換個地方？你們一佔領教室，我們不知上哪裏去自修，這樣恐怕不太好。玉柱是團員，點頭稱是，答應一定跟葛去說。

又一日，靠黑板左邊豎寫著一行粉筆字：

通知

今晚七時在教室召開團支部大會，請團員同志們準時出席。非團員自行安排自修。

團支部X月X日

倪十力看到他向溥玉柱建議有了反應啦，這次通知和以前不一樣，多加了九個字。什麼叫「非團員」？團員如果是一種身份，一種可驕傲、得寵的身份的話，把沒有這種身份的人劃規為另類，以一個「非」字概括之，也太過分，太盛氣淩人了吧！這教室本自供學生學習用的場所，而不是作為部分人集會的地點，同時誰賦予他權力可以驅使別人出教室？倪十力心中不服氣。

六時半，倪十力走進教室坐在自己的座位上，有兩位已申請但現在還沒被批准入團的同學正整理書本，準備離開教室。團員們三三兩兩地走進教室，各自坐在自己的座位上或翻書或與鄰座同學聊天說話。

七點鐘，團員們來齊了，坐在座位上等候開會。我在埋頭讀丹納寫的《藝術哲學》，根本沒注意到外界情況。

「開會了！」葛支書高聲宣佈。

我聽見了，但沒有站起來就走，因為我還沒反應過來，忘了黑板上的粉筆字。

「開會了！非團員離開教室。」還是葛的聲音。

我環顧四周，團員們的眼光都集中到我身上，我成了聚焦點。這些目光疑問的意思多於驅趕，也無惡意，只不過有些驚訝！

我笑笑，好像沒有聽見，又似乎不懂他們的眼光究竟何意，繼續埋頭讀我的書。

葛支書從講臺旁疾步走過來，站在我的書桌旁對我說：「我們團支部開會，你到外面去！」我聽清楚了，而且是驅趕我一個人，「你到外面去」聽起來特別刺耳。我用一頁紙夾在書中，合上書本。平靜地告訴葛：

「教室是用來學習的，不是開會的地方，除非全班的會議才可以使用教室。」

「團支部的通知你看見了沒有？」

「看見了。」

「我們要求『非團員』自行找地方自修去，知道嗎？」

「我看見了。我不知道什麼叫『非團員』？『非團員』是什麼意思？」

「我們是團員，不是團員的人就是『非團員』，這麼簡單的事你都不懂？」

「我真不懂。」我坦承道。

「好，現在你懂了，你就是『非團員』。『非團員』離開教室，我們要開會了。」

「你說我是『非團員』，現在就應該離開教室，這是為什麼？就因為你們要開會？可這教室是學習的場所，為什麼我不能在這裏學習，反倒要讓出來給你們開會用？有這個道理嗎？」我據理力爭。

與會的團員們開始低聲議論，嗡——嗡——嗡，聽不清說些什麼。

「團支部的通知你說看見了，剛才我向你講了什麼叫『非團員』，你就是一個『非團員』，通知裏說『非團員』自行找地方去，現在已過七點了，其他『非團員』都走了，就你一個不走，別耽誤我們開會，你趕快離開教室！」他有些急了。

他越叫嚷「趕快離開」，我反倒坐著實了，撫摸著《藝術哲學》的封皮，不動。

「聽見沒有？你趕快離開教室！」葛吼了，高聲下達驅逐令啦！

「我決定不離開教室，你要開會另找地方去開！教室是學習的場所！」我斬釘截鐵地告訴他。

議論聲四起：

「我們到操場南頭展覽樓臺階上去開，還不是一樣？」有人給我解圍的意思。

「那裏還涼快呢！悶在教室裏幹什麼？」

「不行，這是團支部的決定，不能改！」

「還要不要威信？」

「對我們團支部佔用教室開會，有意見的不止倪十力一人。」

「我也不贊成把同學轟走，讓我們在教室開支部會，叫他們去哪裏？」

「其實，也沒有什麼秘密，倪十力在這裏又有什麼關係，大家坐下來，就開會吧！」

……

說什麼的都有，亂開了鍋。最後葛氣憤地高聲嚷嚷：「到展覽樓臺階上去開，走！」聽得出葛怒氣沖沖，小心傷了肝肺呀！

他們剛走一會兒，旦同學回教室來取書，一看就我一人在看書，驚奇地叫：「怎麼你一人還在這裏？」

「你怎麼啦？從哪裏來？」我問。

「我上街溜彎去了，沒意思，回來拿本書去宿舍。他們去哪裏了？散會了？」

「到操場南頭展覽樓那邊去開了。」

「以後他們還會佔教室開會嗎？」

「我哪能知道？反正今天肯定不佔用教室了。」

「我也不回宿舍去了。」坐下來忙他的事。

我還是看《藝術哲學》，字字句句映入眼簾，可心不在書本上，亂得很哪！心想今天闖禍了，麻煩來了。我開始責怪自己，罵自己傻，何必為這事與葛論個長短。別人都能順著走，沿著壁走，睜一眼閉一眼，只要自己能過去就行了。我怎麼會捅這馬蜂窩？心裏七上八下亂翻騰。起先我沒有想跟他爭，至多延遲幾分鐘走，阿Q式的示威一下，萬萬想不到事情越弄越僵，不可收拾。最讓我覺得麻煩的竟是我堅持得勝了，葛領人走了。這一點最使我害怕，怕什麼？怕報復呀！他有權有勢，團在他手心裏攢著呀！我越想越後悔，十力啊十力！意氣用事不好啊！其實一週六天裏頭你也不是每天晚自修都在教室裏的，何必跟葛較真，論這個理呢？現在好了，好像得理了，勝了。但是要曉得，十力呀，你將後患無窮。葛去彙報系裏黨總支、系領導，你怎麼不想想從今以後怎麼辦？還有你的好果子吃？等著穿小鞋、穿玻璃鞋吧！越深入想越後怕，恨不得立馬就去把他們請回來，讓他們繼續在教室開會。另一個聲音響起來：「不能！不要怕！理在你這邊，大不了你以後不吭聲，繼續埋頭讀你的書，夾起尾巴做人，不要被葛抓住你的辮子。就事論事，這件事上他抓不住你的把柄。問題在於從今以後你得好好提防他，不要上他的當，到那時你吃不了也得兜著走，他會新賬老賬一起算，往死裏整你。」

過了好長一段時間，總有四、五個星期沒有一點動靜，把我僅有的一點戒備心耗盡了，開始時還提防著葛有什麼動作，慢慢放鬆一點，放鬆一點，最後忘掉了警惕什麼？我就是這樣子記性不好。

二

有一天晚飯後我在操場傍散步，看看樹看看天，往大石頭上坐坐，閒適一會兒。不知從哪裏，大概從我身背後鑽出葛淮踵來，笑嘻嘻地搭訕說：「溜彎呢？」

「是呀！」

「俗話說：飯後百步走，活到九十九。」葛邊說邊點燃一支煙夾在右手食指與中指之間，食指尖已熏得焦黃轉黑色了。

我說還有一句：「飯後一支煙，賽過活神仙。」

他笑了笑，不說什麼。

我站起來向籃球場方向走去，那裏有人在玩半場比賽，只有五、六人。

葛跟上我，說，「我們聊聊，好嗎？」

「聊什麼？」我問。

「最近想什麼？有什麼活思想？」他又來引誘我。

我心想又來了，我腦子裏想什麼，關你什麼事！我回答沒有想什麼呀！

「有什麼活思想？』他追問。

「思想還有分死的活的？思想總是活的咯。」

「不是這個意思，活思想就是指你現時現刻在想什麼，或者是最近一個時期你經常想的問題，這類思想活動叫活思想。」

「哦！」

「你有什麼活思想？」他窮追不捨。

「我沒有什麼活思想，讀書、做作業還來不及呢！」

「你現在想什麼？」

「噢！你問現在我想什麼？想你問我想什麼這個問題呀！我在想我現在想什麼，怎麼回答你的問話唄！」他明白碰了軟釘子。

歇了一忽兒，葛變了個法跟我說：「班上一些『非團員』主動向組織靠攏，經常寫思想彙報，十天半月一次，加上平常口頭的思想彙報，所以組織上掌握住他們的活思想，能及時的幫助他們，好的給予鼓勵、支持，不對的批評教育，當然都是和風細雨的，從團結的願望出發的，所以，好些人進步很快，跟團的關係靠近緊密，……我們準備叫他們聽團課，進一步幫助他們進步，儘快符合一個共青團員的標準爭取入團……」

十力知道團課是團支部指定的幾個培養入團對象去聽的，是他們準備入團的必修課程，學團章，總綱啦，第一條如何，第二條怎樣……裝模作樣的講解，還裝模作樣的靜聽，純粹浪費時間浪費生命，請我去聽我還不去，誰稀罕這……這活思想葛抓到沒有？沒有！

葛又說教了：「要求進步要求入團是我們每個青年應有的要求，你也應該考慮自己的前途，創造條件爭取入團，第一步是靠攏團組織，主動向團組織彙報活思想，爭取團組織瞭解你，瞭解你的活思想，爭取團組織的幫助……」

「你說的團組織是一個機構，是一個實體，還是一個人？」我故意冒傻氣地問。

「你看你的認識真多模糊啊！這是平常學習團的知識太少造成的。你看咱班上不是有個團支部麼，十七個團員，有支部書記，組織委員，宣傳委員，這三個人組成一個支部委員會，簡稱支委會，由他們三個人領導這個團支部，支部書記是這個領導小組中的領導，這是當然的。上面由學院一級的團委，那就大了，團委書記一定是學院黨委會的成員，這個你也不一定弄得明白，不說這啦！咱班團支部受學院團委和系黨總支雙重領導，團支部的工作要向系黨總支和團委彙報班上同學的思想情況、動態，讓黨總支掌握情況，可以有針對性地做思想工作。黨總支也有書記、宣傳、組織委員等人組成，和咱班團支部差不多的。……」

十力一言不發地聽著平常看不見摸不著的隱匿著卻無孔不入的網路系統，倒長了一大知識，怪不得一直要摸我的活思想，好向領導彙報，掌握分析動向……耳邊仍然傳來葛的聲音：

「所以我說你呀，應該先打一份申請入團報告給我，表表你的決心，然後經常寫寫思想彙報，就是寫活思想，覺得需要團組織幫助的思想，同時看到班上同學哪些地方做得不好的思想有問題的也寫進思想彙報裏給我，協助團組織全面掌握全班同學的思想動態……」

「你是……？」

「我是團支部書記，我是支部三個委員中的領導，我負責全面的工作，責任可大了，擔子真重啊，組織委員、宣傳委員經常向我彙報他們的工作狀況，我指導他們，因為我是他們的領導，他們都得聽我的……」

「那麼說你是班上最大的領導，這兩個委員都得聽你的，更不用說班上那十幾個團員了？」

「是啊！現在你弄明白啦！是我在領導十幾個團員、兩個委員，他們全得聽我的指揮。對了，就是這麼回事，團支部是在我支書全面掌握之下，叫領導之下好聽些。」

十力在回味剛才這場非同尋常的談話，說穿了，班上這些團員都受支部領導，支部被支書掌握，支書就成了他們中間最大的官，他說句話，別人都得聽他的，他，這個支部的葛支書幾乎就是團，團就是他手中玩物，他即是團，團即是他。……真不得了！

葛的聲音又傳過來了：「申請入團，不複雜，你寫一份申請書，談談你為什麼要入團？動機是什麼？無非把大目標寫進去，即為實現黨的偉大目標解放全人類，為實現共產主義理想而奮鬥終生。共青團是黨的後備軍，也是黨的助手，所以先爭取入團。班上有那麼多團員，你還不申請入團，就落後了，不，不，不叫落後，叫後進。把後進變先進，唯一的路就是入團。明白了沒有？還不趕快申請入團？」

見十力沈默不語，葛又囉嗦開了：

「我今天把底都亮給你了，還不懂？我為你好，為你進步，為你前途著想，趕快寫申請書，表個態好了！」

「我不入你這個團。」我平靜又堅定地一字一句吐出這七個字，顯然經過思考後說出來的。

「什麼？你說什麼？」葛急了。

「我不入你這個團。」我又復述了一遍。

「好啊！什麼叫你這個團？你這是什麼意思？團是我的嗎？團是我們黨的助手是後備軍，是黨在青年中工作的組織，是黨的工具是黨的……」葛一口氣說了一大串，他氣急敗壞，喊得那麼高，操場上打球、散步的同學都回過頭注目我們，究竟發生什麼事了？一個個大大的問號？

十力一聲不吭地離開葛，走向教室。

葛還不放鬆，緊追過來，嘴裏不停地喊叫：「這就是你對團的認識？你別走！你回來！你……你……」

十力頭也沒回，好像什麼也沒聽見，堅定地大步走向教室。

十力以後的日子怎麼過，真得捏出一把汗來！劍懸掛在頭頂上，隨時可能掉下來，誰也不能預料，誰也不能保證，誰也不知道明天會怎麼樣，這就是十力的現實境遇。

冥冥之中安排的命運又有誰能提前揭示提前知曉，高深之士即使明白也不能向你指點，洩露天機者會受懲罰，千百年前的事恐怕被譏為無稽之談，不說遠的我只舉個近的例子聽一聽：前年東海市大發展，河西造高架橋，分內環外環三環，造到窯洞路，勘探完後要打深樁，才能承受得住鋼筋混凝土的超重路面。高壓打樁機砰——砰——砰地日夜工作，怪事發生啦？今天打的樁，明天不見了，再打進去，後天又不見了，吞下去那麼多根樁，到哪裏去了？怎麼回事？蹊蹺得離譜，只得停工，探討個究竟。有人說了，下層碰到流沙，鋼筋水泥樁進入這一層，留不住，隨流沙走了，怎麼填得滿這流沙層呢？不可能，要改線路，重設計，這不難壞了牛總工程師，問題大了。總工程師寢食不安，無所措手足，無法向上級領導部門交代，頭昏腦脹，連日來昏昏沉沉。一日午後感覺越發不好，成迷糊狀態，躺在家裏客廳大沙發上閉目養神，忽然似乎看見一個神仙模樣的影子飄近，神仙並未言語，但總工明白指點他去玉佛寺燒香，並隱約顯示右脅躺臥的玉佛。總工睜開眼笑了，心想連日來我神志不清醒，所以有這事情發生？事至今日，一籌莫展。還是民諺說得好，我何不也去臨時抱一回佛腳，試試看。不對任何人說，只向他太太說了出去走走，散散心。

玉佛寺香火整年火爆，傳說南海地方大亨巫凸賓變為植物人前五六年，年年春節撒大錢，第一柱香非他莫屬，靈驗得很。坊間傳言神速，所以玉佛寺蓋過普安、淨心等老寺廟許多倍，別的這個寺那個廟更不在話下。

牛總工這日先去大殿燒三柱香，三禮拜；過後去求籤，眼前隱隱然見一老和尚向他走來，合十致意，口唸阿彌陀佛，總工也趕緊還禮，不知合十好還是鞠躬好，一時間慌了手腳，既點頭又合十，口稱老師父，隱約聽得「跟我來」三字，不知不覺隨了老和尚往殿后走去。又聽得一清二楚老和尚的聲音：「你們打樁打在龍脈上，衝撞了。吾自為汝解厄，三日後再打樁即能固住，無礙。」聲音沒有了，也沒有什麼老和尚在前引導，牛總工直挺挺地站在那裏。回味剛才聽到的一席話，真像做夢一般無異。

兩天後，牛總工召集工程人員說，後天再試打一組樁柱，現場錄相以存資料供研究之用。果不其然，總工去玉佛寺後第四天早上再開工打樁，一連六根，根根紮實，第五天一看沒有一根遊樁，眾人稱奇，驚異，唯獨牛總工心中佩服老和尚，直佩服得五體投地。又過一日，傳出玉佛寺住持老和尚淨一法師圓寂往生的消息，寺中和尚、沙彌們沒有一人明白淨一法師圓寂的原因。唯有牛總工心裏清楚，嘴裏卻不敢透露一字資訊。為紀念淨一法師功德——為造福人間甘冒洩露天機而遭罰，所以在露出地面的六根大柱上設計並雕刻了巨龍繞柱的圖案。那是內環高架橋交叉之地，車輛繁忙，不能停留細看，讀者諸君下次不妨行到此處稍微放慢車速，一睹巨龍雄姿，懷念淨一法師。

三

命中註定的躲也躲不過，是禍是福聽天由命罷了。十力照樣聽課、做作業、進圖書館、踢足球、一日三餐一眠。日日如常，倒也快活。

這個葛支書操心太多，他抓團員非團員思想工作，分門別類，搞什麼排隊，先進、中游、落後三個等級，又要向上彙報，領受指示貫徹執行，還要找人個別談心幫助，不要唸書了？忙得四腳朝天，也沒個好報。最近系行政領導抓學習質量，葛支書的成績明顯下降，系裏找他談過一次話，意思是系黨總支佈置你抓同學思想工作沒錯，但不要忘掉學生學生，首先得學習好，你當支書的學習上做個表率才對，只差一丁點兒說，不抓學習，只抓政治思想那是空頭政治思想，不切實際。所以這一段日子葛灰頭土臉的，會議也少開了。人前也不那麼張牙舞爪了，收斂了許多。十力也頗受益，耳根清靜多了，但對這一切內情不知不曉，全然蒙在鼓裏，不明底細。

又過了一陣子，快到學期結束時分，班上氣氛突然緊張起來，系黨總支派人到班上找這個又找那個團員個別談話，被找去談話的團員回來總是神色異常，又噤若寒蟬，絕不透露一句半句談話內容。後來佟泉被找談話回來透露給十力一句話：關於葛淮踵的問題。具體是什麼問題，佟未細說，十力也不問。從旁觀察葛，與先前大不一樣，先不說飛揚跋扈的神態早已收起，時常在課間坐在原位上一動不動，或是唉聲歎氣，要不就到教室後邊抽煙，猛吸幾口，引來陣陣嗆咳，難受異常，嘴只會吸煙、吃飯，似乎不會侃侃而談了。顯然功能轉換了，閉口不言或少言。

又過了一個星期，系裏派人找十力我瞭解葛的情況。我一問三不知，真的不知道葛有什麼情況。那人就直截了當問我你說過「我不入你這個團」這句話沒有？我回答說過。那人說你能不能回憶一下當時在什麼情況下說的。

那好說，我就如實復述一遍，那人仔細聽了後又問我：

「這是你對共青團整個組織的看法？」

「不！我的意思是像葛支書那樣的團，我是不入的。」

「共青團不是某個人的，這團支部也不是葛淮踵個人的，這個道理你明白嗎？」

「我基本知道。但現在的問題是他自認代表團支部，生殺大權他一人掌握，不可一世，從這個意義上認識，我不入你這個團這句話，我至今不認為有什麼錯。」我解釋道。

「我們先不爭論你這句話對不對，重要的是分清你這句話不是針對全中國的共青團，而是針對班上共青團支部，具體說葛任支書時的班共青團支部說的。是不是？」

「有這個意思，更確切地說是針對葛一個人說的。他說他一人掌握、指揮團支部，我才說你這個我不入團。其實班上團員中有好些位是我的好朋友呀！」我申說。

「這樣就好。我們面對面把話說清楚了，我弄明白了你說這句話『我不入你這個團』的場景，和你實際上不是對整個共青團說的，也不是對班上團支部說的，僅僅是一時之間針對葛個人說的一句氣話而已。我的理解對嗎？」

「差不多是這個意思。」

那人走了，我還不甚明白這人跟我這次談話的背後是什麼用意。猜想大概與佟泉跟我說的差不多是關於葛淮踵的問題。

十力照樣聽課、做作業、上圖書館、踢足球、一日三餐一眠、……

團員們開了好幾次會，有支部大會，也有小組會議，都是後來聽說的。那一陣子常常上晚自習時教室裏所剩的人很少，團員到操場到宿舍開大小會，教室裏自修的人自然少了。有時晚自習還未下，一些團員行色匆匆衝進教室做作業，直至熄燈鈴聲響了才怏怏地回宿舍。

謎底終於揭開了，葛淮踵不當團支書，做普通團員，一般學生，是經過多次團會議的結果。天下大事不可捉摸，班上小事也難明瞭。據佟泉、汪延生、唐寶石、溥玉柱等好友零零星星告訴我的情況，綜合起來，我記得的大致是這位葛支書犯的事較複雜：一是挪用貪汙團費，經不起查帳。團費本不多，每人每月五分錢，以十七人計。一月總共不到一元錢，只有八角五分。一個學期六個月，總計五元一角正。相當於我們學生半月伙食費。照這樣估計，他當了二年多不到三年的支書，倒是一筆不少的款子，他挪用了多少，又貪汙了多少，我從未問過，始終不清楚具體數字，即使知道了又有何意，還是模模糊糊的好。他的煙癮大，看他平常自己捲煙抽，裁一截小白紙，不到六十四開大小，倒一些煙末子（他說是從老家帶來的，農民都這樣抽）上去，捲一捲，最噁心的一招是用食指尖蘸一點吐沫一撚，算是粘住了紙，趕緊摘斷了煙屁股往嘴裏送。遇到別的同學抽煙，往往大言不慚地伸手出去要一根，也許依仗他是團支書，別人不敢不給，但沒見過別人主動讓煙給過他，見他遠遠走來，走開去的情形見過不少。十力從來不吸煙，好朋友吸煙，他不介意。葛支書弄錢，估計煙癮太大害了他。二是說他在老家早娶了妻子，到學校隱瞞，謊稱未婚。放在當今這年月不算回事。可在那時卻有問題了，這是隱瞞組織，豈不是跟組織有貳心麼？他天天叫別人向黨向團交心，可他的心不交，這不是明擺著的問題麼？何況那時明文規定在校大學生不准談戀愛的。你葛淮踵膽大包天，結了婚又不申報，還不要罰？三是工作作風、思想水平問題。對同學態度驕橫，目空一切，自認主子、頭領，喜歡指責、吆喝他人。說重一點，同學面前充主子，上級面前當奴才。葛的事都是弄虛作假引起的，欺瞞一時可以，長久欺瞞難上加難。所以到了戳破的一刻，他倒下去了。傳聞在團內他作了多次檢查，總在交待事實上老實不老實、挖思想根源深刻不深刻上糾纏，他一把鼻涕一把眼淚表演過好幾回，逃不出先抗拒，打態度轉變立場，後猛批這一套程式，這是他整別人使慣的槍法，駕輕就熟，所差的是以前整他人，現在換了位置輪到他自己被整。傳聞他最後檢查深刻，無非把自己臭罵一頓，話說得越難聽就越好越深刻唄，所以不給團內處分，也無學校行政記過、警告之類處分，在上級眼裏畢竟是奴才犯過，沒有犯上作亂的意思，開恩了結，這是最佳的結局。主子、奴才都保住了面子，奴才留著將來還用有處。

葛淮踵受到失落感的強烈刺激，學習集中不了心神，找別人談心已失去了名目，各項運動也無甚愛好，做什麼？課餘就出校門去閒蕩，像遊魂一樣，逛王府井大街，大大小小的商店一個門挨一個門地進去，轉一轉，東看看西摸摸，再不找問題跟售貨員搭訕幾句，又從一個門一個門內閃出來。又沒錢買任何商品，慢慢覺得索然無味。一天傍晚心血來潮，或者是出於敬仰心，來到天安門廣場溜躂。聳立在廣場南端的人民英雄紀念碑，不像現在的模樣用鋼棍柵欄圍起來，孤零零地射向天空，也還沒有毛的紀念堂。那年月在它的東、南、西三面種植了不少松樹，護衛著它，一片鬱鬱蔥蔥，倒也不算太難看，從高空往下望，毛茸茸綠油油昏暗暗隱蔽著不少幽靜處。葛先到天安門金水橋畔端端正正端詳毛主席他老人家的細膩的油畫像，這畫像不是出於名畫家之手，乃是北京美術公司裏的畫工依照毛的照片放大畫成的，據說放大的方法用的是古老傳統九宮格，力求忠實於照片，當然臉面的斑點、粗糙的皮膚眼紋腺要處理掉，一句話加以美化，畫出偉大領袖應有的神采奕奕態，永遠年輕，不要老態臃腫，但嘴唇偏左下方那顆美人痣沒有辦法美化去掉，還留著，所以，直至毛入地那時並一直延續到今天，幾十年總是掛這幅畫像，亦稱標準像。這天葛在那裏仰望了毛的畫像，想什麼，不知道。然後折轉身，直向南走到人民英雄紀念碑跟前，欣賞毛的書法：人民英雄永垂不朽。末署毛澤東。葛有什麼活思想，沒有人知道。

又一天傍晚，葛又去人民英雄紀念碑前……葛有什麼活思想，沒有人知道。

再一天傍晚，葛又去人民英雄紀念碑前……葛有什麼活思想，沒有人知道。

後一天傍晚，葛又去人民英雄紀念碑前……葛當晚沒有回學校宿舍，……

第二天早晨九點來鐘，天安門廣場派出所打電話到學院保衛科來詢問：

「你們學院有個叫葛淮踵的學生嗎？」

「等一等，讓我查一查……有。」保衛科值班人孫同志答。

「你們來領人！」

「領誰啊？」

「誰？你們還不知道葛淮踵昨天夜裏沒有回學校宿舍？」

「嘿嘿……嘿，不知道。他怎麼啦？」

「這小子調戲少女，被我們抓了。你們快來領人，少囉嗦，來了看材料就知道啦！馬上來人！」

「好！好！馬上派人去領！」孫的話還未說完，對方的電話喀嚓一聲掛斷了！

像被人沒頭沒腦打了一頓，孫亦沒好氣。走到隔壁房間向科長報告完了，科長指示：「沒人去領，今天你值班你就去走一趟，把情況瞭解清楚，把人領回來再處理。」

孫騎自行車氣喘吁吁趕到天安門廣場派出所，一說他來領葛淮踵，值班人員把一卷宗交給孫，並說這小子可不老實，現在交給你們學院去處理。人就在四號監房，只要你出示卷宗，看守會給你開鎖把人交給你。

孫趕緊說聲謝謝。派出所值班人頭也沒抬，只將眼皮一翻，給個白眼，心裏想：謝什麼？真是二百五！嘴裏卻喊：「快去領人！」

孫見了葛淮踵，厲聲吆喝：「葛淮踵快出來！跟我回學校去！你幹的好事！」神氣十足，換了一副面孔。現在輪到葛低聲下氣，乖乖地緊跟著孫往派出所大門外逃走。

葛在學院保衛科怎麼交待，沒人知道。

葛的檢討書寫了近萬字，灑灑洋洋，一大疊套話、廢話連篇，摘錄一段在此以見一斑。

出於我的資產階級思想大泛濫，在團內受批判，撤了我支書的職務後，心裏很苦悶，還有冤氣，慢慢覺得處理我過份嚴重了，不該被撤職。由此跟黨總支、跟團組織產生了隔閡，認為不公平，這等於就給資產階級思想打開了一個缺口。一有空我就往校門外跑，王府井花花世界，我受不了資產階級香風實是臭氣的誘惑，由抵制不了到容忍，從容忍到激刺，從激刺到羨慕，從羨慕到追求，由追求到墮落……沿著這條害人之道不知不覺走下去，不到撞牆不回頭，不見棺材不落淚。犯罪事實，主要經過如下：有一天傍晚我在人民英雄紀念碑第二層平臺上繞著四周轉，看上面的解放戰爭三大戰役、渡長江的浮雕，一艘艘木船、機帆船載著解放軍戰士渡江，蔣介石方面炮聲隆隆，激起高高的水柱，……突然聽到右後方一個腳步聲停在那裏，回頭一看，一個像中學生模樣的女子也在看這浮雕，我沖她一笑，她也回我一個淺笑，……過一會兒，她自言自語說：看不懂。我主動蹇過去對她解說起來，她疑惑地聽我說：這不像畫在紙上或布上的畫，這是浮雕，也不同一般的立體雕塑，確切地講，這浮雕屬於高浮雕……她顯然被我說的專業名詞搞糊塗了，靠近我說，你這人怎麼懂那麼多？你是幹什麼的？我說這不算什麼，一般的藝術知識麼！我賣弄自己知識淵博。

「你在說謊，騙我！」

「我騙你幹什麼？真的是很普通的，有些藝術修養的人都知道。」

「那我怎麼不知道？你是說我連普通的起碼的水準都沒有？」

我不理她，繼續說：「我告訴你這花崗岩很堅硬，藝術家們不能直接就在上面鑿，先要在紙上畫草圖，修改再修改，要經過很多領導，一層一層審查，直到很高層的領導審查通過了正稿，才開工雕鑿。高浮雕不同於圓雕，也不同於低浮雕，或一般稱的浮雕，它介於兩者之間，是雕塑的一種……」隨著我的胡侃，她被我迷住了，叫我一直講下去，我說不講了，天黑了。雖然廣場上的燈不知從幾點鐘開始忽悠忽悠的都點亮了。於是我們從臺階上往下走，沿著人民大會堂東門往北走折向西，又折向南又折向西，見到拐棒胡同，她停住腳步不走了，叫我回去，我說送她到家門口，她執意不肯，我無奈，只好依她說的向後轉往東走，三步一回頭，也沒見她移步，待我向北一折，再退幾步一瞧，不見人影了。

就這樣差不多每天這個時候見面，到了第四次見面就被巡邏的解放軍戰士逮住了。那是在人民英雄紀念碑南側的一片松林裏，我倆都說累了歇一會，在松林裏轉悠了好半天，找到了一塊以為隱蔽的地方席地而坐，她已知道我是青年教員，前程無限，團支書，黨的後備軍……這些都是我胡扯給她的印象，我只知道她是小學教員，師大附中畢業，也許是女師大，沒搞清楚，這對於我本來無關緊要。其實我倆剛坐下還不到五分鐘，也沒有做什麼特殊出格的事，我倆只是摟抱在一起，她移身坐在我大腿上，我承認我的手亂摸亂竄，她被我摸得緊緊地摟住我的脖子，我不能自主了，她也差不多，……幹什麼！一聲大吼，把我倆嚇了一大跳，兩個穿綠軍裝的戰士把我左右胳膊箝住了，動彈不得，他們練過功夫的，像老鷹抓小雞。他們還把那個自稱小學教員的女子一起抓進了派出所……

這次又是黨挽救了我，把我從資產階級腐化墮落的深淵邊上拉回來。倘若沒有黨及時的挽救，其後果不堪設想，踏上犯罪的死路，萬劫不復了。後怕呀！後怕！我在寫這份檢討書時，背上滲出一身又一身冷汗，越想越怕，越怕越覺得黨的偉大、英明和正確。我辜負了黨對我長期、細致和精心的培養教育，黨把我從北方農村裏的一個窮孩子培養成一名大學生、後備軍，黨就是我的親娘，給了我新的生命，從今後，我下定決心，痛改前非，重新做人，時時刻刻警惕、抵制和批判資產階級思想，樹立無產階級解放全人類的偉大理想，樹紅旗，拔白旗，爭取做一名完全合格的共青團員。

原來的草稿裏還有下面這一小節，謄寫時葛淮踵把它抹掉了，原文是：感謝黨又一次對我挽救和愛護，回想起黨無微不至的關懷，我前思後想，怎樣報答黨的恩情呢？我決心投入黨的懷抱，一輩子全心全意聽黨的話，做黨的馴服工具，黨指向哪裏，我就奔向哪裏！黨的需要就是我生命的一切！我生命的全部意義！也就是說，我的生命全部獻給黨，黨要我獻出生命我一定毫不猶豫。就像偉大領袖毛主席稱讚劉胡蘭烈士那樣：生的偉大，死的光榮！為此，我鄭重向黨再一次提出申請：加入偉大、光榮、正確的中國共產黨！為黨雖死猶生！中國共產黨萬歲萬歲萬萬歲！！！

四

葛淮踵還沒讀完第四學年，就提前離校做了肄業生，派他到永定工藝美術學校做教員，並保住了團藉，說明還有一天東山再起的可能。

人既不能自知禍福何時而降，也不明白何日起風浪又有所作為。說話間，葛淮踵在工藝美術學校裏忍辱負重過了三幾個年頭，碰上了迅猛席捲全中國的六十年代紅色風暴，正名曰：「無產階級文化大革命。」渾名曰：「大革文化命。」也不儘然，被革命的不單單是文化。權力、權威、野心……許多魔都先後竄出來登臺亮相。發動者目的達成，任小魔小鬼折騰一番，好大氣派的人生舞臺，古今中外，見過嗎？沒有，齊聲說沒有！所以前置一個副詞：「史無前例」！一點不假。

葛淮踵那時正做體育教員，大概也練過幾天拳腳，氣力不錯。長期使用小腦的緣故，小腦發達；長期擱置大腦，大腦可能生銹。也不知是小腦過於發達，撇下大腦不用之故，還是突然啟動大腦運轉不靈之故，不過他在學校已拉起一支隊伍，左臂紅箍標明「紅衛兵」。他出身好，正符合根紅苗正的時髦理論，當了頭頭，領著紅衛兵們大造反，砸四舊，熱火朝天，遠近聞名。在永定這小地方，這樣鬧騰幾日也無甚新花樣可翻了。他心血來潮，忽然想到鬧騰出個大名堂，需要抓個跟京城大官大走資派有關連的人出來示眾。合該有事，年前從京城新調來的林長生原本是他在京城讀書時的同學，想當年在班上還不是個團員，思想落後得很，可現在了不得，人家是正式大學畢業生，講文藝理論一套一套，馬恩列斯怎麼講，毛主席又怎麼發展了馬列主義文藝理論，講得學生如墮五裡雲中，全校師生一致認為林老師理論水平高。葛淮踵心裏竊笑……哈哈，這不是上天送來的現存的革命對象麼！林老師這個人平日又喜歡張揚，臨摹了某名家的一幅字一張畫，一隻禿鷹一頭毛驢，藏不住，招學生去看，又胡言亂語吹吹牛皮，傳到葛的耳朵裏，他也曾到林的宿舍去看過，憑他對繪畫的瞭解，覺得不怎麼樣，現今一想，這不是四舊之一嗎？應該破它一破。葛再細思量，不對，還看見過林的桌子上有一本小冊子，中共中央宣傳部副部長周揚寫的《文藝戰線上的一場大辯論》。記得那日，林也談了幾句周部長長，周部長短什麼的，好像他們認識又熟稔的，……葛把前前後後的思緒勾起來一編織，直覺得這裏文章可大了。

一天，天剛黑下來，葛領了他的大隊人馬雄糾糾氣昂昂地直奔林老師宿舍來了，他還領頭唱著：「紅衛兵，闖闖闖！拿起筆，作刀槍」的革命讚歌。歌聲整天價響，林老師正納悶，為何歌聲由遠而近，開門看個熱鬧。碰個正著，一個學生紅衛兵頭目正要高舉右拳砸門，門忽然自動開了，林老師笑盈盈伸出頭來，直楞住了。那小頭目，以為真有神助，反倒說不出半句話來。還是葛反應快速，只喊聲：「進啊！」十幾個紅衛兵一擁而入，把林老師推倒在地，門外還有數十名紅衛兵團團圍堵住了。

「搜！」林老師一看勢頭不對，立馬爬起來，已經來不及了，四隻手從背後把他擒獲住。只見紅衛兵們翻抽屜，撬木箱，……剎時間，一個紅衛兵舉起一摞油印講義：「葛老師，瞧四舊！」

另一個紅衛兵找到幾張宣紙，畫著禿老鷹、一支松什麼的，這是封建階級腐朽沒落反動思想的鐵證！

再一個紅衛兵把一本小冊子遞給葛老師：「對了！周揚，周揚是文藝界的反動頭目，祖師爺！你，」指著林老師大吼：「你是周揚的大弟子！」一錘定音！

林老師當夜被收監，關進了學校私設的牛棚。第二天大標語刷滿了學校：

「砸爛周揚大弟子林長生的狗頭！」

「打倒封建主義反動階級的孝子賢孫林長生！！」

把林老師與周揚聯上，真是葛的一大發明。藏著周揚的書，鐵證如山；又有學生紅衛兵出來揭發林曾在課堂上講解過周揚的這本書，胡說是總結了建國以來文藝戰線上歷次鬥爭的重要著作，繼承和發展了偉大領袖毛主席的文藝思想。人證物證俱在，砸爛周揚大弟子林長生的狗頭口號聲此起彼伏，響徹雲霄！這一重大戰果立即油印成傳單到永定城裏散發，抄成大字報張貼在城關大門口的石牆面上。把永定城的走資派們嚇得魂不符體，想不到小小的永定城隱匿著這麼大的一顆定時炸彈，有人提議徹底追查清楚林長生是怎麼被安插到這裏來的，順著這條黑線摸過去，把所有的毒瘤都挖出來！有人敦促文教系統的走資派趕緊坦白交待，劃清界線，與反革命修正主義文藝黑線血戰到底！有人勒令林長生徹底坦白怎麼與周揚這個反黨頭目勾結的？又密謀了些什麼？派他潛伏在永定的陰謀又是什麼？……等等等等，不一而足。

還有三位女學生貼出大字報火上澆油：揭發林長生的流氓嘴臉！大字報說一天課後，林長生招這三個女學生到他宿舍，借給她們幾幅禿鷹、松樹去臨摹。時值夏天，林穿短褲，胡謅誰胖誰瘦，爭論不休之際，他叫一位女生用皮軟尺量他的大腿有多粗，從大腿中部開始，量到大腿跟……（不堪入目，中略三十八字，大字報上詳盡寫出。），他又幫我們三人量，也是從大腿中部到跟部，發癢……（又省七十八字，原因同上），說是比一比誰的腿粗。林長生以我們年幼可欺，騙我們上當。以「砸爛林長生的狗頭」作結尾！這張大字報貼在臨時搭起專供貼大字報的棚架東頭，去食堂的必經路口，所以，那邊擠得水泄不通，不到三天，棚架轟然倒地，幸好沒砸到人，沒人受傷。否則林長生狗頭倒未砸爛，革命群眾的頭先被砸傷了，林長生更要罪加一等。

挖出隱藏得很深很深的反革命修正主義分子周揚的大弟子林長生，成了永定頭條新聞，學校成了全市革命群眾、紅衛兵大串聯的中心地。三天後，徹底批判砸爛周揚大弟子林長生的大會在學校大操場召開，高音喇叭從一清早就連續播送數十條口號，從打倒中國頭號修正主義赫魯雪夫——劉少奇開始，省修正主義黑店老闆烏XX，……挨著官銜排隊下來，今天集中火力批判反革命修正主義分子周揚的大弟子、封建遺孽孝子賢孫林長生！！

朝陽府造反派來了，頭頭發言批判了！省造反司令部派了宣傳部長來了，也登臺揭發批判了！永定造反總司令部司令親自上臺批判，把這一天讚譽為永定革命史上的新篇章，挖出了一顆特大定時炸彈！並號召永定造反派、紅衛兵、革命群眾不要鬆懈，再接再厲，誓言挖出一顆又一顆反革命定時炸彈，用實際行動誓死保衛毛主席他老人家，保衛毛主席為首的革命路線！高呼毛主席萬歲萬歲萬萬歲作結束。最後登臺的是總導演永定造反司令部副司令葛淮踵，那時他已升官。其影響力越出學校界限，登上永定第二把手交椅。他的講詞沒有超出別人的假大空言語，倒有極其驚人的表現。他以林長生大學的故友姿態出現，揭發出迄今為止無人知曉的新材料：「林長生一貫思想落後，不靠攏團組織不寫思想彙報，心理陰暗。個人主義思想惡性膨脹，曾抄襲別人文章，掐頭去尾，添枝加葉，化名發表在一家地方雜誌上。後被同學檢舉揭發，徹底批判，口服心不服，趁我團組織改選之際，又惡意攻擊團組織，從來就是同黨同團組織兩條心。」又辯稱：「我今天能撕開老同學的情面出來揭發幫助他，這是毛主席革命路線萬丈光芒照在我心頭的結果，發自我內心的不可遏止高呼：毛主席為首的無產階級革命路線勝利萬歲！無產階級專政萬歲！」

三位女學生礙於面子未敢登臺揭發，會後遭到葛總司令的嚴肅批評！

這半個多月，朝陽、永定、向陽等地革命烈火熊熊燃燒，星星之火已成燎原之勢，紅衛兵隊伍聲勢壯大。然而，逃不過歷代中國改朝換代的劫數，也跳不出烏合之眾被利欲的萬般誘惑，革命隊伍出現裂縫，紅衛兵四分五裂，各佔山頭，招兵買馬強者佔山為王，越滾越大！弱者或被吞併，或被對立面擊垮。

葛淮踵看准革命到了關鍵時刻，他與省造反司令部掛上勾，與當地民兵勢力相勾結，終於掛帥於紅滿天革命造反總司令部，腰間挎著一隻盒子砲，穿著新草綠色軍裝，新草綠色軍帽，新草綠色膠鞋，一根深褐色寬牛皮帶勒緊腰間，盒子炮就別在右側。這身裝束中唯一美中不足的是缺少一顆紅五星徽章和一對斜長方形紅色領章。不過，猴相臉始終看不出有啥變化，一定要找出的變化的話，就是更瘦了，更像瘦猴了。

紅滿天革命造反總司令部一時間聲震山北平原，各造反派頭頭即使內心不買賬，但表面文章還是做得漂漂亮亮，葛大哥，葛總司令掛在嘴邊；走資派聞之喪膽，為何？紅滿天以強悍著稱，神出鬼沒。倘若要抓個把人，他們常常趁黑天，夜間行動；何況他們先監視、偵察幾天，不動聲色，突然襲擊，沒有一次行動落空。葛常對下屬說：在實際行動中活學活用偉大領袖毛主席的遊擊戰爭戰略戰術：不打無準備之仗；麻痹敵人，出其不意；集中優勢兵力打擊敵人等等，因此，紅滿天經常接受各地造反派的邀請協同作戰，走南闖北捕人，晏家莊的形勢複雜險峻，連續兩次失手。葛召集親信開會研究對策，會議確定聯合晏家莊駐軍中傾向紅滿天這派勢力，完成駐軍企圖實行而不能以軍隊面孔出現的任務，一拍即合，駐軍援助紅滿天輕武器，手槍、步槍、彈藥，以輕機關槍為限，豈不知紅滿天獲得槍支彈藥的供應，真是如虎添翼，他們丟棄皮帶、皮鞭、木棍、鋼杵等土製武器，動不動鳴槍示警，稍不如意，一梭子彈飛過來，可真是子彈不認人，無故死在紅滿天槍子下的人數沒有確數。那是一個混亂不堪的時代，連形式上的維持社會秩序的政府形式都已瓦解，有槍有勢就是草頭王，就是胡傳魁，司令、總司令多如牛毛，就像三十年後的總經理、董事長一般。

晏家莊與紅滿天同一派的薛司令一夜三次派人去永定請求葛總司令救援，葛的部隊正在休整，除一個小分隊值班之外，其餘都回家去了。他也正在腐化墮落，那時正值早春，兩名女紅衛兵正陪葛消遣消遣，大約有七八名女紅衛兵自願與葛玩樂，葛一無強迫之意，都是自願，況且她們互相都認識，有個姓黃的與葛同校的女紅衛兵自動擔起協調的任務，為不造成一日多人一日無人侍候的缺失，這協調是背著葛的，葛並不知道內情，還以為自然形成的呢！葛一聽薛司令從晏家莊星夜派人來求援，立馬下樓接見來人。那時的紅衛兵見面禮節：「敬祝毛主席萬壽無疆！」一見面互相舉手敬禮並對喊一聲。因為他們都承認毛主席是紅衛兵的最高司令！毛主席在天安門城樓上戴了紅衛兵袖章，還手拿著綠色軍帽向廣場上的幾十萬紅衛兵揮來揮去呢！第一次是一九六六年八月十八日，「八一八」這是一個可紀念的偉大日子！

葛一邊聽來人敘述晏家莊的險情，一邊尋思怎樣行動。一等對方開始言語重覆、顛三倒四之時，厲聲叫停下來。決定連夜帶三百紅衛兵向晏家莊進發！並附耳對一貼身女紅衛兵叮囑著什麼，隨後又問薛司令派來的人，是先回去報告薛司令，還是隨大部隊一起出發？那人猶豫了一下回答：「隨葛總司令大部隊一起回去。」

薛司令們被捆在一幢大樓裏已七天七夜無法動彈，乾糧將盡，外邊敵對派的紅衛兵又圍捆得嚴嚴實實，想把他們活活捆死在裏邊，要突圍又兵力不足，可想而知，結局逃不出被抓被打。葛總司令以夜襲為長，敵方知道早晚會有葛出援手，所以天還未漆黑早就增派人手加強包圍，天亮撤走大部兵力以修整，保存實力。當然雙方喇叭的對攻戰幾乎一天二十四小時不停。一邊喊：「你們已處在包圍之中，投降是唯一的出路！」並不間斷地播送敦促黃伯韜兵團投降書，以瓦解軍心，最強有力的警告是：「敵人不投降，就叫他滅亡！！」「誓死活捉薛警頑！」另一邊喊：「下定決心，不怕犧牲，排除萬難，去爭取勝利！」「勝利就在最後堅持一下之中！」用革命歌曲鼓舞士氣，這是通用的，誰聽了都覺得對自己方有利！包圍的紅衛兵特有的一種武器，叫敦促投降書！如早年毛主席寫的《敦促杜聿明投降書》也常常被請出來助威壯膽！

葛率領的紅衛兵在夜半抵達晏家莊，偵察後得出結論，東南方向敵方兵力薄弱，還有一個大型公共廁所，可隱蔽四五十人；旁邊有一家醫院，每天清晨趕來排隊掛號看病的人少說也有百把人，葛認為這地勢好，紅衛兵可混雜其間，便於接近大樓既利於接引大樓裏逃生者，還可從背後襲擊包圍者。方案已在胸中形成，最大的絕招他只向一貼身心腹透露，叫她組織好五十名女紅衛兵做好策應，叮囑她們等大部隊突擊初期，作好準備，隱伏在廁所裏，等到第二梯隊出擊，她們一齊湧出，大聲發喊：「快上！快上！」同時用手槍射擊為首者。一切安排停當，只待東方發白，敵方撤走大批守夜者時刻到來。

這日清晨攻方如往常一般撤走守夜者，換上白日值班紅衛兵。照例雙方喇叭聲大作以為掩護，純粹是虛張聲勢一番，遊戲剛過，只聽東南方發聲大吼，樓內外裏應外合，被圍捆者往外突圍，圍捆者們驚疑未定，葛家女紅衛兵們一身是膽從廁所裏直衝出來接引，齊聲連續發喊：「紅衛兵小將們，上刀山下火海！誓死保衛毛主席！」「上刀山下火海！誓死保衛毛主席！」圍捆者們回頭一看，全驚呆了，既不能呼喊，又不得移動腳步，更不知如何使用手中武器！被從旁迫近的葛家紅衛兵一一生擒，綁架走了。圍捆者們一敗塗地，葛總司令大獲全勝，待敵方再集結紅衛兵來救，人走樓空，旁邊醫院門外排隊掛號求醫者早已亂作一團，哭爹喊娘，卻早不見了葛、薛兩司令手下的紅衛兵去向了。

圍捆者的東南方向紅衛兵一回頭究竟看到了什麼？中了葛總司令什麼魔法，竟然如此不堪一擊如此這般一敗塗地？說來也極簡單，但此絕招毒招非常人所能出得，只有葛淮踵這個總司令才想得出做得到。那時節，隱蔽在廁所裏的五十名女紅衛兵個個裸露上身，僅穿一條紅布短褲叉，過半數人執手槍，少半數人持紅纓槍，在發喊聲中衝出來，揮舞手中紅纓槍和手槍，正對著圍捆者們，他們萬萬沒有想到那麼多半裸體少女暴露在面前，直刺入他們眼簾，令他們的神經突然遭受強力轟炸而無法思考、動彈，因此沒放一槍，束手就擒，全軍覆沒。

葛總司令設此毒招，大獲全勝。令薛司令佩服得五體投地，逢人便宣揚一番，添油加醋，版本越傳越多越荒唐越離奇越詭異……

半年闖蕩下來，葛的地位似乎越來越高，銜頭也越來越多越繁雜，根本弄不清他是怎樣的一個人，明確無誤的一點他是造反起家。葛總司令在革命造反過程中順手牽羊，撈點外快的便宜事也越來越順手。他握著槍把子，僅上次呂家堡大武鬥中，雙方死亡數十人，即使他未親手殺人，但他是一方總指揮，也不能逃脫干係。於是，一天夜裏葛總司令突然被佩戴紅五角星、紅領章，身著草綠色軍服的正規軍士兵從司令部所在地抓走，投入大牢。開始了群眾大揭發大檢舉大批判的又一輪新高潮，先是對方組織的群眾帶頭，後有本組織、原來的屬下反戈一擊，許多致命的有份量的材料揭出來了，怎麼密謀武鬥，怎麼抄家弄到金錢後揮霍無度，怎麼唆使年輕紅衛兵誣陷、造謠……總之，無惡不作，槍斃一百次也不為過，最令群眾義憤填膺的最最嚴重的罪行，是葛淮踵總司令在與女紅衛兵亂搞時炮打偉大領袖毛主席的黑話，誰要重覆說出來也就是炮打，也就成了現行反革命分子！所以，革命群眾都知道葛淮踵炮打毛主席，而且隱隱約約也好像又清清楚楚地指毛主席跟女人之間的醜事艷聞，然而具體的內容，文字上沒留下一點痕蹟，都是靠革命群眾之間暗底裏口口相傳，一日千里的速度蔓延，無可遏制！

關押了三個月，傳出葛總司令不僅徹底交待了他自己的所有罪行，一無遺漏，而且還揭發了同夥、屬下和別人的重要材料而戴罪立功，為體現黨的一貫政策——坦白從寬，抗拒從嚴，立功贖罪，立大功者受獎，軍管會僅僅判葛淮踵一年有期徒刑，還特批允准保外就醫，盡管他本沒有什麼病痛在身，只是找個藉口放他罷了。

過了大半年，有人看見葛淮踵在京城大柵欄胡同轉悠，歪戴一頂褪了色的草綠舊軍帽，披一身舊軍裝，穿一雙塌了跟的軍綠色解放膠鞋，嘴裏叼一支正冒煙的香煙卷屁股……人形似乎較先前胖了些，不那麼猴相了。

第四部

倪十力

一

前面說過葛淮踵在讀三年級時因貪少些錢財，又有不清不白的男女不當行為而倒臺，當不成團支部書記。過了些天團內選舉出了新一屆支部書記、宣傳委員和組織委員三駕馬車當政。這三位一上臺厲行新政，割除葛掌權時的飛揚跋扈作風。一是會議少了，少指揮別人，不發號施令；二是從不侵佔教室開會，保證教室供全班同學學習所用，團內開會到宿舍、操場，有一次實在無法可想，要用教室一小時，事前跟同學商量，征得同意才用，事後公開表示感謝同學的支援；三杜絕使用「非團員」一詞，他們認識到此詞背後隱匿著狂妄自大，對人具侮辱意味，泛稱同學；四吸收正直、好學的同學入團。僅半年中，他們吸收了三位同學加入共青團，倪十力就是其中的一位。

新任宣傳委員同倪十力本來很熟稔。葛倒臺不久的一天傍晚，他們倆一起上街，走過兒童用品商店門口時，宣傳委員對倪十力說：

「現在你應當考慮入團了。」

「為什麼？」

「咦！現在不是那個時候，情況變化了呀！」

「這倒是的，你說得有點道理。」

「什麼叫有點道理？道理充足得很吶！」

「你說得有道理。把這『點』字拿去，總可以了吧？」

「是呀！過幾天給團支部寫個申請報告。」

「我的條件不夠，正努力創造條件，等到條件成熟了再申請不遲。」

「你看你呀！還憋著一股氣，不要這樣子啦！就是為了證明葛的行徑，你也應當申請加入。」

被他這麼一提，十力真的想了一想說：

「你說得對，我一定得入。是的，一定得入。」

「十力，那就抓緊點。」

「不那麼容易吧！我從來就沒有寫過思想彙報，也寫不出什麼活思想，這個你瞭解，我平常跟你聊天的內容就是我的真實思想，再沒有別的什麼叫做活思想的了。」

「嗨，跟你說了吧！我們三個支委討論過幾次，也普遍徵求過團內和同學們的意見認為你，還有小羊、小嵇都不錯，夠入團條件，爭取早日把你們發展進來。今天我給你談不是因為我們倆是好朋友，用私情，而是支委會的決議，分工由我找你談這事。」

「那好，那好。不過我真的沒向葛支書時代寫過一份思想彙報，這是實情。」

「寫沒寫思想彙報不過是個形式，你的實際思想情況不能用有沒有寫過或寫過多少份思想彙報來衡量，所以，不要拖，趕緊申請入團，你看怎麼樣？以後你也是團員了，我們都在團內，有些話題以前、現在不能談的，將來我們都可談了。」

「我知道，團內團外有別。我從來不打聽你們團內的事，說實在的我也沒興趣打聽。」

「就是嘛！我明白你。咱們再回到你入團的事上來，別扯遠了。」

「好，我入團。你說我現在該怎麼做吧！」

「寫一份申請入團報告交給團支書，或是組織委員。」

「一定要寫一份文字？」

「是呀！」

「口頭提出申請不行嗎？」十力心裏想一旦我真寫了一份報告交給你們，不一定因為什麼原因你們又改變了主意，把我這份報告放在那裏可丟人了，丟夠了。……

「口頭申請？」

「對啊！口頭申請也是一種方式，何必一定要執著於文字？假使我是文盲，不認字，就不能入團了？入團的條件又沒有說文盲不准申請入團。」十力忽然說出這些話來，他自己都嚇一跳，怎麼沒有經過思考就說出這個理由來了。

宣傳委員聽了也覺得新鮮，卻在理，不要說文盲入團，就是黨員不少就是文盲。不要說寫申請書，表也是別人代寫，按手印的。這層道理不好辯，就說：

「十力聽著，你說的不是沒有一點道理，但畢竟你不是文盲，是大學生。那麼不是文盲就禁用口頭申請，也沒這項規定。等我想想，我去跟支書、組織委員談，如果他們也覺得可行，不一定走那個並無明文規定的形式，那你就直接填表，怎麼樣？」

「嘿，老朋友，不要讓我壞了你們的規矩。不過規矩是人定的，不能一成不變，稍作變通也是情有可原，允許的，對嗎？咱不深說了。我等你們支委們商定的辦。」

第二天傍晚晚餐後，我躺在宿舍上鋪休息，閉目養神。房門開處，宣傳委員拿了一份十六開大小的薄得只有三四頁的小冊子進來，朝我上鋪一瞧：

「我猜你在宿舍。在飯堂我還見你洗碗，一眨眼功夫不見了。」

「今天不知為什麼，就想躺一會，懶！」

「起來吧！表我拿來了，這會兒就填，有的欄目可能還要我向你解釋一下呢！」

我坐起來，一咕咚從上鋪滑下來，同宣傳委員坐在下鋪鋪沿上，他向我說：

「這是《入團申請表》，我們一起討論，你填，不明白的地方我告訴你。」

其實這表格挺囉嗦，什麼家庭出身、成份，本人出身等等亂七八糟的，尤其社會關係欄更為複雜，祖父母、外祖父母，還有叔叔伯伯姑姑姨姨一大串，宣傳委員解釋給我聽，假如這些社會關係中沒有什麼問題的就省略不要填了，假如有問題的不要漏掉，一定要填上，否則組織上已掌握的或者將來查出來了，就會說你隱瞞。

經他這麼一說，我停住了。我說我還真不清楚，比如我的小叔，聽說他集體加入過「三青團」，後來他又參加「華大」算革命了，這怎麼填？何況只是聽說，我沒有直接問過他，這怎麼辦？

「揀搞得清楚的填。」

還有我的遠房老伯做過幾個月的偽鄉長，新四軍找過他，警告過他。這也是聽說的，我沒親歷也沒有查證過，再說他已死了好多年了。這怎麼填？

「死了的就算了吧！」

「算了吧！可是你說的，還是黨的政策上這麼明白說過。」

「其實我也不清楚！』

再有我的外祖父是前清秀才，說起來政治觀點也屬慈禧太后那一邊的，這又怎麼填？我從來沒見到過他，因為他辭世在我出世前十來年時間。

我的疑問一個接一個說，宣傳委員不耐煩了，說你揀清楚的填，現在不清楚的不填，等將來你瞭解清楚了再向組織上補說補填。

「這是你說的，不要將來說我隱瞞什麼，其實我跟他們都沒什麼關係。」

「我知道，都是些沒有用的。我跟你說，我父親僑居馬來西亞，我成了華僑子弟，我入團時也周折過一陣，我問我媽，父親在馬來西亞做什麼？媽回答做小生意。我說，做小生意還要去馬來西亞幹什麼？不如回來做。媽回答這得問你爸去，我怎麼知道？媽又補充說：這你得問你爺爺奶奶去，他們把他弄出去的。我說我哪兒去找爺爺奶奶，他們都去世多年了。媽說那怎麼辦？我說媽呀！你好糊塗，我爺爺奶奶死了許多年還在陰間影響我進步！可能讓我因此入不了共青團啦！我媽聽了有那麼嚴重，就對我說，明天我們娘兒倆去爺爺奶奶墳上問清楚為什麼叫你爸也去馬來西亞的。十力呀！我為這個入團也痛苦過的，那時在中學，年紀小不懂事，看到別的同學進步快，入團了，很光榮，自己心裏著急得厲害呢！好在我生在僑鄉，村裏頭十家倒有九家是僑眷，所以對華僑子弟入團比較寬鬆。不像現在全班只有兩位同學有海外關係。雖說我現在是老團員了，最近又被選為支委，我心裏可有底，毛主席教導我們夾著尾巴做人是有深意的，我一直牢記於心。不說這麼多廢話。繼續往下填。」

「入團動機，為什麼入團？這問題挺各。怎麼問我這問題，應該問你，問你們團支部，為什麼動員我入團？因為你們動員我入團，我才入團。如果如實填，我就填這十三個字。」

「不要胡來，這是叫你寫幾句對團的認識，表明你對團有好感才申請加入的。」

「好感，我可真沒有多少。葛淮踵把團搞成這個樣子，還給我什麼好感？你們新上臺的幾位，不是因為你們上臺後我和你們才好起來，你們跟我好，是你們上臺以前的事，跟你們上臺不上臺沒有一絲一毫的關係，所以這也算不到對團有好感的份上。可能相反，因為你們上臺，你們的意識、行為可能會變化，我倒情願稍微疏離一點你們為好。對不對？免去麻煩。」

「這你就生分了。人生就的秉性真難改啊！俗話說：江山易改，本性難移！」

「好！好！我認俗話說得對，千年萬年都不錯。」

……

總算簽上了我的姓名、年月日期。花了近兩小時把這個表填完了。我倆都喘了一口長氣，宣傳委員把表拿走了。

二

這期間，出了一個風行全國的青年人物，姓雷單名鋒。湖南人，毛澤東、劉少奇的大同鄉，在東北當兵開運輸卡車的，一次車禍不幸捐軀，年紀輕輕的，正好和我同齡，心裏怪難受的，我在讀書，他卻走了。命運如此乖戾，嗚呼！毛主席他老人家拿起羊毫毛筆一揮，「向雷鋒同志學習」七個大字印在《人民日報》頭版頭條上，又大幅單張當標語大量印刷張貼在農村土牆上、工廠車間裏、部隊營房裏、我們學校教室、飯廳、宿舍、走廊裏，到處都是。不說別的，落款毛澤東三個字那麼灑脫就讓我佩服了好久，用右手食指尖在左掌心裏不知比照著劃過多少遍，總不盡意。

全國上下轟動，「向雷鋒同志學習」掀起熱潮，輿論炒作，鋪天蓋地。就拿藝術一門而言，木刻、油畫、國畫描摹雷鋒生前照片而成的雷鋒頭像，如雨後春筍般從南國廣州、經濟大城上海、政治首都北京、發祥地瀋陽、出生地湖南源源不斷，遏止不住地湧現出來，緊跟加緊跟，連環畫追上來了，用雷鋒生前日記作素材，改編成一個又一個、一串又一串的故事，又配上圖畫，線描的，彩色的都有，各個美術出版社自覺緊跟全國大形勢，為大好形勢快馬加鞭貢獻力量。數不清的歌頌雷鋒的美術作品舉辦了大型展覽會，歌頌雷鋒的詩歌、報告文學、電影紀錄片、朗誦會……雷鋒英雄事跡巡迴報告會一時間于大河上下、長城內外，搞得熱火朝天。就數兩張木刻像留在我的印象裏最深，一張是正面戴毛茸茸的軍帽，笑嘻嘻樸實的臉龐的那張，當時被印刷散發很廣很廣；另一張是毛茸茸的軍帽兩邊防風的部分放下來，但未扣緊，在東北寒風中忽閃忽閃像兩隻大耳朵，臉部表情不如前一張開朗、和氣和樸實。都是緊跟類作品中拔尖的。

雷鋒日記中披露了他平日助人為樂的事跡，很多又很動人。如為老大娘擔水，如在馬路上為老大爺捎一路腳，如……我們班上學時事學政治時間裏讀一段二段，聽得我時常熱淚盈眶，或淚水奪眶而出。不單我一人如此，比我受感動深的人有的是。向雷鋒同志學習為人民做好事，因為已形成競賽，全班做的、個人做的都記錄下來，公佈在半開張大白紙上，貼在黑板左邊的牆面上，時時提醒，刻刻警鐘。

在這逐漸加溫的熔爐裏，我們班千爭取萬努力，終於找到了千載難遭遇做大好事的機緣，到崇文區跟隨全國勞動模範時傳祥掏大糞背大糞倒大糞。時傳祥是一位全國聞名的大人物，這跟國家主席劉少奇接見他提攜他大有關係，劉的名言大意是：你掏大糞是人民勤務員，我當主席也是人民勤務員，這只是分工不同。時傳祥從此掏大糞之餘，經常抽空參加國家級政治會議，參加議政了，當然他代表工人階級和廣大勞動大眾才去的。

你想想，能到時傳祥這樣全國最著名的掏大糞勞動模範的大隊去學習掏、背、倒大糞三部曲，何等的不易，何等的光榮，何等的興奮。我去了三次，都是晚間九點鐘至午夜十二點鐘之間。可惜都無緣分一睹時傳祥大師傅風采，帶領我們七、八位同學掏糞小隊的三位師傅，都是三十來歲光景的人。一見面就向我們介紹時傳祥大師傅的光榮歷史，受到黨和國家各級領導人的接見照片，報紙、電臺等媒體採訪報導的文字、照片，說明掏糞工作的重要性和如何光榮，批判怕髒怕苦怕累的資產階級腐朽沒落的反動思想和人生觀，鼓勵我們樹立以苦為樂、以髒為榮的無產階級勞動觀和為實現共產主義理想的世界觀。隨後三位師傅各帶兩三位同學上崗工作。

當時，北京老胡同裏四合院內，一般住七、八家甚至十多家人家不等，在院內靠街的角落裏安置一間茅房，男女合用或分開，看所住人口的多寡和坑位的數量而定，這倒沒有政府作全市統一的硬性規定，也可算作一份小小的自由！

掏糞：用一把圓木長柄勺，木棍長約一百五十公分，直徑約三公分，一端裝一圓型鐵勺，勺的圓周直徑約十五——二十公分，勺不深，約十公分，用這把勺將茅廁的糞便一勺一勺平穩掏出，傾入長圓形大木桶裏。這木桶高約一百二十公分，敞口，上口直徑約四十五公分，下底直徑約三十五公分，呈上口大、下底小倒置形圓木桶。桶的一邊釘條弧形柳條木做背帶，極類似現在學生用的雙肩揹書包帶（不對，它是雙肩揹書包之先驅），這柳條木帶子挎在右肩或左肩上極服貼極柔和。茅廁裏尿桶裏存滿了的尿水也一齊倒進這大圓木桶裏。

背糞：掏糞如果說是粗活，那個揹糞可是個絕活，學問可大了。你先設想一下，再聽我說給你。第一步，你得雙腳分開，與肩同寬站穩，下蹲呈騎馬蹲襠式，肩至柳條木背帶同高，左或右臂微微向後方伸出，穿進背帶上肩，這時到了關鍵處，身子站起來，必須保持背部直挺，切勿作前傾或後仰的細微搖晃動作，保證糞便在桶內不生波動，不溢出桶口。雙腿站直準備起步時，腰部略向前傾，其角度掌握在比平時不負重物時略向前，這是為平衡身體作走步考慮，過分前傾或後仰均不利，都會導致糞便隨時溢出。起步、行走，絕活中之絕活，步幅不能大，以求平穩，節奏不緊不慢，糞便隨步伐有振蕩，而不外溢，這功夫切不可小覷。初時，師傅們讓我們同學少揹些，不裝滿桶，半桶大半桶的揹，一次兩次……後來覺得步子也走得不錯，裝到七、八分滿就難了。一不小心步伐稍快，或腳下一小絆，那糞便可不客氣，隨時伺候著往桶外奔流，前傾總伴著後仰一起作難起哄，往往後脖子先嘗（前傾之故），褲腳管、鞋後跟繼之。碰到這種前灌後灑的情況不要慌，緩緩停步，聽之任之，它慢慢自然平靜停止灌灑。有同學心一慌張，不知所措，身體更往前傾，擬蹲下將桶放回地上，往往會適得其反，糞便會如虎狼向你撲來，直澆後腦勺，決不吝嗇。有兩位同學嘗過個中滋味，苦不堪言。

倒糞：通常用解放牌大卡車改裝而成一輛大糞車，拆了後廂三邊欄板，平置一橢圓形長筒廂。在後上方設一可蓋可開之圓形洞口，長圓形大木糞桶裏裝的大糞從此口倒入，長筒廂末端裝一機關，如小梯子垂直下掛，長圓形大糞桶揹來往梯子下端平板上一放，再往上一推梯子，大糞桶隨梯子上移、傾斜，糞便即全部、徹底、乾淨地一點不剩地傾倒入大糞廂裏。這時才發現大木糞桶上口大下底小的設計乃是絕頂聰明的活，實踐出真知，也因此讓我明白了實踐真是檢驗真理標準的大道理。這桶形絕非開初就設計成這個樣子，一定經過了掏糞工人的實踐、修改、再實踐、再修改，……不斷改進的產物，工人階級的聰明才智的結晶，僅從這細微處都能體會得到，只看你用心不用心了。

掏、揹、倒大糞活動結束，教室裏黑板報上心得體會一篇又一篇連續登載出來，十六開橫條紙隨著同學來回走動而一飄一蕩，像是招引同學駐步觀看，不過失望的時候多。不用看，更不用細看，千篇一律的腔調，寫的時候就為應付差使，心不在那兒，怎有可看的文字呢！更沒有像我剛才說的三步曲那麼津津有味，引人入勝的境界了。

比這學雷鋒揹大糞的故事更有趣的故事，我趁這時一起說給你聽吧。藝術學院裏出了一個活雷鋒李跂。李跂是何許人？她是一名積極分子，上回下鄉去邢臺勞動時，她就出了名。早春時分，天濛濛亮，東方魚肚微微泛白，她就從木梯上爬到房東老鄉的房頂平臺上，拿著土製擴音喇叭，宣傳毛澤東思想，高聲朗讀毛主席語錄，高唱「東方紅，太陽升……」直喊得嘶聲力竭、嗓子發啞才下得房來，又上炕眯一覺。天天如此，不管颳風下雨。你說她這麼幹為什麼？不知道。干擾老鄉休息，但沒有人敢對她說三道四，或勸她說你歇歇去吧！因為她全用的是毛主席的最高指示，你叫她歇歇，她不扣你個反對學習宣傳毛澤東思想罪名才怪呢！我們同學也只有在私下裏跟知心朋友才敢說她好出風頭，如此而已。再說她在大家下地幹活時，又翻開手抄本唸起來了，說是為大家鼓勁，也是宣傳毛澤東思想，誰能說個不字？有一天晚上小組會時，李跂埋頭在一個本子上猛寫什麼，專心致志。坐在她旁邊的人問她記什麼？回答記思想心得。又問寫了那麼一厚本，還不向我們大家唸唸，交流交流。李跂一邊說沒什麼沒什麼，一邊以詢問的目光看著小組長能不能唸幾段？小組長出於好奇，又怕冷場，就說作為你發言，當然可以唸。這樣子李就唸開了：一九六三年X月X日，給王大爺家挑滿一大缸水，八大桶……；一九六三年X月X日，為張大娘推輾子，轉了二百一十二圈，大娘感謝不已，給我餅子，我沒吃……；一九六三年X月X日，村東頭一輛大車翻了，我幫趕車的不認識的人把車正過來……；一九六三年X月X日，我已經堅持一個月上房頂宣傳毛澤東思想……；一九六三年X月X日，我撿到兩枚一分錢幣，交給了班長……大家聽膩了，齊聲喊：「行了行了！」那知道會後小組長向領導一彙報李跂日記上寫的那麼多好事，領導一聽如獲至寶，說我們就是要發現這樣的典型人典型事。不幾天，榜樣樹起來了，口號也擬好了：「遠學雷鋒，近學李跂！」把學雷鋒運動引向深入，推向新高潮！

回到學校，校園裏紅紅綠綠的標語掛得亂七八糟，倒也熱鬧。李跂到這班講演，那班作報告，介紹她學雷鋒的心得體會收穫，宣揚她自己的事跡，鬧騰得沸沸揚揚。

一般熟悉她平日為人處世的人心裏有點兒納悶，總覺得其中有點兒蹊蹺，日記上記的，嘴裏說出來的，和她平日做的距離可真不小。有人說講的時候為了擴大效果，需要拔高一點也沒什麼，無所謂啦！有人說不是說她作小小的拔高，誇大認識，她說的有些事都不一定真有過，編的。又有人說領導上現在需要這樣的典型榜樣，好不容易冒出來一個，我們睜一眼閉一眼就可以了。更有的人說不能這樣，如果聽之任之，弄虛作假，學雷鋒不就變得毫無價值了嗎？

學院為舉辦學雷鋒成果展覽會，從各個角落搜索出好人好事，日記本、破舊又補好的衣服、自己動手做的小玩意、鑰匙圈、錢幣……都用標簽貼上勤儉節約、拾金不昧、思想覺悟大大提高等文字，百川納大海，都是學雷鋒的成果，雷鋒又是學習毛主席思想的好榜樣，所以最終歸結為毛澤東思想是永不落的紅太陽的邏輯結論！李跂日記作為重點展出專案，摘抄重要段落寫在大紙上貼到牆面上，一張又一張。唐寶石特別認真，拿著李的日記本一本一本從頭翻到末尾，還有十來頁空白，他繼續翻，翻到最後空白頁，在封三的底邊標明紅太陽印刷廠印刷，並署上印刷的年月，寶石不經意把一九六四年字樣映入眼簾，嚇了一跳，怎麼啦？他在讀日記時，記得都寫著一九六三年X月X日。他定了定神，再睜大眼看清印刷體一九六四年一月，再小心往前翻到李跂記的日記，手寫體一九六三年歷歷在目，連翻幾篇都是一九六三年，沒錯！李跂真有能耐把一九六三年的事記到一九六四年才印好的日記本上，這發現，不亞于哥倫布發現美洲新大陸。他明白這發現關係事大。一跑來找我，問我學雷鋒成果展覽會參觀過沒有？我回答還沒有來得及去。他拉著我說現在就去，一起去看看。我順著他去展覽會，他引我到擺放李跂的一本本日記那兒，拿起一本看，也遞給我一本，我翻了幾頁就放下了，看貼在牆上的豪言壯語。他怪我不仔細讀讀日記，我又撿起一本隨便翻翻。他湊近我，把印刷體一九六四年指給我看，我不明白他的意思，我問：「什麼意思？」他又指著李寫的一九六三年X月X日，我楞住了！又仔細端詳了一會兒印刷體一九六四年。我小聲對他說：「走吧！快走！」

我們走進宿舍，把門關緊再一上插銷，異口同聲問：「這是怎麼回事？」都睜大了眼睛看對方。半響說不出一句話來。「作假？造假？製造假日記？」不用問李跂為什麼這樣做，太折磨人的問題。揭破其中有假，李跂會怎麼樣？從捧上了天突然間摔下來摔到地上，摔得太重太慘，能鑽到地下去嗎？揭破其中有假，學院領導會怎麼樣？惱羞成怒批李跂一頓？還是大事化小，小事化無，瞞天過海，逃逸得無影無蹤？抑或……我倆知道就算了，兩耳不聞窗外事，一心唯讀專業書，安安穩穩讀好書，得過且過去也。

十力我填入團申請表不過一個星期多兩天，團支書約我談話，說我對團的認識不錯，準備召開支部大會討論我的申請，並要我在會上作一個發言，口頭向全體團員講述自己對共青團的認識，要我作好準備。我聽了有些緊張，問他：「準備什麼？」他還是說對共青團的認識。我說：「都已寫在紙上了，就這麼多認識，沒有別的了。」

他說你不要照唸，臨時作一些發揮。我想不行啊！我沒什麼好發揮。那表上填的還是宣傳委員告訴我的，我臨時一發揮，可能就發揮錯了，從填表到今天，我也沒有想過這事，也沒有什麼新認識，就這麼多已經不容易了，對我來說，已很足夠了。所以我對團支書說：「就這麼多了，到時候我照表上唸就是了，好不好？」

他沒奈何，笑了笑說：「那還怎麼辦？就這樣吧。」他又說：「不過，如果有人在會上出難題，找茬，你得有思想準備啊！」

我問：「找什麼茬？」他說他也不知道，不過這個思想準備總得有。

我說：「找茬的人是不讓我入團，是不是？」

「那倒不一定，就是故意搗亂一下。」

「那怎麼辦？」

「當然，那也不用害怕，我們儘量在會前協調解決好。」

「什麼叫儘量在會前解決好？解決什麼？」

「跟你說了吧，這樣你也好有個思想準備。開支部大會討論你的入團申請，只不過走走形式。我們三個支委早就同意你入團，宣傳委員主動要求做你的入團介紹人，這沒錯。我們也在團員中個別交談過，摸摸情況，基本摸清楚絕大多數團員都口頭表示你已夠團員標準，同意你入團，但個別人，我不說你也猜得到是誰，在上次團支部組織生活會上提出問你寫的思想彙報在哪兒？有多少？責問我們三名支委怎麼做你的思想工作的？無非是他知道你以前沒有向團支部寫過思想彙報，現在阻撓一下，拿捏一把。那次會上，有團員就說，看實際表現，寫不寫，寫多少思想彙報是個形式，我們不能拿形式的表面的東西去評價一個人。我估計他還會提，所以事先向你打個招呼。」

「你說如果他出來阻撓，我該怎麼做？」

「你想解釋就解釋一下，不想解釋就不吭聲唄！」

「你的意思是讓他說，也聽別人說什麼，這樣做好嗎？」

「差不多，總之你不要被他激起來，與他爭什麼長短？」

「這不難，我一向懶得與他說話，還會與他爭論不成？不會的，你放心。」

「不過，如果他提什麼具體問題，指名要你回答，你也不能不理。」

「看他說什麼了，如果無理的話，我會說理給他聽的。」

「說理的時候，態度要好，這很重要。」

我心裏想：「我最討厭抓人家態度，是非曲直還未分清，就抓態度這是整人、混淆是非的一種蠻橫手段，我可不理這一套。」

「當然，當然，是非先要分清楚，再論態度。」我如此回答。

就這樣，兩天後的星期五晚上召開團員大會，輪到我談對共青團的認識時，我照本宣讀入團申請表這一欄的文字，確實我認為這段文字最正確，沒有漏洞，那是從共青團團章裏抄下來的，哪有錯？我的認識又怎能超過它？因此，底氣十足地唸完了，用不了兩分鐘。

我唸完後坐下，大家報以一陣掌聲。

宣傳委員帶頭說了一通，無非說我一些所謂要求進步的表現，在我聽來就是說好話，說我夠團員標準，差一點說老早就夠了。我也害怕他說老早就夠了這類話，何必刺激別人。隨之好朋友們如佟泉、玉柱、寶石、曉倩、延生、青枝等等相繼表態，同意我入團，順口還列舉了好些個優點長處什麼的，害得我有些兒不好意思了，從未想過我還有朋友們唸叨的那些東西，當然主要是他們的鼓勵與期望。下臺不久的葛淮踵始終未發一言。

新任團支書站起來問：「還有誰要發言的嗎？」一連三問無人舉手要發言。只聽有人催促：「沒有要求發言的人，就表決吧！」

「同意倪十力同學入團的請舉手！」

「一、二、三……十七。」

「不同意倪十力同學入團的請舉手！」

「沒有。」

「請棄權者舉手！」

「沒有。」

「好，今天我們團支部大會全票通過同意倪十力同學加入共青團！待報告上級團委批准後，今天這個日子就是倪十力同學入團的日子。」

團支部書記一宣佈，團員同學、朋友們都過來和我握手祝賀。葛淮踵沒有和我握手，我也不在乎。我對入團本來已無多興趣，何況我並未忘記對葛說過的那句話。這回入團也不過是一場遊戲，好朋友們一起玩玩，高興一回罷了。

三

九月新學年開始按例改選班長，全班同學一個不缺，舉手選舉，倪十力當選為班長。

在倪十力心裏，真不知啥滋味。

他想：我依然故我，心裏想的，外表的言行一如往常，然而剛入團不久，又被全班同學選為班長，再不被看作思想落後分子，不求進步了，真有點莫名其妙。

倪十力不懂什麼駕馭之道，只不過視同學需要，盡力幫助，他也沒有什麼好發號施令的，服務同學而已。無為無不為，相安無事。

學院年年有新花招，當然來自上級領導部門的旨意為多。這一學期倪十力所在班被分配到北京郊區懷柔縣紅螺鎮參加農村社會主義教育運動，簡稱「四清」運動。

紅螺鎮是個半山區，窮得很。已婚婦女不論年輕年長熱天裏，不穿上衣懷抱小孩來回走在村中泥路上，村民們習以為常，視若無睹，兩個大奶子晃來蕩去。現在來了京城的大學生，還有政府派來的工作隊對村民進行社會主義教育，她們依舊我行我素。工作隊是來查村幹部的政治、經濟問題，概而言之，查他們是不是敵我不分，對地富反壞右放鬆管制，或同流合污了？或被反動階級用金錢美女等糖衣炮彈擊中，成為他們的代理人？令政權變質了？再有查他們是否貪汙金錢財物，憑藉權勢強佔民女，稱作腐化墮落者。總之，找村幹部的麻煩去，所以村幹部一般都對工作隊如敬鬼神，避之不及。村民也怕工作隊，據說一些做過壞事的村幹部害怕村民揭發他們的壞事，工作隊尚未進村就已經威脅過村民了，警告他們不要靠攏工作隊，不要反映揭發問題，工作隊長不了，總有走的一天，到那時算總帳。那樣做很管用，村民像二、三十年前見到日本鬼子一樣，趕緊躲在屋裏，大膽的偷偷從窗戶往外窺探，觀察工作隊員的行為。工作隊工作的主要方式是召開村民大會，訪貧問苦，鼓動苦大仇深者勇敢地站出來揭發，貧農、下中農成為依靠對象，分化村民，一般都能湊效得手，只是時間長短差別。這一段工作叫訪貧問苦，紮根串聯，重新組織階級隊伍，收集情報；接著就是鬥爭階段，叫做揭開階級鬥爭蓋子，鬥爭走資派、壞分子……最後改組村領導班子，或一鍋端，大換班，或以新換舊，撤換原有領導班子中的主要負責人。工作隊員為收集情況，做深入細緻的思想工作，所以要和老鄉實行三同——同吃、同住、同勞動。每日輪流派飯到貧下中農家交糧票、交錢，吃一日三餐，今天李家，明天王家輪流轉……叫同吃。同勞動的意思就是白天跟村民一起下地幹活，地頭休息時和老鄉聊天瞭解情況。同住是做不到的，總不能把工作隊員分散住到各家各戶去和老鄉同睡一個炕，政府派的工作隊員住一起，我們大學生分小組三五人住一起，睡大炕，很好玩。

倪十力我挺喜歡這山村。一天，發現一座破廟，廟的山門橫額上自右至左還隱約可見「紅螺寺」三個顏體楷書。

我就往裏走，只有門洞，沒有木門鐵門，四大金剛像也沒有威武相了，缺胳膊斷腿，臉部破損了大半拉，圓睜的眼珠失落了。一掃昔日神光籠罩著的威風，灰頭土臉，敗落了。穿過山門，走入天井，更是慘不忍睹，原來按放大香爐的基座還在，香爐不見了，更不要提香火，早就斷絕，哪兒買得到香？哪有錢買香？哪有膽量上香？……再前進是大殿，屋頂上雜草叢生，一茬又一茬，荒廢多年了。進得大殿，只有門檻不見殿門，也不見佛菩薩像，只有阿彌陀佛的破損蓮花座，左邊的觀音菩薩，右邊的普賢菩薩連基座也找不著，不知佛菩薩像被搬到哪裏去了，或被辟了？或當柴禾燒了？或移作它用？總之沒有答案，根本沒有人可問。我抬頭望殿頂，東北角已開了一個大天窗，透過它可見天上烏雲團團，風從洞口吹入，殿內淅淅嗦嗦，陰森恐怖，昔日的香火、巨燭光輝已煙消雲散，好像過去了好幾個世紀的樣子。我在腦子裏拼命搜索，就是我身處的眼前這座紅螺寺，三十年前可是風光得很呢！被稱作「北寺紅螺南寺靈巖」，視作淨土宗的北方名剎寶寺呢！淨土宗第十三代祖師印光法師，自陝南出家之後，雲遊至此，投入際醒祖師主持的紅螺寺，發誓專修淨土宗，往生西方極樂佛國。從此出發，印光大師又雲遊至普陀山法雨寺，最終在蘇州靈巖山寺圓寂。紅螺寺在近代佛教淨土宗的一段光榮史，歷歷在目，如今只有大雄寶殿前，西雄東雌的兩棵古銀杏樹，自唐末至今歷經一千一百多年，依然傲然挺立，見證了人世間改朝換代的歷史變遷。可是僅僅近二、三十載，世事滄桑，巨變如此，好似一堆亂礫，我站在這兒站在那兒，茫然四顧，一時間既無思也無想，一切無從起始。……回頭走回村莊，歷史截斷了，是的，斷了，斷了。我家鄉的關帝廟也早已被毀，原地址上一家肉莊開張了，生意興隆，殺生無數，嗚呼哀哉！我讀小學第六年級的實驗小學就是城皇廟的原址，大殿成了大禮堂，殿前兩株巨型銀杏樹二百來年，伸出斷枝殘臂，迎風接霜，年復一年，依舊挺立不倒。八十年代我回故鄉再訪巨銀杏也不見蹤影，被砍倒當柴禾燒了？大雄寶殿已被夷為平地，改建成肉食屠宰場，以滿足廣大人民群眾口腹所需。

我從紅螺寺走下山來，村裏已見燈火，東一點，西一點，稀稀疏疏，矮矮的土坯房或破磚牆房黑黝黝，伏在西伏在東，窺視著我自北往南走近。安靜得緊，聽不見一聲狗犬聲，本沒養狗。聽不到一聲孩兒啼哭，門關得嚴嚴實實，窗戶又小，傳不出聲音來。快到我的住地，猛一抬頭，嚇了一跳，平日從沒留意過土夯院牆外側，用白灰粉畫著一個直徑大約一米大的大圓環，在黝黑的環境裏如此突目，前所未料。這是什麼東西？畫這大白圓圈幹什麼用？西遊記裏說唐僧師徒行到一處，看見家家門口放一隻籠子，小孩在籠子裏啼哭，原是為獻給魔王取用的供品。現在這村叫紅螺鎮，家家畫這大白圓圈是防野狼的，夜間進村覓食的野狼，猶如剛才的我，猛一見，嚇一跳，不知何物，心生懼怕，野狼也一樣，它不敢進，怕被套住，只得退卻了，也就保住這一家人的平安啦！家家如此設防，野狼害怕而不敢進院，不敢進村。村民們怎麼琢磨出這既省錢又方便的法寶！防止野狼的危害，可真聰明的緊呢！

一天，我和佟泉被派到傅姓老鄉家裏吃飯，因為是由隊裏分配的，所以又叫「吃派飯」。這是一戶小孩多的窮戶，戶主小傅有四個小孩，最大的六歲，最小的只有幾個月，中間兩個分不清年歲。小傅為隊上放豬，妻子在家帶孩子，小傅放豬活還是隊長為照顧他才派給他的，放一群豬三十來頭，整日在外走動，這裏的豬也不圈養，因為沒有多少飼料餵，到外邊田野散放，豬兒們還可找食物作補充，什麼豬秧秧、野草都是補充食品，豬兒們散放慣了，跑得挺歡，矮矮的小山坡都能一滾一滾的爬，少不了摔跤打滾，豬兒們又會咕咚咕咚的叫嚷，插科打諢般追逐也是有的，小傅手執一支細柳條，時常揚起來嚇唬一下，豬兒們知道小傅的意圖而朝東或朝北奔走，小傅並不真的要抽豬兒們，他可是愛豬兒們吶，尤其是小豬仔，這嘈雜的亂哄哄咕咚——咕咚哼叫聲，這奔走如滾的神態，怪機靈的，小傅覺得特別可愛。小傅嗓音特好，深沉又宏亮，很了不得的男中音，他坐在大石塊上，柳條豎著，豬兒們都在他的目光照顧範圍裏，這時刻，小傅喜歡哼曲兒，我從未聽清過他的歌詞，曲調緩轉，低沉又深遠，反正不是時下的流行歌曲，是一種特殊的、帶著濃厚燕北半山區村民鄉土音的哼，還不能稱作唱。放豬這活，不管颳風下雨，無論天暑天寒地凍，一年三百六十五天幾乎不歇一天工，天天記工分，不像大田活，可不保證天天有活幹，北方農村入冬以後，除了施肥或少量修水渠活之外，地凍三尺厚，有多少活可幹？一個壯勞力一年最多也不過幹二百八十天上下，所以放豬是個肥差，一年下來收入比一般壯勞力還多不少。

早上我們洗完臉刷了牙就去小傅家同吃早餐，剛進門，小傅的妻子熱情讓坐，一疊聲喊：「同志坐，同志坐。」炕上三個孩子眼睛直直的看著我們，很好奇的眼神，倒不認生，也不哭，我正作如此想，其中一個突然「哇」的一聲哭開了，他們的媽哄：「別哭別哭！」一手裏正忙著從大鍋裏往大陶缽裏倒稀粥，熱氣騰騰的端上炕來，我緊兩步上前接大陶缽，放在炕桌上，孩子們高興得手舞足蹈了，亂哄哄的，挺熱鬧。她拿過來一小陶缽，裏面裝了小半缽鹹菜疙瘩。嘴裏叫著：「大寶小寶別動！燙燙燙！」地吆喝著，一邊把孩子們哄到離炕桌遠些的炕席上坐好，一邊忙著對我們讓吃。邊說邊動手盛稀粥，她操起散置在炕桌上的大碗，還有些隔夜粥乾巴粘在碗裏邊，她乾脆利索地用腰間圍裙往大碗內側四周一轉，迅速盛進滿滿的一碗稀粥遞過來。我看見這一切，這碗顯然是已用過而未洗，這一擦根本擦不乾淨，再說這圍裙本也不乾淨，不乾淨，不乾淨……，等不及我思想，大碗已遞到我面前，我趕緊伸出雙手捧住，放在我面前的炕桌上，等她盛好一大碗一大碗一小碗一小碗稀粥安排停當時，看我們都等著不喝，才醒悟過來，抱歉地說：「你看我只顧盛粥，忘掉拿筷子了。」她一骨咯翻身下炕去找筷，沒找著，急了，嘴裏嘮叨著放哪兒啦？原來筷子都散落在炕上，已擠到炕邊，或滾到炕席夾縫裏……，我見了，拔出一根又一根，接連找到五、六根，她接過去又撩起圍裙一抹再遞回來，我接在手，不去細看直插進稀粥裏，「眼不見為淨」民諺這一刻幫了我大忙，端起大陶碗緊靠嘴邊，啄一口，「好喝好喝」連聲讚口不疊，她坦率地朝我們一看，滿意地笑了。我不是說假話，這稀粥是用小米加麥麩熬成，外加一些乾紅棗。紅棗是山區特產，不用說新鮮美味，這小米也是新打下的，不是陳了幾年發黴的，本沒有多少糧，哪能吃得到陳糧？新小米加新乾紅棗，多好多美的滋味，可惜這稀粥少了，不能天天吃得到，吃得飽。今天是特別為招待我們熬的。候粥稍溫時，小寶寶們個個喝得滿嘴滿臉，雙手抓抹，天真無邪地笑嘻嘻，晃頭晃腦，互相嬉戲。她忙得不亦樂乎，餵小的又照顧大的，忙著拿圍裙幫小寶寶們擦嘴擦手，還時不時招呼我們吃，夾鹹菜，可是她自己沒喝沒吃。我們問傅大哥呢？「他一早就哄他的豬仔去了，哪管得了咱娘幾個？」聽口氣不是埋怨也沒有責怪之意，倒像是深藏著喜悅和驕傲的情愫。

我的心裏很不是滋味，髒，你說有多髒就有多髒，比你想像得出來的髒還髒；你說窮真窮，比你想像得出來的窮還窮。髒，你不喝不吃了？不，不能不吃不喝，一則怕肚子餓，要餓一天，這裏習慣一日兩餐，下午天快黑時才吃第二餐；二則你看看孩子們的歡樂相，你想想這大嫂的用心能拒絕不喝不吃就走人嘛！那太傷了她的一番好心，真的是盡她所有所能了。他們翻身十五、六年都不止了，人不懶，應該說蠻勤快，又不傻，哪句話不在理？小孩多，所以窮，喝不上吃不飽，也不是，小孩有小孩的口糧標準，成年人有成年人口糧標準，問題是他們能否按口糧標準分得到糧食？後來才知道了村幹部為邀功謊報糧食豐收，村民們被迫勒緊褲腰帶，餓肚子。簡單的公式是這樣的：謊報畝產八百斤，按上級政府規定，每畝留給村民們食用三百斤，餘下五百斤除無償交公糧外（即田稅），政府更出低價全部收購餘糧。實際上畝產五百斤，根本不是八百斤，所以交給政府之外，顆粒無剩。怎麼辦？再從政府糧倉買回糧食，叫返銷糧。返銷糧價高於收購價好多，一進一出，農民苦不堪言，基層幹部卻立功受獎，政績卓著。

四

我還在魏正銀大伯家吃過好多次派飯。大伯大娘倆口子，六十歲出頭的人了，大伯身子骨不好，早年他在京西門頭溝井下挖煤，一次塌方損傷了脊椎，得了腰痛病，雖說不怎麼駝背，但凡遇風天雨天冷凍天，腰疼不已，已非一日。大田的活幹不了，有時在場上幹點輕活，一天掙五、六個工分。正銀大媽心臟不好，她說心頭疼，也叫不出啥毛病，在家操持家務。老倆口只有一個女兒，前幾年已嫁人，現如今住在京城崇文門外磁器口，丈夫開了個修車鋪，自行車、三輪車、小推車都修。前年生了一個男孩，家裏忙著呢！很少能抽時間回娘家看望父母，一百好幾十里路，乘車又不便，到了懷柔縣城，要走三、四十里路了，沒車可乘。正銀大伯家人口少，清靜，吃派飯時間聊一會兒，知道他家院子裏並無水井，吃水要到村東頭井臺去擔，正銀大伯的腰已不能擔滿桶水了，只能小半桶小半桶的擔，我說讓我來擔好了，站起來一看水缸，只剩底裏三兩寸渾水了，二話沒說，我擔起水桶就往院外走，直奔村東頭。井臺上不少大娘大媽少婦少女正忙著洗洗弄弄，洗菜洗衣洗什麼的都有，嘻嘻哈哈熱鬧得很。井臺向來是村民聚會閒聊的好場所，也是村裏新聞的流通處，速度快得很，準確率卻不怎麼高，因為說的人隨意，聽的人馬馬虎虎，聽得一言半語，再傳達出來時稍加意測就走了樣，大多八九不離十，也有牛頭不對馬嘴的，張冠李戴，不稀奇。我走近井臺，看見好幾個青年站在那兒等，排隊擔水。其中還有一個同班同學，他說給房東擔水。當我擔著滿桶水進屋，大媽早已為我掀開簾子，我說大媽不用啦！她說聽見我進院的腳步聲才起身掀的，不礙事。如此接連四擔就把水缸填的滿滿的，末了還剩下小半桶，大娘說就放在水缸旁，淘著用。大伯和大娘千謝萬謝的弄得我倒不好意思了，不過我明白擔水對他們日常生活太重要了，為難他們二老了。我趁勢問一缸水能用幾天？大娘說省著用六七天。我心中有數第四、五天來看看，抽空經常為他們擔水。第二次去為正銀大伯家擔水是上次擔水後的第五天，水缸快底朝天了，約有三、五寸深的水。這樣幾次下來我摸透了他家的用水量，隔三茬五地去看看，擔幾擔水，把水缸滿了。在我這是輕而易舉的事，在他老倆口方面，真是解決了一個大難題。所以每次擔滿水缸，總留我坐一會，喝一杯茶水，拉幾句家常，逐漸熟悉了。有時問我的家在哪兒？父母做什麼的？幾個兄弟姐妹？都在哪兒？我一一如實相告，也問過我這麼一個問題：「你們不在學校裏讀書，到鄉下來做什麼？」標準答案是向貧下中農學習，進行社會主義教育，改造思想。我背了一遍給他倆聽，也不知道他們聽明白沒有，其實我也說不清楚，反正就是這麼個意思。工作隊進村這不是頭一回，他們也知道一些，住一陣搞一陣運動，忽然之間一夜功夫走了，都不見了。村裏又恢復平靜，維持原先的秩序。不過工作隊開村民大會，老說這次要徹底的搞，不留後遺症，不准村幹部對揭發他們問題的村民打擊報復，穿小鞋。越這樣說越這樣保證，越顯得蒼白無力，越加重村民的顧忌。有一回我擔完水，坐在炕沿上喝茶水，正銀大伯端端正正的坐在一張他專用的粗木靠椅上，神情嚴肅地問我：「等工作隊一走，他們就實行報復，你說我們找誰去？」這問題我真不知道答案，找誰？找鄉長，他們和村幹部都是熟人，一氣的，找了也白找。找縣長去，即使你到了縣城，也進不了縣衙門，更不用說找得到縣長，縣長的尊貴身份是不會降階來見一個鄉下老頭兒的。找北京市，更不用談，衙門分了許許多多的部門，踢來踢去，你跑斷了腿，吃光了帶去的乾糧，也不會讓你見到會聽你嘮叨的官兒的。現如今再沒有像古裝戲曲電影裏那樣擊鼓，縣令立刻升堂開審的事了，那是過去幾百年上千年的封建統治時代的故事，現在是什麼年代了，還讓你擊鼓鳴冤？鼓都沒有了。人民當家作了主人，村幹部、縣長……是主人的代表，主人的主人，你想想你找他們鳴冤，你是什麼人，恐怕你也就不是主人了，換了身份，地、富、反、壞、右分子。地、富、右已劃定了的階級敵人，反、壞分子可是風水輪流轉，說不定什麼時候任何村民都可以輪上個把反革命分子當當的，容易得很呀！說你罵娘罵黨員罵某個官罵……都可以扣上反黨反社會主義反革命分子帽子！他們手裏的法寶就是往你頭上一扣這頂反革命分子帽子，你有再大的冤也甭想伸，也甭想有個出頭日子。至於壞分子更是不費吹灰之力，你年輕說你強暴調戲某家女人，或按你一個偷盜公共財物的罪名，治保委員把你一抓，往鄉裏或縣裏一送，不用審判，關上一年半載，壞分子的帽子扣得緊緊的，教訓得你連上訴的願望都煙飛灰滅。也有硬派你一個往隊裏牲口棚放毒之類的罪名，或說你造謠生事，蠱惑群眾，其實你聽鄉村的人或親戚從別村別鄉傳來的實事，只是這事對幹部們的名聲、政績不佳而已……，都可被劃入壞分子一類中去的。戴上地富反壞右中任何一頂帽子你就死定了，只有老老實實接受監督接受改造，任幹部們奴役，否則，召開村民大會批鬥，或送交公安機關投入大牢，受皮肉之苦不說，何日放回，更是遙遙無期了。

鄉村人看人實在得很，我從未讓正銀大伯家有缺水用的擔心，他們對我的瞭解也多了些，日子一長起了一個念頭。有一次大娘開腔了，我和你大伯都年紀老了，一個女兒又住得那麼遠，身邊無人照顧，鄉鄰鄉親的忙自個兒事都忙不過來，……繞了半天彎子，還不道明主題，原來是向中我要我做他們的乾兒子。我乍一聽，吃一驚，因為我從沒有想過這事。其實我小時候有一位乾娘，在我家鄉。我叫她高家乾娘，聽我媽說她姓高，我還在我媽肚子裏學游泳的時光，這位乾娘和我媽在田頭聊天，說到她只有一個女兒，十好幾歲了，後來再沒有生育過，所以沒有兒子。當時鄉村的意識裏一個女人沒生個兒子總是一大缺憾似的，對不起男家，是乾娘預謀還是一時興起，對我媽說：「你懷的是男胎的話，可以寄名給我，讓他認我做乾娘好嗎？」我母親性情溫和善良，聽她一說竟不加思索就一口答允了下來。不久我出世了，可以說從我一到這世上就有一位高家乾娘。眼前的這一提問，在我潛意識裏沒有什麼為難的，可以答允下來，叫她一聲乾娘，讓她老人家高興高興，有何不可？可再一想，得問一問我們的帶隊老師，是不是會違反什麼規定？那曉得我一問老師，他不假思索地回答我：「不行。這是工作隊的紀律，我們是來向貧下中農學習，改造思想的，不搞這些封建意識的東西，認什麼乾親呀結拜呀什麼的，再說我們是要回學校去的。」

一說紀律，把我套住了，我最怕犯紀律。至於什麼封建意識我倒不怎麼在乎，因為我從小有個高家乾娘，她沒有給我什麼封建意識影響，一定要較真的話，她可是黨的半個地下工作者呢！據說她掩護過新四軍好多次，並提供情報打日本鬼子兵，都是聽別人講的，乾娘從來沒有說過她這光榮史。她讓我去她家玩，我記得最清楚的是她家院子裏有棵桔子樹，果實累累，初秋時分就任我採摘，從稍見嫩黃到完全成熟時節，近一個半月經常採下桔子分食，採摘桔子的喜悅大大超過分食。站在小板凳上，找尋比較哪個更發黃更接近熟些，覺得更有趣，剛摘下的桔子，清香撲鼻，心頭喜悅難言。不過我明白那是兒時，現在有學校老師有學校領導有黨團管著，我知道必須聽他們的規定，不服從就是違反紀律，輕者教育重者開會批判，我害怕，我問：「老師，怎麼辦？」

「這是紀律，你得嚴格遵守。至於怎麼向大伯大娘解釋清楚，又不要傷了他們的心意，那得你自己去想了。」老師回答我。

我還像往常一樣按時去魏家大伯家擔水，心裏拿定主意，只要他們不再提這事，我不主動提，拖著。一旦再問我，我就如實講給他們聽，把老師說的話轉述出來。那時，工作隊佈置我們寫貧下中農的家史，用意是憶苦思甜，憶國民黨、日本人統治時期的受苦受難，思念共產黨來了，翻身得解放，讓他們分田地打土豪，當家作主人之後生活的甜美，一如芝麻開花節節高。我的選題就是正銀大伯家史，為寫家史，就有意跟大伯大娘回憶過去，他們聽說要寫他們家的歷史，也很新奇，很願意和我談三、四十年前的事。大伯原來有兄弟五個，他是老大，現在只剩下三弟正達和他兄弟倆。《魏家五兄弟》成了後來我成文的家史題目，敘述五兄弟的苦難遭遇。他們五兄弟從十三、四歲時起就陸陸續續都去了京西門頭溝煤礦挖煤，坑洞低矮、陰暗、潮濕，工人們彎著腰走，坑道底處往往只能半蹲或爬行。坑木東倒西歪，通風差，經常塌方出事，不知多少人被埋入坑道送了性命，他的二弟、四弟、五弟都未娶親就送了命，正銀大伯也被埋入坑道，命大才被救出來了，他脊椎骨受了傷，直到現在碰上陰雨、嚴冬天氣，仍酸疼不已，不好做重活，也無勞保。寫家史的過程是從零零星星的閒談中收集資料，不清楚的我主動提問，往往我一提問，正銀大伯大媽就從幾十年前的記憶庫中掏出來一段舊事說一陣，我記下綱要，記得多了，我把它們分分類，按時間先後順序排列，然後成文。初稿出來後，唸給他們聽，他們總是說對啊對啊，是這樣是這樣，但在年份、時間上經常提出修正意見。後來我用蠟紙刻字，油印出來十幾份，封面上用鏤空字寫《魏家五兄弟》，總共二十八個頁碼。用納鞋底的白線裝釘好之後送到大伯手裏時，大伯用雙手來接，他那粗糙、厚實又硬的雙手在發抖，他激動到這程度我萬萬沒有想到，他斷斷續續地說，他做夢也沒想到咱魏家的事也能寫成書。他在礦上幹活時認幾個字，在我估摸至少也有高小的文化程度，能看個報紙什麼的。

記得有一次，大伯大媽回憶苦難生活入境了，說著說著不由自主的說到前兩年所謂三年自然災害時期的苦來了，村裏的榆樹葉子都採摘得一乾二淨，老鄉就剝下榆樹皮放鹼水裏浸，然後洗，浸了洗，洗了浸，再上磨磨成粉吃，苦呀苦到底了，最最苦了，村裏死了好些小孩、老人。我問：「哪是什麼時候的事啊？」

他老倆口異口同聲地說：「就是大前年。」

我說那不是一九六零、六一年的事嘛！他們說是呀！我說這些年的苦不能寫進家史去，大媽堅持說：「這是真的，死人了。」大伯若有所思地對我也像對他自己說：「是真死人了。對呀！是真的也不能寫進去，政府不讓說這一段，我怎麼又忘掉啦？」原來大概半年前，村上開大會，叫貧下中農憶苦思甜，村支書叫正銀大伯上臺講煤礦的苦，他講著講著就講到剝榆樹皮這一段故事了，被支書喝住了，推搡著叫他下臺下臺不要往下講了，正銀大伯忽然記起這段情節，神情很有些內疚，所以說出政府不許講的話來，還是正銀大伯覺悟高，記性也還不錯。

村裏傳說學生娃們要回北京去了，大伯大媽也聽說了，正好輪到我在他們家吃派飯，難怪大媽包了餃子又做了湯圓，盛了滿滿一大碗放在炕桌上，白麵蒿菜餡，香噴噴的，肯定加了些香油在裏面；紅高粱粉做的湯圓，裏面包的白芝麻餡，一白一紅，一鹹一甜，一耳（餃子）一球（湯圓），湯圓或沉或浮在陶器大號缽裏，不用說吃了，就這樣看看，也煞是好看，欣賞不已。還有酸菜、花生米等三兩樣小菜，大娘又在各人面前放一只陶碟，一雙竹筷，延生和我各人坐一邊，大伯坐正位，大娘打橫，在炕沿邊坐了，勸我們吃。我只顧欣賞，又在想為何今日如此盛情招待，手握著筷子不動，正出神間，大娘已將二隻餃子、二隻湯圓盛進我的碟子裏來，大伯平日很少說話，今日也笑嘻嘻的招呼我們吃，他自己已吃了一隻餃子，正在夾湯圓，延生也正埋頭苦幹。突然我覺得延生用眼睛瞟我，我投去一目光，詢問怎麼啦？他示意我看大陶鉢裏的餃子和湯圓，我盯眼看不出什麼名堂來，不理他。飯後我倆回住處的路上他又問我了：「懂了沒有？」

我答：「不明白。」

「這是一頓象徵飯。」

「什麼叫象徵飯？」

「你是南蠻，這是咱北方農村特有的，餃子和湯圓合煮象徵陰陽和合。」

「哪個陽？哪個陰？」

「你真是地道的南蠻，餃子象徵陰，湯圓象徵陽，還不明白？」

「你胡扯！」

「十力呵，你沒有深入北方農村，你瞭解北方農村民俗文化太少太淺，我姥姥家住河北唐山鄉下，我小時候常去，你得拜我為我師才行。」延生不無得意地說。

這餐飯很有歡送的意思，正銀大伯他們估計今日是我在他們家吃最後一次派飯，所以揀最好的招待，真不是滋味，何況我心裏還有一層歉意，又沒有敢開口告訴他老倆口，今日似乎逼到不可不告訴的日子了，總得有個交待，逃是逃不過的，再難開口也得開口呀！正胡思亂想當口，聽見大娘的話音，似乎就是問關於認乾娘的事。我變得吞吞吐吐，嘰哩咕嚕，半天說不全一句話來，上眼皮低垂下來不敢看大娘，大娘心裏明白，幫我點穿了，「是不是上級不同意？是不？」我點點頭，沒有人說話。稍停，大娘的話音又響了，「我估摸著不行，你大伯和我左思右想了好幾天，也沒敢問你，猜想大概上級不同意，不為難你，不叫你說，現在猜對了，果然上級不同意。可又為什麼呢？咱又不是地富反壞右，咱是真正的貧下中農，你家史也寫了，上級還不相信咱嗎？」我邊聽心裏邊思索怎麼跟他倆說清楚，的確很為難，我只好交待我請示過帶隊老師，老師說向貧下中農學習改造思想是我們的任務，我們講的是無產階級的階級感情，這是最純最正的感情，至於私人之間的感情上級不贊同，總之我把責任全推在上級，十分殘酷。大娘大伯明顯的不高興，飯前的興致跌落下去了，這餐豐盛的晚餐吃到後邊很冷清淒涼，大家心裏堵著一塊石頭，悶聲不吭中收入碗筷、炕桌。

大娘又開腔了：「啥時候走？」

「沒宣佈日子，據說下星期回去。」

大娘問：「還回來看看咱不？」

我答：「一準來。」

「啥時候？」

「放暑假的時候。」

「好！一定來啊！」

「一定來！」我又肯定地回答一遍。

大娘又說話了，「你回城裏後看看我的閨女、小外甥去，帶點黃米、棗子給他們。」我說好，大娘走進裏屋拿出她閨女寫來的信給我，以前我為他們唸過這封信。就將信紙抽出來還給大娘，信封我拿了，對折放進口袋裏。大娘叮囑我他們住崇文門外，我都記住了。回北京的前夜，我一人去向大伯大娘告別，並拿回一個小布袋，裏面裝的黃米和棗子。大娘牽著我的右手，送我到院門口，大伯低沉的音調發出來：「讓他走。」我眼淚汪汪，大娘用袖口擦拭眼淚，大伯木然相對。

這年暑假，我無錢買火車票回南方的老家看望闊別一年的父母，卻抽了三天時間去看望正銀大伯大娘，我乘長途汽車到了懷柔縣城關汽車站，然後徒步回到紅螺鎮看望正銀大伯大娘，遠遠看到這山村夏景，說不出的激動，村東頭小山坡頂上那段晚秋時光禿禿的樹老遠就看見了，如今已穿上夏裝，綠油油的葉子蓋滿全身，紋絲不動，熱浪滾滾也許侵襲不了它。映襯在村後的紅螺寺，灰白色磚塔那麼莊嚴、穩重，雖無香火燎繞，也不覺荒涼了。寺後的山坡已被綠樹簇擁、覆蓋，真是換了一番景象，山色翠綠，重重疊疊，鬱鬱蔥蔥，先前住了兩三個月從來未領略過此景象，既陌生又似曾相識，更覺十二分的新鮮可愛，鄉間山村特有的美色。

正值中午時分，村裏人在家裏歇晌，村口泥路上少有行人，我走到正銀大伯院門口，門虛掩著，不用叫門，我就輕推進去了，沿山牆左轉，走幾步就到了正屋門口，門也是虛掩著，沒聽見正銀大伯大娘說話聲，猜想他們也正歇午晌，我站在門口回頭看看院子裏空蕩蕩，陽光耀眼得緊，我舉手敲門到第三次才聽見大娘緩慢沙啞的聲音從臥室方向傳來，隨後聽見移動的腳步聲逼近，慢慢地把門打開，大娘銀髮滿頭，變化如此之大之快，令我大吃一驚，她又滿臉愁容，用疑惑的眼光盯著我，我連叫兩聲大娘，她才像大夢初醒，抓住我雙臂疑惑地喊出，「是力啊！」她習慣把「十」字省了，只呼「力」字，她未始料到我真的來了，吃驚不小。我剛跨進門，大娘就扒在我胸前哭開了，我只道她一時激動，所以哭了，那曉得她大哭、號啕大哭，哭得那麼傷心那麼悲愴，不對了！我問大娘您怎麼啦？她更傷心的哭哭哭，我從她斷斷續續的話句裏明白大伯在半個月前走了，歸了道山，丟下大娘一個人。我忍不住也哭了，我傷心地哭開了，哭，隨心所欲的哭，我再不用問也不用聽，哭，隨心所欲的哭就是一切，就是充塞我心中世界的一切，哭之外的所有一切都是多餘的、累贅的、附加的、甚至是厭惡的，哭充滿了虛空，世界已經倒塌了，陷落了。

村西北頭二裏路開外的墳場裏，新鮮泥土築成的一個墳頭怵目地坐著，整整齊齊的圓錐形，沒有一棵青草，頂上覆蓋一塊例置圓錐形削掉尖頂的土塊，一條紅布片繫在一根樹枝頂端插在那兒，紅布片條垂頭喪氣，木木地望著大娘和我，我凝望著墳頭透過泥土朝地下看去，正銀大伯的英靈已升騰，留在那地下的只是他的一抔白骨粉末，一些碎顆粒。大伯去了哪裏？天國？佛國？成仙得道？……還是陰曹地府？十八層地獄？……那麼敦厚、樸實、勤勞一輩子的人不會去地獄，我不假思索地作結論。魏家五兄弟先後都走了，現只留下正銀大娘和三大娘生活在這世上，紅螺鎮的土地上，一如往常，到末了也會追隨她們的親人走向另外的神秘空間，也從這個喧囂一時的塵世空間消失了。

五

倪十力接到教務處通知從本周起人體素描課改為畫石膏大衛像，為什麼？口頭通知的人沒有說原因，他也沒有問。也許找模特兒有困難，也許已定好的模特兒忽然身體不舒服，抑或家中有急事，都是可以請假的。不過這次不像模特兒有事，而且不會缺一兩周課，什麼叫本周起，看來要一長段時間不畫人體模特兒了。用不著多費神思去猜想，沒用。

邱先生教人體素描課，今天畫室裏已佈置好希臘大衛石膏像，等身高或更大些，我猜想在希臘人平均身高比中國人高些，所以即使與古希臘等身高的石膏像也會比現在中國人高大一些。邱先生進教室，我們學生都已找好自己作畫的角度座位等候，他像往常一樣慢悠悠走動，對環繞大衛像四周的學生們說開了：「改畫石膏像，不畫人體素描，又退回來了。同學們知道為什麼？」沒有人回答。剎時間又七嘴八舌地說不知道，請邱先生告訴我們：「邱先生是不是您不滿意我們石膏素描課的作業，想補一補？」「模特兒被別的班借走了？」

「誰都沒有猜著，同學們，不是我不滿意你們的石膏素描單元的作業成績，也不是模特兒有什麼事不能來，我想她在家沒事，正等著學校通知她來校上課。我也不知道為什麼？學校領導決定暫停上人體素描、色彩課，尤其不畫女人體，所以我們從現在起走回頭路，復習舊課，再畫石膏素描。」邱先生繼續講，「不過我想總要跟以前的課堂作業要求變化一下，否則真的完全重覆有什麼意思？豈非浪費時間？所以我說這堂素描重意境捕捉和表達，即從大衛像抓住你的感覺畫，抓關鍵處，避免精細刻劃，面面俱到，該放鬆就放鬆，突出重點畫感覺，因為每位同學的藝術感覺都不會完全類同的，所以如果你們都能充分表達出自己的感覺來，那末完成的作業應該是豐富多彩的，絕不會類同了。從這個意義上講，今天這堂課同以往的石膏像素描課提高一步要求了，如果靜止在單單刻劃對象的形似，顯然不夠了。簡潔地說，把你的主觀因素加進去，融和進去，並使之在你的感悟下完美地傳達出來，告訴別人。就這個意思，這就是這堂重畫石膏像的總要求。」

同學們參差不齊的回答，聽清楚了。不少同學已把輪廓線都勾勒出來了，橡皮、饅頭小塊、HB、1B到6B的鉛筆蕊正在素描紙上磨來磨去發出沙沙聲呢！大衛的頭微微抬起，配合他凝視的目光，彎彎的眉弓高聳直挺的鼻樑，勻稱稍厚的嘴唇，處處隱匿著不可捉摸的一種意味，更不用說大衛的體魄，胸部、上臂、大小腿肌肉發達，完美和諧，處處體現古希臘人崇尚高潔、寧靜、智慧的美的結晶，無暇疵可尋。體態的把握真是難於言說，重心落在右腿上，閒適而不懶散，這界線把捉得天衣無縫。同學們默不作聲，一心練習。邱先生輕移腳步，各處轉轉、看看，並不指點講解，意在不打擾同學們的構思和表達……

課間休息，邱先生被他的學生們圍住並詢問開始上課時他自己提出的問題，據邱先生說真的他也不太清楚為什麼改課程表規定的內容。不過傳聞有人反對藝術院校裏畫人體，尤其是畫女人體，無論素描和色彩都不行，反對的原因是說不利於學生思想教育，怕學生變壞，受資產階級思想的毒害，同學們靜靜地聽邱先生平靜地敘述……

「誰提出反對的呢？」有同學問。

「據說黨員教師中有人向黨委書記反映的。」邱先生補充說，「我不清楚，是聽說的。」

「誰呢？我們應該聽聽他親口怎麼說。」

「你是老幾？人家為什麼跟你說，他向黨委書記反映就夠了。」有同學以反譏的口吻代為作答。

「也是，我們是學生，哪有發言權？」同學們議論開了。

「學生學生，老師教什麼學什麼，黨委才有權讓老師教什麼，老師也得聽黨的。」

「對啦！老師不聽黨的還能聽學生的？沒門。」

「再說老師不聽黨的話，還不叫他卷鋪蓋回家去了！」

不久傳聞，院黨委開過好幾次秘密會議後才作出全院停止人體教學課程的，爭論還在繼續進行，有些黨外的教學骨幹老師也被吸收進去開過會發表意見，飯堂裏、宿舍裏、課間和來往於教室、食堂、宿舍的路上同學們都在打聽議論這熱門話題，運動場上沒有人談它，先玩球吧！

傳說越來越多，傳達室大白鬍子席大爺是學院裏第一把交椅的男性模特兒，頭像、半身像、全身像、著衣、裸體多種狀態的模特兒，戲稱「五項全能」。他年齡大了，又是男性，不在禁止之列，所以他近來特別忙，全天上課也太累了，女模特兒小丁小劉常去傳達室值班，傳達室成了傳遞這熱門話題的交通站，尤其下午四點鐘自由活動時間開始，更熱烈的討論是晚間至關校門這一段時間。消息不翼而飛……

黨委書記提出女模特兒穿尼龍三角褲，把那部分遮住……

有些人議論開了：

「這更具誘惑性，人的天性中就有好奇心，把注意力都集中在那裏了，欲蓋彌彰……」

「尼龍有半透明性，似有若無，時隱時現……」

「窺測秘密在青年人是天性，尤其他們正是青春發育期……」

「加強思想教育的同時，進行性教育，讓學生有正確的認識……」

「對！藝術美是高尚的，超越低級的肉慾，建議美學課上多從哲學高度去講……」

「生理因素不能忽略，不能視而不見，裝聾作啞，這是鴕鳥政策。藝術美的基礎是什麼？是色，沒有色身哪兒談得上藝術美？所以乾脆把這個問題講透，不要遮遮掩掩。」

「要求教師擺模特兒時，有意把那部分隱蔽些，如左腿疊右腿，或右腿疊左腿，也可拿一塊紗巾當道具，把它遮一些；再一個辦法，不准學生畫正面，只畫背面和兩側面……」

「最有效的解決辦法還是加強政治思想教育，在同學中展開狠批資產階級思想，把那些腐朽沒落的思想、觀念、行為批倒批臭，無產階級思想占統治地位，就不會出問題了。」

「別籠統地說大話，唱高調，你說具體怎麼做？」

「現在先統一思想，思想統一了，辦法自然出來了，你急什麼？」

學院高層在爭論，混亂不堪。……

模特兒們在傳達室裏也爭論不休：

「真的不准畫女裸體的話，我可失業了，學校會不會辭退我？」小劉擔心。

「不畫裸體，畫頭像，怕什麼？」席大爺寬慰她。

「我是作為裸體模特兒雇進來的，跟只畫頭像的工資不一樣，那麼會不會降我工資呢？」

「你真會鑽牛角尖，這個時候誰會跟你討論工資問題。瞎操心，也不看看這是什麼時候？」

「你說現在是什麼時候？」小丁插嘴。

「現在是什麼時候，我告訴你，你是合同工，不是長期工，是保得住保不住你飯碗的時候，明白嗎？」

小劉小丁被席大爺教訓住了，不吭聲，靜下來聽別人說。

席大爺問一位壯年趙姓男模特：「你說他們說的那個什麼資產階級思想有那麼嚴重嗎？」

「席大爺，你最有經驗了，我真沒覺得有什麼問題。我脫光了衣服給他們畫時，一開始有點不自然，慢慢地也習慣了。不怕你笑話，我還真觀察過學生們的反應，連男學生都用好奇的眼光看我，打量我裸露在外面的生殖器，我覺得好多眼光在我那上面爬來爬去。其實，毛茸茸的有什麼好看，他們要畫就畫去好了。女學生不能一概而論，一年級有個個子矮矮瘦瘦的真大方，眼光掃來掃去，視若無睹，不見一點羞色，後來課間休息我有意走到她的畫板那裏看了一眼，她根本沒畫那個東西，只勾一個倒三角，一根棒子垂在那兒。也有些女生明顯不自在，有點懼怕，也許自小長到那麼大就沒見過成年男子的陽具，有點不自在又有什麼?席大爺，你問的問題我真答不上來，你說我剛才講的那女學生有資產階級思想呢還是沒有?」

席大爺笑笑說：「我哪裏說得明白，這得問黨委書記去。」他又指名問：「小劉你的經驗呢?」

小劉被席大爺一問倒不好意思起來，臉漲得通紅，她正在回憶她做裸體模特兒的前前後後，第一次在屏風後脫光內衣的瞬間，心都發抖，一低頭看見自己的乳房在發顫，再一看，捲曲的毛……想到赤裸在那麼多青年學生的面前，真退縮了，想趕緊穿上衣服逃出教室，不讓你們畫，我也不要那份工資，一走了之。正在這時，聽見韋老師喊我：「小劉準備好了嗎?」我下意識地回答：「好了，好了。」不由自主的轉過屏風，韋老師指著模特兒台對我和藹地說：「靠近立柱站。」我像著了魔似地聽他指揮，左腳提起腳尖著地，緊貼右腳，重心落在右腿上，右手扶在立柱上，叫我放鬆，自然些自然些，不要緊張，就像沒有人在教室裏，就你一個人在這兒……自然，放鬆，他像會使魔法似的，把我制服了，我的身體跟隨他擺佈，竟不自覺心跳也不感覺顫抖。韋老師又說了，就這樣很好很好，叫我保持這姿勢不動，還要我記住了，十五分鐘休息之後，仍舊擺這姿勢。我點點頭。韋老師的小鬍子一翹一翹地才面對學生們講開了：「先勾大輪廓，注意畫正確身體的重心落在右腿上，微微的呈『S』形曲線，腰際的轉折最要抓緊，上身的曲線關鍵將雙乳位置畫準，……下部的臀部不要畫得往下掉，上提一分比下掉一分要美多了……」我雖聽不懂好多名詞，但被他的話吸引住了，竟忘掉我自己赤身裸體，好像我也是學生聽老師講課，只有在他靠近我指著身體某一部分講解時我才覺醒過來我是模特兒我在被畫……，多數男生都有點害羞，不敢著著實實看我，後來我才知道，這些學生第一次畫女裸體，那些從附中升上來的學生很大方，他們已經不止一次畫過女裸模特兒了。第一個十五分鐘很快過去了，韋老師叫我休息，我迅速轉到屏風後面披上一件外衣，躲在屏風後面一人獨處。第二個十五分鐘一開始，我憑記憶擺好姿勢，韋老師鼓勵我說很好很好，一點也不走樣，跟第一個十五分鐘一模一樣……，十五分鐘，十五分鐘……我在一個十五分鐘又一個十五分鐘裏習慣了所有的一切，穿衣和裸露的界線逐漸模糊了，究竟有什麼區別我沒有搞清楚，就這樣子一路做下來，真說不清楚呀！再後來，休息時，我主動走到各個角度的畫板前看我自己，我從來沒有過這種經驗，家裏沒有玻璃鏡供我從各個角度觀察自己。嗨，我喜歡上我自己的裸體了，我懷疑自己真的有那麼美？那麼勻稱可愛？心頭的秘密從沒有對人說過，深藏著，怎麼好意思跟人說呢？現在和盤托出，都告訴你們了。

「後來呢？」大夥兒起哄道。

「後來麼！習以為常了。我也慢慢知道學生們的姓名，休息時聊聊天，不覺得他們有什麼壞念頭，反倒覺得他們蠻好的，並不岐視我，平等的，我也只披一件襯衣，不扣扣子，我沒發現有人盯著我的乳房或下體看的。」

「嗨，都是杞人憂天，都是那些搞政治思想工作的人空閒得沒有事幹想出來的，他們都沒到畫室來畫過裸體，呆在辦公室裏腦子胡思亂想，越想越淫穢，用他們的胡亂念頭當成現實，就驚叫，害怕不得了。其實什麼事都沒有，杞人憂天！杞人憂天！」模特兒小丁嚷道。

席大爺說：「也不能全這麼說，也許黨委有黨委的根據，我們做模特兒的耐心等待吧！」好像做總結似的一說，大家恭維席大爺說得對，沒錯！沒錯！

十力他們的宿舍裏也正熱鬧著呢！

「聽說那個剛來一個多月的高個子女模特兒向黨委反映情況，油四班有人觸摸過她的手臂，她討厭，說是不尊重我們模特兒。」

「你一說我倒想起來了，有那麼回事。前天我去油四班教室，他們正開團支部會議，神情都很嚴肅的，我也不敢問就退出來了。」

「不對，雕三班一次上課，模特兒自己不小心，腳踩空從模特兒臺上摔了一跤，幾個同學好心上去扶一把，本來是好事，咳，據說現在這模特兒向雕塑系黨總支控告，有人乘機捏了她右邊乳房一把。真是無稽之談，憑空捏造。同學們不服，當然沒有人為模特兒作證，事情鬧到院黨委去了。」

「雕塑系哪個模特兒？」

「我也不知道，在飯堂聽隔壁桌上雕塑系低年級同學說的。」

「怎麼我聽說國畫系出了問題，姓李的教授被女模特兒摑了一巴掌。」

「為什麼打李教授？」

「說他輕浮，用言語侮辱她。」

「不對，我聽說李找她談話，動員她要求進步，入團還是入黨？在模特兒中起個模範帶頭作用。本來也沒錯，李兼系黨總支副書記，有職有權麼。不過，幾次個別談話下來，他動手動腳，才被挨了一耳光，當然有苦說不出，啞巴吃黃連。」

「什麼叫啞巴吃黃連？活該，尋打呢！要模特兒入黨入團，輪得著他管嗎？」

「他是從延安來的紅小鬼，有什麼不能管的？」

傳說滿天飛，版本數不清……

我去女生宿舍通知明天課程臨時變動，剛走近304室門口，就聽到門裏面尖聲尖氣的嘈雜聲，一敲門，突然鴉雀無聲，問：「誰呀？」

答：「倪十力，通知明天下午的文學欣賞課暫停……」

「進來進來！」門開了。

「以為是誰呢？是你呀！」

「什麼課又不上了？沒聽清。」

我進門後又重覆說了一遍，她們問為什麼？

「文先生著涼感冒很重，請假了，教務處剛通知下來。」

「我以為又出什麼新聞了。」

她們這三零四室，自稱「四美人窟」，從敦煌實習回來後自己命名的。四個女學生是沒錯，是不是四個美人就不一定了，看你的審美觀而定，借用「窟」字倒蠻好玩的。今天四美人都在，坐在床沿上正說三道四。我正想問你們剛才那麼熱鬧說什麼呀？

焦美人搶先問我，「十力你聽到什麼新消息了，快說說。」

「我沒聽到什麼特別的，都在胡猜測。」

「什麼叫胡猜測？有根有據得很吶！」

「好呀！快說出來大家聽聽。」我希望她說。

賈美人說：「剛才我們正說這事跟我們女生沒關係，要說有事一定是男生的麻煩。我們女生都中規中矩得很……」

「這也難說，女學生心裏怎麼想你可不知道？心裏想的不說出來，不一定就沒有資產階級壞思想呀！」

「說的也對，不說你怎麼知道，你總不能把她腦殼敲碎了，硬挖出來！即使敲碎了，也難鑑定，只要她一口咬定不說你也沒法。」

「對，女生沒問題，我聽到傳聞都是女模特兒那邊出問題，不過聽來聽去也就那麼一檔子事，不嚴重，最大不了有人碰到胸部的問題，又好像不是故意的。」我隨口說。

「那倒不一定，你們說男生就是壞，對不對？討我們女生便宜。兩年前了，有一回在鄉下老鄉炕頭開會，我們幾個女生都靠牆坐著，有個人，我今天不點名了，他坐在我左邊，頭時不時的往我左肩歪倒過來，我想會開得沒味，他打瞌睡了，也不在乎，我輕輕碰他一下叫他醒醒，你們知道嗎？不是的，他朝我笑笑，一會兒更著實的靠過來了，你們說他壞也不壞？明顯有意這麼幹麼。第三次他再靠時，我讓他了，站起來裝著上廁所去，回來時我只好換個地方坐了。你們說男生壞不壞？討我什麼便宜麼！」焦美人說得臉都漲得通紅了。

正說著，門砰的一聲推開了，外號叫小密探的性急慌忙地撞進來，一瞧，對著我說：「你怎麼也在這兒？」

「我怎麼就不能來？你探到什麼秘密了？」我反問道。

四美人齊聲催促道：「說吧！十力不是外人，打探的結果是什麼？」

小密探神秘地說：「下面我說出的話就限在咱們幾個人中間，誰也不外傳，你們都得先向我起誓我才告訴你們，極密級的新聞！」

大家胡亂嚷道：「向你保證不外傳！」「我聽過就忘，無法外傳……」

小密探擺出一副了不得的神氣才繪聲繪色地說開來：

「咱們以前道聽途說的那些都是扯淡，問題的嚴重性你們誰都想不到，真像天方夜譚，出大事了！」

「什麼大事？簡單地說，別嚕哩嚕嗦賣關子！」

「你們還記得那個我們叫他小黑人的，非洲哪個國家來的留學生來著？坦桑尼亞還是索比亞來的記不清了。你別看他個子小，心眼兒可多吶，壞得很，專搞女人。我問你們誰知道他的來歷？他是索比亞皇族的外戚哪支系的？根本不是先前傳的近親或嫡系，更不是什麼皇儲之類的，差遠了。

他讀書不努力，這個課那個課都隨便聽聽，並不真的專攻哪個專業，專門留心我們女生。他不是皮膚黑嗎？黑白相對的原理起了作用，專找皮膚白的麻煩，現在出事了，國畫系的甄淑蘭懷孕了，就是懷的那小黑人的種，怪不得近個把月不見甄淑蘭了，回家墮胎休養去了。專為留學生做飯的鄺師傅反映，小黑人好幾個月來改變了用餐習慣，早、中、晚三餐都回宿舍去吃，而且拿回的食品量比先前在小食堂吃的要大。早上煎雞蛋要雙份，麵包黃油也是。午餐的量變化不大，晚餐經常要加一菜或增大菜量，燉牛肉、烤牛排都是成倍要，原來他要同甄淑蘭一起享用。外邊傳的話不堪入耳，小甄已全盤向黨委交待了，把我抄到的唸幾句聽聽就夠了。

「我聽說他（指小黑人）是皇儲、皇室嫡系的，心裏一動，他將來回國會當皇帝，真不得了！有一回在秋千架旁劈面相遇，他向我笑笑，我也一笑，他問我是否想喝杯咖啡？我點點頭，就跟隨他一前一後走進他們留學生樓他的房間裏。一進門，氣味真難聞，覺得臭味和香味混雜，要吐。一忽兒，咖啡的濃香占滿了房間，他放牛奶又加方糖，味道好極了，我喝著喝著感覺真舒服。他講他們國家多美多好，我也不知道，只管聽，好奇！後來又去喝了兩三次咖啡，他還拿出火腿肉、煎蛋夾香腸等讓我吃，我肚子正餓，吃起來真香，香不可耐，聽他說他在他們國家天天過著比這好不知多少倍的生活。又給我看照片，五光十色，眼花繚亂，我開始嚮往國外的生活，物質那麼豐富，風光那麼旖旎，即使非洲也那麼令我神往。我該死！我跌入資產階級腐朽生活的深淵而不自拔。一天晚飯時，他抱我，我未抵抗，坐在他的左腿上讓他餵我吃香腸、牛肉，吃到一半，他把我平放在床上，我沒站起來一走了之，我被他剝得一絲不掛，仍然沒勇氣站起來一走了之，他從腳到頭從胸部到腹部玩弄我，我仍不覺悟站起來一走了之，終於他佔有了我，把我弄痛，但不十分厲害；第二回他再上我身的時候我已經不捨得站起來一走了之，我反而覺得挺舒服，從來沒有經歷過的爽快和開心……。從此之後，我再也不能自拔也不想自拔，兩天不見他不幹這事就心煩，就發無名火，直到我們相擁在一起滿足了我的食欲、色欲才平息。我明知墮落了，無臉見人，但仍強打精神，掩飾這見不得家人、老師和同學的行徑，後來發現懷孕了，實在瞞不下去了……」

小密探結語：「甄淑蘭的遭遇，院黨委判定是資產階級腐朽生活方式侵襲腐蝕了她，所以決定向資產階級開火！」

賈美人嘆道：「甄淑蘭這回慘了，鬧到這般地步，她還怎麼做人？將來還怎麼嫁人？」

小密探打斷賈的話頭：「這用不著你去管，扯遠了。甄淑蘭這檔子事怎麼跟畫女裸模特兒扯上關係了？你們誰猜得透？」

小黑人已神秘地不見了，據說已送回索比亞大使館，又被轉送回國去了。甄淑蘭回家去了。剩下的學生們被開始加強政治思想教育、生活管理，停止畫女模特兒課，開創晚間查宿舍制度……

黨委書記提出改革方案，讓女模特兒穿尼龍三角褲上課的良策……教師中分兩派，一派主張依舊例，照常畫女裸體，至於加強思想教育，由黨團去管，政治思想課教員去管；一派擁護黨委書記尼龍褲遮掩法，雖說黨團管思想，教員也有責任教育學生。個別教員主張全部取消畫男女模特兒課，根據是中國古代傳統中就沒有這一招。學生中有主張原來怎麼樣還是怎麼樣，用不著改什麼。不就是一個甄淑蘭嗎？這跟畫不畫女裸體八竿子打不著。少數學生半開玩笑說女生暫停畫男青年裸體半年，以觀後效。

這些都是擺在桌面上說得出口的主意，私下裏更是五花八門；甄淑蘭的醜聞添枝加葉，拍兩部電影的資料都用不完。

學院裏的女裸模特兒風波，溢出校門外，黨的和行政的系統都往這個局那個部門層層彙報，一份份上報呈文在京城上空亂轉，直至隱居在中南海游泳池旁的毛澤東他老人家也耳聞了，其中一份由藝術學院幾位黨員青年教師寫給江青的信，毛看了笑嘻嘻地說：「我們共產黨人不做吳佩孚第二，讓人笑話封建主義。這有何難？」秘書左手握紙本，右手捏著已擰開筆帽的鋼筆等待著，一字不差地記下毛的口頭指示，毛矗立在窗前凝視著西邊快要落山的太陽，從破碎的暗灰色雲塊裏迸射出燦爛耀眼的金光，久久未動。緩慢地道出：「男女老少裸體模特兒是繪畫和雕塑必須的基本功，不要不行，封建思想加以禁止是不妥的。即使有些壞事出現也不要緊，為了藝術學科，不惜小有犧牲。」

毛的話就是最後結論，就是女裸模特兒們照常上班的特別通行證。她們不用穿尼龍三角褲，一如既往瀟脫不拘。不久甄淑蘭悄悄回校繼續學習，也未記什麼大過小過之類的。

一切恢復正常，校園裏平靜得好像從來沒有發生過畫女裸模特兒騷動似的。

六

「服從分配」。畢業分配志願表第一志願欄目裏，十力是這麼填的，同學們也都是填這四個字，實在想不出還可以填別的什麼。第二、第三志願也都填這四個字。明明知道所謂填志願只是做做表面文章，走走形式，怎麼分配你的工作早已由系裏院裏決定了啦！「哪裏需要到哪裏去！」「祖國的需要就是我的志願。」「支援邊疆，面向基層」等等口號、歌詞已經從半年多前就灌得你不由得還有別的想法。服從就是天意，提出要求等於個人主義思想太暴露。

同學們今天起一個個被系裏找去個別談話，作正式宣佈分配方案前的最後一輪思想工作。

輪到叫我的時候，我正在教室裏看閒書。我去敲開系辦公室門，系秘書和氣的笑容頓時化解了我不少神經緊張的程度，她向裏屋努努嘴兒，我明白走向裏邊的小房間。這是一個小耳室，僅四、五平方米，我向來覺得這間做教堂祈禱室挺好，一張三屜桌，二把椅子，再也放不下別的什麼了。程先生已經坐在那裏，他指指桌子對面的另一把椅子叫我坐下，我坐下了。

「國家的需要就是我的志願，我服從統一分配。」我照背不誤，不用思索地回答。

「今天我們個別談談，就是想聽聽你有什麼要求？」他拿著我的分配志願表邊看邊說。

「真的，我沒有什麼個人要求，邊疆我也願意去。這是真話。去哪兒都無所謂。」

「相信我們組織上會儘量照顧每位同學的合理要求，比如有什麼困難需要照顧的，現在說出來，還來得及，只要能照顧的我們儘量照顧到。」他誠懇地說。

我真想不出要照顧我什麼，我生長在南方農村，照顧我離家近些，鄉村真用不上我所學的知識，離家鄉最近的東海市，商業氣氛太令我討厭，我不喜歡，不要去東海市。京城不錯，濃厚的古文化城市，但這不是我可以提要求的理由，所以任由組織分配，去哪裏都一樣。想了一剎那再次回答：「真的，程先生，分配我去哪裏做什麼工作，我都服從。」我真心實意地回答。

「你這話是不錯的，我談話到現在，還沒有一位同學提出不合理的要求，說明大家通過學習覺悟提高了，這是好現象，不過呢，有具體困難的也應該實事求事。像東海市博物館提出要一名畢業生，我系有三位同學來自東海市，誰最應該去？這就是具體問題了。誰的家庭最困難，父母或年老或有病需要照顧的，組織上瞭解情況，儘量做到合理分配，不人為的製造困難或阻礙，所以我們儘量把工作做細，做在正式宣佈分配方案之前。」程先生也說得真切。

我被他的話說動了，我對程先生平常的印象也好，他是幾個系領導中最少教條主義最不板起面孔訓人的人，笑嘻嘻的時候多，高興的時候還會唱一段程派京劇，蠻風趣的人。一瞬間，我記起父親三兩年前對我說過的一句話來，找工作做，最好不要當教員。我父親做中學美術教員教煩了才這麼說的。我一時心血來潮，就脫口而出：

「程先生，你一定要我提要求，我就提一個……」

「說吧，說吧，很好嘛！」

「分配我什麼工作都可以，就是不要做教員。」

「為什麼？」程先生真笑了。

「我父親幾年前跟我說過不要我像他那樣做教員，大概教師挺煩挺累的。」我如實說。

「十力呀！組織上研究多次了，要讓你留在系裏擔任現代美術史課。戈老師一個人太辛苦，忙不過來，要你做助教啊！」

「什麼？」輪到我吃驚了。

程先生又簡練地重覆了一遍，末後加了一句：「這是系裏已經研究定了的事，難於更改了。」

就這樣我畢業後的命運定了，不可更改，不可討論，我真後悔說出不願做教員的這個想法，既然填了「服從分配」，還說什麼其他，真是傻呵！感覺無聊至極。

這間小耳室平日幹什麼用的，我真不知道，也想不明白，這麼小的空間，在系辦公室的裏間，能派上啥用場？百思不解。隔壁幾間油畫、版畫系辦公室都沒有像這結構的，好生奇怪。兩年後，一種叫做史無前例的文化大革命運動席捲全中國，學院裏鬧得開了鍋，揭發走資派的大字報糊滿了走廊牆壁、窗戶、戶外臨時搭建的涼棚……，最後辦公室裏的牆面上、窗戶上、椅子背、桌子邊沿、櫥櫃上……一切能利用的地方都用上了，貼滿了，撕掉，再貼，不斷換新的再新的，……，其中貼在系辦公室門外右側的一張毛筆字書寫得很流利的大字報揭開了謎底，給出了答案，作者是一位中年教員，他寫道（大意）：有一回早上，我進辦公室，見沒人，當我推開小門（指小耳室）時，印X X和臧X正在裏面擁抱著，印坐在臧的大腿上……（省略不堪讀的句子），資產階級腐朽享樂思想侵入到系黨總支部，腐蝕了無產階級幹部隊伍，堅決橫掃一切牛鬼蛇神！過兩天又有一份大字報作響應，報導有一天下班後，一位女教員去辦公室取什麼東西，聽見小耳室裏有咯咯咯咯的細小笑聲，她出於謹慎和好奇，心想誰還在裏面，就去撞門，撞不開，裏面把門別住了，就問誰在裏面？一個女聲理虧似的回答「是我」。就是不開門，一時間鴉雀無聲……現在回憶起來，大概也是印和臧在裏面幹那個好事了。

這兩張大字報保留了近兩個星期才被人撕走，透露了小耳室的妙用，是真是假姑且聽之，因為那是個真假難分的、黑白相間的混亂時代。這兩份大字報惹了禍，害得臧、印兩家吵得雞飛狗跳的事倒是真的，不假。

七

午後雷雨剛停，夏季，氣溫總有攝氏三十五度以上。北京體育造反大隊浩浩蕩蕩開進藝術學院東大門，我正從北邊理髮室理完髮經過這裏，嗨，體育造反大隊的紅旗迎風招展，不是自然風，而在於掌旗者甩大膀扇起來的。這面造反大隊的紅旗真大，真威風，足有三米長二米高，不是膀大腰圓者真難撐起，更甭說甩動它了。

他們來幹什麼？我疑惑著看他們長驅直入，走到我們常玩足球的操場上停住了，五、六十人立在那裏不動，紀律好像很嚴明的樣子，領隊的站在隊外東張西望，好像在等誰。一時綽號砂鍋黎的牛棚看守員從西北角狂奔過來，同領隊親熱握手。領隊好像問他什麼，他指手劃腳地激動地回答著。我站在大樓廊下遠眺，不少人跟我一樣，不知其所以然，站立著估且觀察之。

這夥人立刻分成兩夥，一夥十五人左右，隨砂鍋黎向西北方向大踏步走去，剩下的人往東北方向走去。

牛棚看守員砂鍋黎掌管下的全院百十來位走資派、反動學術權威、老右派、現行的和歷史的反革命分子統稱為「牛鬼蛇神」，被驅趕集中在三個大教室裏居住，學毛主席語錄，交待反動罪行，白天到學院各處打掃廁所、掃地、倒爐渣、清除垃圾……，黎儼然是監獄長，由他分派任務，由他搜集他們交待的材料，掌握他們的思想動態，他的權力可大啦！威風得很，他說一，這些昔日教授、書記沒有一個敢說二的；他說朝東，沒一個敢朝西。有一次鬧了個大笑話，還是他自己得意洋洋當傑作講給我們大家聽的：一天傍晚，黎站在獄室門外指著一口大尿罐命令反動學術權威花永：「端進去！」這個花永一聽，目瞪口呆，不知所措，走近大尿罐上下左右仔細端詳一番，就是不動手。砂鍋黎還沒有碰到過這樣不聽指揮的反動分子，扯著脖子厲聲吆喝：「端！端進去！」黎好像是嘉興地方人，嘉興方音濃重得厲害，「端」被花聽成了「鑽」。花之所以惶恐不已，沒奈何，他再往前半步，靠近罐口，彎著腰低下頭試著往罐口裏鑽，他的頭雖然不比罐口大，但尿臭，搖搖頭，表示鑽不進去，沒奈何地哭喪著臉含淚向砂鍋黎求饒。砂鍋黎每每講到這兒就捧腹獰笑，罵花永那個熊相！後來多虧浙江藉反革命分子吉教授出腔幫了忙，對花解釋說：「叫你端不是鑽，不是叫你鑽進尿罐裏，而是叫你把尿罐端進屋裏去。」花永這才如獲赦免地抱住尿罐輕鬆端進了屋裏。

就是這個砂鍋黎像抗日戰爭時期投靠日本鬼子的漢奸，現在興沖沖把體育造反大隊的人馬引到他看管的牛棚來，這些外來的造反派嘴裏罵罵咧咧，吆喝著「出去！出去！」把三個屋子裏的「牛鬼蛇神」像趕牲口一樣趕到操場上，大家都不知道這是幹什麼！非但「牛鬼蛇神」們不知道為什麼？就是藝術學院的其他人，從教室、宿舍走出來站在廊下、操場邊旁觀的人和我一樣都莫名其妙，相互詢問：「他們要幹什麼？」根據以往的經驗判斷，今天不像開批鬥會，因為沒有搭棚、桌椅等道具，也沒有大標語、高音喇叭配合。

話說向東北方向走的一夥人回來了，他們人人肩扛、懷抱著抬著維納斯、孟德斯鳩、伏爾泰、蘇格拉底、海神、宙斯……等石膏頭像胸像走向操場往地下一砸，立馬成了殘廢神像，兩夥人合做一夥又去搬運，最末的壓軸石膏像是擲鐵餅者、奴隸和大衛、維納斯全身像，因為太大太重，已被肢解過抬了出來……

「革命不是請客吃飯，不能溫良恭儉讓……」毛主席語錄背得鏗鏘有致，有理論作靠山，「革命無罪，造反有理！……」革命口號響徹雲宵，以壯膽鼓勁。

「大海航行靠舵手，萬物生長靠太陽，幹革命靠的是毛澤東思想……」革命歌曲一首接一首吼叫，大聯唱以取樂助興。

口號聲雜混革命歌曲直沖霄漢，「牛鬼蛇神」們被革命造反大隊強迫通通跪地，圍成一大圈，個個頭頂或大或小的破損的維納斯胳膊、大衛的手臂、宙斯的下頷……

藝術學院大喇叭開始叫喊：「毛主席教導我們說，革命不是請客吃飯……」

「紅衛兵，拿起筆作刀槍……」以作內呼外應，相互配合。有人高喊背「為人民服務」！「牛鬼蛇神」們低一陣高一陣的斷斷續續的亂哄哄地背唸著毛主席的老三篇經典著作……

革命造反大隊掄動大小鐵錘，猛烈向資產階級腐朽思想的結晶猛砸過去，石膏像頓時被肢解被粉碎被飛濺……沒有哭喊聲，諸神們靜靜地承受這軀體象徵物被摧殘被損毀。十力我此刻似乎感應到諸神的靈魂佇立在雲端，凝視著下界的作為，伏爾泰高舉雙臂似作怒不可遏狀，維納斯伸出左手拉住他的右臂；大衛的眉頭鎖得更緊了，似在思索東土怎麼啦？擲鐵餅者直起了腰，雙手在胸前撫摸著鐵餅的邊沿，猶豫不決究竟擲呢還是不擲呢？這是甚麼樣的年代？奴隸掙脫被縛住的雙臂已經自由了，軀體從繩索中解脫出來了，下一步做什麼？不知道，不明白，不確定……思想者放下右臂，站立起來，不思索了，宙斯的鬍鬚都發直了，眼珠子都快從眼眶裏跌落出來了，為什麼？為什麼？真是十萬個為什麼！人類真的要造反？造到我們的頭上來了！這種造反有理麼？盯著十力看，似詢問他這塊土地上的生靈怎麼啦？瘋啦？瘋到這般地步？十力低下頭，垂下眼皮，摒住呼吸，緊閉住口，只覺耳邊一陣轟鳴聲，震蕩得頭暈至極，失去知覺而軀體靠著牆壁未倒下，剎時間，狂風大作，自天而降，地上的生靈一無所覺，仍是紅旗招展，語錄歌聲嘹亮雄壯……

天公發怒了，閃電似劍直刺下來，滾雷聲震耳欲聾，鋪天蓋地的雨滴刷刷的往下砸，頃刻間，西方諸神被洗涮一通，「牛鬼蛇神」們個個成了落湯雞，造反大隊逼迫「牛鬼蛇神」站起來，頭頂石膏碎片，繞著大圓圈轉圈，並一遍又一遍地繼續不斷地高呼：「造反有理！！造反有理！！革命無罪！！革命無罪！！」

不到十分鐘，雲散了，雨停了。砂鍋黎吆喝著「牛鬼蛇神」們回牛棚，體育造反大隊高唱革命戰歌撤離藝術學院。

石膏神像們殘肢碎片星星散散跌落在操場上，默不作聲，歪七倒八地躺著，靜靜地躺著躺著……

八

十力自覺處在一個混亂、複雜和魔鬼遍佈的非常時代，眾生剛剛從餓殍遍野的大地上蘇甦過來，蓬頭垢面、衣衫爛褸、手足尚不很靈活，又跌入爛泥塘裏掙扎，靈魂無救，身軀拋棄，尚不足以形容萬一……

我的父親被冠以三頂當時罪行最嚴重最嚇人的帽子，現行反革命分子、反動學術權威、漏網地主分子，統稱「三反分子」，在劫難逃，咒罵他死有餘辜！萬人大會鬥爭他，逼他掛幾十斤重的大鐵牌在脖頸上，下跪在半圓弧形的瓦片上，在烈日下暴曬，逼迫他低頭認罪，向黨向人民徹底交待個人反動歷史、反動思想反動罪行……，他不服，打！打！用木棍打脊樑！打肩背！打頭顱！鮮血直流，自頭面而下……，打！再打！墊在膝蓋下的瓦片被震碎了，銳利的尖角直刺破褲子嵌入皮肉，鮮血滲透出來，淌在膝下一大灘……

我父親的家被抄一次二次三次……四次……，掘地尋罪證，本無罪，哪來證？……我母親整日提心吊膽，戰顫不已……造反派一無所獲，敗興而歸，革命語錄歌聲整天價響。

欲加之罪，何患無辭。造謠和誣衊是最可靠的看家工具和手段，專制時代的法寶，我父親被流放到勞改農場勞動改造，白天下田幹活，晚間學習毛主席著作洗腦，交待罪行……

我父親終不堪承受人格污辱，尊嚴猶在，百般無奈中選擇投清泉河自盡的絕路，抗議此污泥濁世……上蒼有靈，竟奇蹟般地被人救出，讓我父親從死亡邊緣線上挽回再生，又眼睜睜地目睹人間悲劇一齣又一齣地上演不停……

不多久，我也出事了。

我被定的罪名是現行反革命分子。因為造反派說我炮打無產階級司令部。

出事那一天，早上正八點鐘，我走進辦公室。

八點半，聽見樓道裏有人東敲敲門西敲敲門，口喊到大會議室開會……

唯獨沒有人敲我所在的辦公室門，我仍埋頭做我的事，不關我事不多問一句，這是我向來的行事作風。

九點鐘正，沒有聽見腳步聲走近，突然有人敲我的門，重重的敲，隨即推開門，探進一顆女人頭：「到大會議室開會！」聲調強硬，為何來者不善？

我唉的回應一聲，拿一支筆和筆記本走出去。

大會議室北門敞開著，南門緊閉著，我從北門入。

南北向的會議桌兩旁坐了三、四十人，鴉雀無聲，靜得可怕。

我稍感徬徨，滯鈍的目光尋找空位……

「這邊！這邊！」

循聲看去，西側中央部位空著一張椅子，我就走過去，坐下，把筆記本放在桌上，筆靠著筆記本躺下。

鴉雀無聲，空氣凝重若此，為何？

我平視對坐的人，目光剛一接觸，對方立即放下上眼瞼閉目了。

我自左至右橫掃一遭，無一個願意與我對接目光或打一個招呼，或善意的微笑，或點點頭……竟都是或低著頭或裝著看報紙、文件……或在筆記本上寫什麼……今天怎麼都變臉啦？我還來不及思想，只聽坐在最南頭北向座那邊發話了：

「現在開會了！」一聲音那麼僵硬，嚴厲中隱含著殺機。

一番革命形勢大好的套話昏話大話騙話屁話狂轟濫炸過後，露出了真相。

「倪十力！現在你把炮打無產階級司令部的罪行向革命群眾老實交待清楚！」

「坦白從寬！抗拒從嚴！」一人帶領，眾人齊吼。威風蠻大。

我大吃一驚。下意識地看坐在我對面的這些人，我怎麼不認識這幾張臉了？我再看看坐在他們左右的幾張臉，怎麼也一個都認不出來這些人是誰？都變臉了，像川劇裏的變臉魔術一般，都變得義憤填膺，殺氣騰騰，但我認得出他（她）們的衣服樣式、花色、頭型……怎麼啦？我懷疑我的眼睛出問題了。

「老實交待！倪十力！」發起第二波衝擊。

我本能地站起來，呆呆地低聲問：「交待什麼？」

「不要耍花招！徹底交待你炮打無產階級司令部的罪行！」

「敵人不投降，就叫他滅亡！」再次集體吼叫。

我繼續站立，低頭不語。我真不知道他們指的是什麼事，所以也不慌張，真是丈二和尚摸不著頭腦，傻傻的立著不動。

又是從最南端向北的座位上發出的聲音：「你在暗地裏幹炮打無產階級司令部的反革命勾當，以為革命群眾就不知道了。我正告你，革命群眾的眼睛是雪亮的，現在你已經暴露在光天化日之下，你不老老實實像竹筒倒豆子一樣徹底交待清楚是過不了關的，我們廣大革命群眾……」

「抗拒到底，死路一條！」齊吼聲掩蓋了他最後幾個字音。我沒聽清。

我發呆地站著不動，也不吭聲。我知道他們正在發動造反派群眾先給我下馬威呢！俗稱打態度。我這時說什麼都不行，因為導演這齣群眾場面的大戲剛揭幕，好戲還在後面，輪不著我插嘴。毛主席語錄一串串背出來，有些是照小紅本唸出來的，太長了，背不下來。這叫耐心地做思想工作，也可叫做按最高指示在運動在演戲，在黨的革命路線指引下進行對敵鬥爭！

第三波此起彼伏的發言，用黨的政策攻我的心了。當然都是老生常談，多種鬥爭場合都派得上用場的那一套，造反群眾練就了的一副鐵嘴鋼牙，駕輕就熟地一路演來，今天我這個被鬥爭對象在過去也聽過不知多少遍了，以前是旁聽，現在成了唯一的直接的受聽者，我想起以前被鬥的人中表現好的常常作記錄，我也不自覺的坐下來拿起筆掀開本子準備記錄。屁股還未碰著椅子面，被「站起來！」一聲劈靂嚇得我本能地彈了回來。

「不准記！你想反攻倒算！」

我知道不能說明我準備作記錄的原因，沈默不語算了。否則又誣你個「狡辯！」用黨的政策攻心攻了我好一陣，因為這些造反群眾連番轟炸戰鬥，人人都想表態，跟我這個現行反革命分子趕緊劃清界線，這是應當的在理的理由，我明白他們的苦衷。因為你在這會上表態還是沒有表態，怎麼表的態，都記錄在案，都是運動後期幹部考核升降的依據。沒有錯，一個個都要演說一番。

稀稀落落了，一大半火力過去了。

「倪十力！革命群眾苦口婆心地給你講黨的一貫政策，你聽進去了沒有？」坐在那邊廂位置的人提問我。

「聽見了。」我回答。

冷場了一會兒。

「怎麼就這一句話，大夥兒的千言萬語都白說了？」還是從那個位置那邊發來的訓話。

我吱吱唔唔真不知道說什麼才好。

「你聽了黨的政策，沒感動你？快交待你的重大罪行吧！」

「交待！交待！」

「徹底交待早過關！蒙混過不了關！」

我自然無話可言，繼續保持沈默不語。

僵持著……

其實我真不得要領，不知道我怎麼炮打無產階級司令部了。心裏不著慌，耗唄！

僵持著……

有人帶領喊口號，還是老一套，無非坦白從寬，抗拒從嚴！頑抗到底，死路一條！

「敵人不投降，就叫他滅亡！」

我對「敵人不投降，就叫他滅亡！」這句口號有點怕懼，什麼叫「不投降」？我不依照他們的要求交待就算不投降的話，我真無法投降，想投降也投降不了。接下來一句「就叫他滅亡」更是嚇人的。「他滅亡」是什麼意思？他的肉體被消滅，碎屍萬段，磨成齏粉揚棄才算滅亡了？僅把人整死，是亡了，算滅了嗎？恐怕還不行，不能算消滅了。再說除了肉體，人還有精神這一層，怎麼消滅精神，消滅靈魂？可難了，即使被槍斃了，又焚屍滅跡了，這精神這靈魂卻不會隨之消滅的，甚至連亡都難說。

「倪十力！你準備怎麼辦？」還是那邊廂傳來問話。

「我……我相信群眾相信黨，我真不知道我怎麼炮打了……」我的話還未說完，會場內譁然了！亂箭齊嗖嗖嗖地向我射來：

「真狡猾！」

「現在還要賴說什麼不知道！」

「抗拒到底，死路一條！」

「敵人不投降，就叫他滅亡！」又亂哄哄地熱鬧了好一陣子。

……

再掀起一個高潮時！我已混然不知，只覺外界混亂得厲害，聲音雜亂無章，兇猛地往我鼓膜上撞擊，沙塵飛揚，睜不開眼，像針刺著我的眼角膜，酸痛難忍。自問為什麼？為什麼？原本看起來溫文爾雅、中規中矩、鑾守本分又都比我年長幾歲十幾歲二十幾歲甚至三十幾歲的又互相叫得出姓名的人，今天怎麼一個個都驟變得那麼厲害，像瘋了一般？這一張張臉不是受風嘴歪邪了，就是眉目裝錯了成倒字眉啦！眼珠也出了不小問題，眼球上弧線那麼清晰，成下弦月了，再不有的鼻孔噗哧噗哧像拉風箱似猛噴氣，本來平塌的鼻樑怎麼扭向左邊回不了正中啦！連兩頰的肌肉也變了形，如夏季雷陣雨來臨之前的烏雲橫七豎八地亂飛渡，明顯長錯了地方……我微閉著眼看得一清二楚，歷歷在目，完完全全感覺得到此時此地的怪異氣候。

……

又過了不知多少時刻，風止了，沙落了，音消了，……死一般的寂靜，片刻。

「倪十力！」

「你態度十分惡劣，裝死不接受革命群眾苦口婆心地給你講黨的政策，我們做到仁至義盡，黨的政策是一貫的不變的，坦白從寬，抗拒從嚴，頑抗到底，死路一條！是死是活兩條道路放在你面前，任你選擇！現在你先下去，好好想清楚，下次會上必須完全徹底交待清楚你是怎麼炮打無產階級司令部的全部罪行！」

又是一陣造反派們雜亂無章、狂呼亂叫亂吼聲！

九

我記不清自己怎麼移動腳步，離開座位，有個影子已經給我開了門，我穿過門口，還是那個影子已經給我打開辦公室的門，我鑽進去，又是那個影子將門砰地一聲關上，所幸門未被碰碎。

其實這個給我殷勤開門、關門的影子是個五十歲上下的女人叫黃鎮鑼，他們已經為我成立了二人專案組，封她為組長。就是這個黃鎮鑼從一個科員，不出二年爬上群眾文化局局長的位子，連升豈止三級，我為她做出了奠腳石的不朽貢獻。後來我被放出後的一天，在一個大雜院門口與她邂逅，她漫著波浪型短髮，老式的灰藍色兩用衫，裏一條從核桃箱裏拿出來的皺巴巴的玄色長及腳後跟的百折裙，一雙洋紅色高跟皮鞋，右臂挽一隻北京胡同裏常見的老太太去菜場拿的灰不留丟的布兜兜，有沒有穿襪子抹口紅，恕我未看清。我們都不由自主地停下腳步，她微仰起頭（因為我身高一米八十三公分，她不足一米五十公分。故用微仰一詞）朝我一笑還是一撇嘴，我也未看清，但她那臉相依然令我毛骨悚然，大白天裏我好像見到地獄變相圖裏的母夜叉，我本能地趕緊邁開腳步走開去，未恐躲避不及。心中大叫：見鬼！見鬼！大白天見鬼了！

第二天，專案組開始向我發動攻勢，無非「威逼利誘」四字交叉使用，目的只有一個，挖出他們想要的材料，好向上級邀功。「威」，大耍威風，用大帽子壓我，令我生畏，什麼兩個司令部兩條路線鬥爭那一套，什麼無產階級與資產階級殊死的戰鬥啦，說什麼我站錯了隊，成為資產階級向無產階級進攻的急先鋒啦，成了現行反革命分子！只有徹底交待，以求黨的革命群眾的諒解，從寬處理！假如抗拒到底，沒有好下場，死路一條！何去何從，由我選擇。這時節我只管聽，不吭聲，這是他們的重頭戲，靜聽，接受黨的政策攻心。「逼」，逼我編造他們所需要的所謂炮打材料，必須要從我嘴裏說出來，由我親筆寫成白紙黑字交給他們。這時節他們大講不交待的後果嚴重。什麼坐牢、判刑、勞改……他們很有政策水平，從沒有講過把我槍斃一說。「利」，如果我隨他們心願，按他們的口徑交待，什麼主動贖罪，重新做人呀，什麼仍舊做你現在的工作呀！歸隊啦，仍舊是革命隊伍裏的好同志呀！等等，等等。「誘」，誘惑我上勾，說我年紀輕輕的怎麼就走上與人民為敵的反革命道路了呢？黨和人民有好多重要工作等著我去做，又叫我想想自己的家庭，成了現行反革命，不給家人帶來嚴重的後果？影響將來孩子上學和前途。他們假話、鬼話連篇，我真覺得他（她）們愚昧無聊，把連坐法都用上了，可恥至極！

有一天，我開腔了。我說，「請你們真正具體的幫助我回想回想，我怎麼炮打無產階級司令部的？具體的時間、地點、怎麼炮打的？我實在想不起來。」

黃罵道：「真狡猾，你自己想！」

「你提個醒，我好有個想頭呀！」我無邪地懇請。

她和手下的嘍囉蹇到門外嘀咕了一會兒，回來說：「一封信。」

就「一封信」三個字，我像猜啞謎一樣，我開動腦筋充分想像這「一封信」三字是什麼意思？一封信就構成炮打無產階級司令部的罪行？一封信，一封信，一封信……我拼命想。誰寫一封信？寫給誰的一封信？一封信上寫什麼內容？什麼時候寫的一封信？哪一天寫的一封信？一封信從哪裏寄到哪裏？……

又整了我一天，「一封信」三個字總算給我提了個醒，可是我仍然一點也摸不著頭腦，翻江倒海也找不出個線索來。

「回去好好想，想好了徹底交待！竹筒倒豆子！記住了！」

這是放行我的例行臺詞。

下一天清早，我立在窗前拼命思索「一封信」仍一無所得。

我透過玻璃窗盯住那根紅磚白灰砌成的圓錐體大煙囪，估計足有四、五十公尺高。我驚訝自己以前怎麼沒有在意過她呢？今天盯著她看，覺得她好美好堅強好威武不屈，歷經多少天狂風暴雨，酷暑嚴冬，仍屹立不動，沈默不語，冷眼看世界看人間。她沒有像有些女人抹口紅，卻在口沿抹了一圈黑，自上而下由漆黑而淡化，竟有二、三公尺高，那麼勻稱、大方、坦率，遠遠望去紅黑兩色對比多麼莊嚴、雄偉、剛強。在性學家的眼光裏，恐怕又是男性的象徵物了。不過無論怎麼說，她拔地而起，在眾多低矮四立方群體中如鶴立雞群，傲視一切。

我透過玻璃窗盯住她那可愛的圓錐體，更注視那從她黑口裏梟梟上升的時而灰色的遊絲般的輕煙，時而噴發出濃重烏黑粗魯的煤煙，我能據此判斷今天的風向或東或西或南或北和風力一二級三四級或五六七八級之別。清早，主人們還未上班，還沒向辦公室裏輸送暖氣，暖氣鍋爐享受著最末半點鐘的休息時間，她像貴婦人像美女喘氣，輕輕的幽雅的，也像半死不活的生命苟延著，一絲遊氣細細的似有若無地從她的口中升起，筆直的上升，保持窈窕的體態上升上升，……升出五六米、七八公尺高處，她實在沒有氣力了，她開始散亂解形，她逐漸消失在無形跡，又無處不在的混沌氛圍裏，最後滅跡得無影無蹤，我判斷今天一二級風，如果又是晴天，真是難得的北京冬日好天氣。鍋爐工人加進大鏟大鏟的碎煤屑小煤塊，爐堂裏頓時熊熊大火，不一會兒，烏煙咕嚕咕嚕地透過她的煙喉往上衝，從她口中直衝霄天，直奔二三十米到半空中才不得不滲透開來，儼然像一條黑龍從地底釋放出來，大鬧天宮；真不敢想像遠遠近近看得見的數十條黑龍都張牙舞爪，把整個天際直攪得烏煙瘴氣，怪不得從高空看北京城區，冬季裏天天戴一頂巨型蘑菇雲帽，天天像遭遇原子彈襲擊一般。其實用不著從高空看，只要站到北三環公路上南望紫禁城就能觀賞到這奇景、也是常景了。

有一天，六七級西北風侵襲，根本見不到貴婦的遊絲煙氣，但見烏龍剛露頭，齊刷刷地被席捲過去，往東南方向的崇文門、通縣方向逃竄。這京東南歷來受化工廠的污染最重，空氣質量在京城倒數第一，反正居住在這裏的又多窮人濺民，哪像京西北地勢高、風水好，香山、碧雲寺、西山那廂達官貴人一幢幢別墅隱匿在巨松古柏綠蔭之中，西太后的夏宮怎麼會不選在京東南去，都是大有講究的。

我知道我碰上了麻煩，但無嚴重問題。只是壓力太大太重的時候，我偶然出神歇息一會兒，看煙囪測風力也是忙中偷閒取樂無可奈何的一招啊。當然得把門關緊，不得讓他們發現我這僅存的秘密。

這一日，好不容易有了進展，他們高興有了突破，我松了一口氣總算大致知道他們為何要硬按我一個現行反革命分子的時髦稱號。

黃厲聲叫：「時至今日，還不投降？唸偉大領袖毛主席的《敦促杜聿明投降書》！」杜聿明從黃的嘴裏唸成了杜律明，她臉無愧色。

我抑揚頓挫地大聲唸，此時我心想著我就是毛澤東，坐在我面前的專案組黃他們就是杜聿明，所以格外唸得入味入神，她無可指責我什麼。等我唸完，她誘惑道：「聯繫你自己的問題想想，偉大領袖說得那麼清楚了，出路也指出來了！現在你交待吧！」

我剛剛唸完臺詞，心喜得很，表情神色千萬別外露，被她抓住了可了不得啦！所以我心平氣和地訴說：「不是我不想徹底交待，求得黨和造反群眾的諒解和寬大處理，我白日思夜間想，就是不得要領。真感謝你們提示的一封信，讓我早日交待早日解放，你們實在為我的事也太辛苦了，可否再給我一點提示？讓我一下子開竅，全記起來了，我就能像你們要求的那樣，竹筒倒豆子！我真想竹筒倒豆子呀！」

她向她的下屬——文革中改名荀革命的使個眼色，雙雙開門出去。不一會兒，又雙雙進門，聲色俱厲地問：「有沒有一個外單位的人叫你轉過一封信？在機關食堂裏。」

我一下子想起來了，我肯定地回答：「有。」

她如獲至寶，從椅子上跳起來說：「寫下來。」

我楞住了，看著她興奮得臉頰肌肉外漲，問她：「叫我把這句話寫下來？」

「對！馬上寫下來！」

「好。」我在一張十六開白紙上橫著寫：

「有一天中午，外單位有一人叫我轉交一封信給鍾一權，在機關食堂裏。」

她一看又說：「簽上名、日期。」我照辦了。

她一把抓過去這張紙，看了又看，才把它放入她那只顏色似狗屎黃的布包裹。立馬她的態度變得好多了，她的臉上還掛著一絲似笑非笑的古怪表情，語氣也緩和了好些，說：「你現在有了個好開頭，願意向毛主席革命路線靠攏，交待自己的問題了，我們專案組表示歡迎。我再問你，那個人叫什麼？他當時怎麼跟你說的？後來你拿了信又怎麼交給鍾一權的？把這過程仔仔細細說一遍。」

我回想一下大概情形，就作口頭交待了，那位姓荀的拿起紙筆虎視眈眈地等著記錄。我交待：那天我在食堂吃午飯快吃完的時候，和我同桌的人先走了，我一個人佔一桌。這時有個外單位的人走近我，我抬頭一看不認識，又好像在那裏照過面，有點面熟，他對我說他找鍾一權，問我鍾在哪兒？我說不知道，你到他辦公室去看看。他說剛才去過了，鍾不在。他自己在我對面坐下來，從手提包裹拿出一封信來，放在桌子上，問我：「你能把這封信轉交給鍾一權嗎？」我不假思索地回答：「可以。」隨即我站起來洗碗筷，把碗筷放回碗櫃裏，又回到桌邊，他仍坐在那裏等我，他才把這封信交到我手裏，我拿了信走回大樓，放在四樓值班室辦公桌上。值班室大門敞開，值班的人也許吃中飯去了，也許去廁所了，都說不定。（把信或其他物品放在值班室是常有的事，通常大家都這樣做的。這兒是中轉站，值班的人自會轉給收信人）當天下午或隔天我記不得了，我見到鍾一權時還問過他是否收到放在值班室的一封信，鍾說收到了。事情經過就這樣。

「你知道這不是一般的一封信！」黃評論說。

我不吱聲。

「倪十力，聽見沒有這不是一般的一封信！」黃又說一遍。

我聽著。不知怎麼回答，依舊不吱聲。

「這是一封反革命信件，知道嗎？」黃告訴我。

「不知道。聽你這麼一說，我現在知道了。」我答。

「傳遞反革命信件是有罪的，你懂嗎？」黃用圈套把我套進去。

「我當時不知道，以為是普通信件，所以幫他轉交了。」我陳述事實。

「你不要狡辯！你看過裏面炮打中央首長的內容沒有？」

「沒有。」我毫不遲疑地回答。

「沒有？不准狡辯！不要忙著撇清你自己！照常理，叫你轉交一封信，又沒有封口，哪有不看的道理？想不想老實交待，爭取寬大處理？」黃耐不住，又咆哮了。

「很對不起，我沒有偷看別人信件的習慣，偷看別人的信件，這個常理不適用我。」我針鋒相對。

黃發怒了：「你已陷於反革命集團的泥潭裏很深了，你還口硬，還不投降？死路一條！如果你不是他們的同夥，他會把那麼重要的一封信不封口就交給你？這就說明他們信任你，把你看作自己人，才放心把信交給你的，你和他們的關係明眼人一看便知。」

我靜聽其高論，不吱聲。

「你裝死！又不說話了？」

我又回答：「我連那個人的姓名都不知道，你說我和他是什麼樣的關係？」

「一丘之貉！」

「好，我和他是一丘之貉。我認了。」

「你有沒有看過這封炮打信？老實交待！」姓苟的助陣。

「沒有！」我斬釘截鐵地回答。

「沒有？狡辯！你不老實交待，你就不怕從嚴處理？黨的政策是坦白從寬，抗拒從嚴！你現在抗拒交待，就得從嚴處理！就是死路一條！」

「我沒有看過就是沒有看過，我不能講假話說看過。」我告訴他們。

「誰叫你說假話！你實際上看過現在不想交待，罪加一等！」

「嗯！」我無言以對。

「你不想想別人都會像你那麼頑固，死不交待嗎？反革命分子也不是鐵板一塊，他們會分化的，你一定要等到別人交待揭發你的材料唸給你聽了才投降？到那時就晚了，就來不及了！你年紀輕輕，真的不見棺材不掉淚，不撞南牆不回頭嗎？」

我等著他們往下演戲，背臺詞……

「你今天想不想交待？我們為你好，讓你坦白交待，把主動權交給你，將來處理時可以從輕發落，命運掌握在你手中，何去何從？」

「我真的沒有偷看信的內容，交待不出來！今天交待不出來，明天也交待不出來，我沒看過呀！」我一口回絕了。

「敵人不投降，就叫他滅亡！」

「頑抗到底，死路一條！」

就他們倆喊口號，氣勢不大不壯。男女聲二重唱又不怎麼協調、合拍呢？

十

有一天有人來外調，姓荀的把一個男人領進屋子。手指著我說：「老老實實回答，交待問題，不准耍滑頭！」又對那人和氣地說：「你們談吧，我走了。」

關門聲剛過，只聽得砰的一掌拍下，桌子上的兩支圓珠筆同時跳起又落下，我吃驚不小，抬起眼皮一瞥，這不是老朱嗎？我認識他，心裏想他幹嘛發那麼大火？

「倪十力你聽著！黨的政策是坦白從寬，抗拒從嚴！你現在是炮打無產階級司令部的現行反革命分子！老實交待，立功贖罪……才是你的唯一出路！」

我不卑不亢，平視窗外大煙囪的腰部，正估摸著她有多粗，圓錐體的底邊圓周多少米，頂端圓周多少米，總高度的二分之一處是多少米，能用算式計算得出來嗎？心思正用在這兒呢！

「我們單位的走資派宮鵬已被革命群眾揪出來批倒批臭了。我問你：那年臘月，你到我們那兒時，他向你說過哪些反革命黑話？老實交待！」

「我不記得他向我說過什麼反革命黑話。」我答。

「即使你當時不覺得是反革命黑話，現在提高覺悟，提高到兩條路線鬥爭的高度上來認識，你還看不清楚？他說了哪些反革命黑話？交待！」

「我真的記不清楚。他都是談工作上的事。真的想不起來了……」

「他平日總是反革命言論不斷，對你就不放厥詞了？誰相信？」

「我不記得見面三次還是兩次都談工作，他沒有對我講反革命黑話，當時你好像都在場的。」

我不十分確定地說。

「誰要你說這些，要你交待你們背著革命群眾在背底裏講的反革命黑話！」

「我沒有背底地和他見過面，都在你們辦公的地方。」

「你敢跟我頂嘴！」砰！又一巨掌拍下來，他不心疼他的手掌，我有點為他惋惜。

我只好不作聲，靜候。

朱又胡亂背幾條語錄，背幾句黨的對敵鬥爭的政策、口號，隨後問我：「宮鵬在背後怎麼說我的壞話？」聲音放低了，語氣緩和下來了。

我平靜地像對老朋友一樣說話：「宮知道您和我是同校不同系的校友，我們相識他也知道，您說他是反革命也好走資派也好，對您心懷不滿也好，但他總不會傻到在我面前說您的壞話，不怕我傳給您聽嗎？」

「可是事後您沒有傳給我聽什麼？」

「這就是宮沒有給我說起您什麼唄！」

「可是不久他找我的碴，對我不公，有意踩我，你知道不？」

「不知道，我跟他本來又不熟，他沒有必要跟我說您什麼。」

「真的？你來的那次沒有覺得有什麼蛛絲馬跡，他蓄意要整我，打擊我？」

「真的，我沒有感覺到，他只談工作不談別的。」我誠懇地回答。

室內氣氛似乎平和了不少，不像開頭那麼緊蹦了……

砰！突然又是一聲巨掌擊下來！

這次我真的嚇了一大跳，毫無精神準備，或者說我放鬆了警惕，像和朋友一樣以平常心對待的緣故，換句當時的時髦話：放鬆了階級鬥爭這根弦。

朱又突然一百八十度大轉彎，提高聲調教訓我：「老老實實交待，爭取重新做人！頑抗到底，死路一條！」他拉開門，旋風般地走了。大頭棉皮鞋噔噔噔的響聲至少傳出一百來米遠去。

我又盯著紅磚白灰縫砌成的大煙囱沉思，經歷剛才那一齣短劇之後，我得清靜清靜，大煙囱的煙一絲不見，她也正歇息一會兒呢！我尋思。

隔了兩天，又有一個男人來外調。

我吸取上次朱的外調教訓提醒自個兒提高警惕，靜候著。這回苟革命沒大叫，只提高一點聲調：「老老實實把事情講清楚。」態度那麼好？我好生奇怪。

我朝南坐在辦公桌後面，微閉著眼，養神，等待，外調人隔著兩張辦公桌和我面對面朝北坐。

我靜候著，也不屑看他一眼。

只聽對方說話了。

「你叫倪十力，是嗎？」不等我回答他接著自我介紹，「我叫蕭道一，是××的，」我未聽清單位名稱。「今天來找你想瞭解一下鍾一權的情況，核實一些材料。把你知道的如實告訴我，不知道的就說不知道。」

「這是外調人的慣常口氣嗎？不像！」我心想。

現在我得看看清楚這究竟是個什麼樣的人？睜開眼一瞧，五十開外，瘦弱的臉龐，眉清目秀，文靜得很，叫這種面相的人出來搞外調，真找錯了人。沒有一點扯淡、吹牛、說謊和動粗的文弱書生還是不要摻和進這種政治賭博為好。我心裏真為他惋惜。

他問的問題很實在，不刁鑽，也不是像矇騙、胡猜，或是漫無邊際的大海撈針法，所以我儘量回憶如實地回答，有就說有，沒有就說沒有，不知情就說不知情，知情的話也是知幾分說幾分。他也不追不逼迫我，當然用不著拍桌子耍威風這一俗套了。

他作了記錄，臨了給我看，問這記錄稿是不是跟我剛才講的吻合，我看過之後，改了幾個字和詞，還給他。

他又問我願不願意在這記錄上簽字，我想了一下，覺得可以，因為基本意思沒多少出入，也省得我事後費神再寫這類所謂外調材料，太煩神，我同意了就簽上我的姓名和年月日。

蕭把我簽過字的兩張紙外調材料裝進棕黃色牛皮紙袋裏，站起身來說：「今天就談到這裏。」

我也站起來，走幾步送他到門口，不料他回過身來伸出右手要和我握手道聲再見。我的右手不自覺地回應他的意思伸出來兩手相握。要知道，自從我被審查以來，這裏沒有一個人敢跟我握手，即使在沒有人看見的情境裏，在樓道裏劈面走過，裝作沒看見或故意跟人談話，躲開來，這算是不錯的了，階級鬥爭覺悟高的造反派正以警惕和懷疑的眼光捕捉我可能做什麼破壞活動或腦子裏有什麼反動思想。最讓我感動的是清掃樓道的清潔工李師傅，他用木長拖把在樓道裏左一甩右一甩，節奏分明地清掃，遇到我路過時，他像對待其他人一樣對待我，稍停三、五秒鐘，我走過去後又開始像鐘擺那樣左右擺動拖把，有兩次見樓道裏無旁人時，竟敢自言自語地向我傳消息：「沒有事，沒有問題。」要知道他是黨員呀！我心中又感激又敬佩他，莫非他是昨日渣滓洞裏華子良第二？在那種紅色恐怖環境裏能心存正義感和良心者，真是少之又少，寥若晨星啊！

今天外調人蕭道一主動伸手和我握手，也是奇蹟，我是一個易動感情的人，這一次握手意義非比尋常。日後我被有條件的解放，蕭道一成了我的好朋友，蕭道一家和我們家成了非同一般的家庭朋友。

十一

我的這樁罪案拖著，雖說又開過兩三次大會批判，小會則三兩天一次，小菜一碟，無論大小會議，總是千篇一律，當時政治時髦辭彙的重覆組合，顛三倒四的應用，會開多了，我總覺得這戲如此排練演出毫無新意，無聊至極。無非罵我頑固，罵我像茅廁裏臭狗屎之類惡言穢語，聽多了，真是似有若無。內心深處還是十分的難過和憂慮，不知何日才能罷休？

我和專案組爭執的關鍵點在於：他們一定要我承認看過那封所謂的炮打信，我確實沒有看過，所以任他們利誘、威逼都不起絲毫作用，一口回絕我沒有看過。當時我如果順著他們的思路滿足他們冤枉我的要求，說看過，他們就會乘勝追擊，要我交待炮打信的內容，那我怎麼辦？編造不出來啊！還是態度不好，死路一條！反正遲早是死路一條，還不如早點死路一條算了，也省卻不少麻煩。

其實呢！他們也沒底，他們真在冒險，他們正在摸著石頭子過河呢？為什麼這麼說？事情是這樣的：那個年代裏政治風向瞬息萬變，誰也搞不清他們所謂的無產階級司令部，究竟哪些人是，哪些人不是？從資格最老地位最高僅次於毛澤東的劉少奇一夜之間變成叛徒、內奸、工賊以來，鄧小平、陶鑄、康生、陳伯達……一大半中國政壇顯赫一時的人物一個接一個倒下，一個接一個從無產階級司令部裏清除出來，後來又出了個欽定的副統帥林彪，傳說他被毛老人家識破了，嚇得屁滾尿流，竟異想天開，乘飛機逃向蘇聯，不料飛機從天上掉下來摔死了，這一連串事件還不夠驚心動魄？還不想想這個無產階級司令部究竟是個什麼東西嘛？當然最終毛澤東的妻子江青、毛澤東第二次欽定接班人王洪文等人倒臺、逮捕、判刑、定罪，他們個個都在無產階級司令部裏掌大權，發號施令過，一個個都紅得發紫過，一個個都操過生殺予奪大權，又一個個如多米諾骨牌般倒下來！一旦倒下臺就無一例外的被揭發出許許多多滔天大罪，都是罄竹難書！你不想想這林林總總的政治舞臺上一個個登場、下場的無產階級革命家，真有幾個好的嗎？壞的嗎？真的嗎？假的嗎？你分得清楚嗎？恐怕很難，我一點也分不清，看不懂，不明白。

搞我專案的黃組長這類人也不過是個小小的政治爬蟲，乘風投機，東風西倒，西風東倒，油滑的本領過人，超過我們常人罷了。

他們認定我頑固到底，態度極壞，但我實在交待不出所謂那封要命的炮打信內容，他們又一時無法定我的罪，定我什麼罪名呢？他們內部在策劃在研究，我像一頭野生的豬、羊、牛、馬被關在籠子裏，等待什麼，等待定罪，等待發落。閑悶的時候，看我的大煙囪，看她抽煙噴氣，她真可愛，脾氣多好，穩穩地坐著還是站著，我也不清楚，反正她一動不動。有一天我忽然又動念想知道她究竟有多高，而且想到了一個好法子，就是數紅磚有多少層，每一塊磚的厚度可以估摸得出，一塊磚的厚度乘以紅磚的層數，再加上白灰縫的高度乘以紅磚的層數減一，這就可以測出煙囪究竟有多高了。

可是具體測量難呀！透過玻璃窗看煙囪，大體把握不難，要細數紅磚層數，數不到八、九、十就眼花了，頭稍一動，眼一眨，就混淆不清，究竟數到哪一層了？嘗試了幾次都不成，心裏罵自己真笨，笨得像頭豬，不！比豬還笨。一日，終於我找到一個笨但有用的法子，在玻璃窗上畫一公分一公分相間的橫條線，我坐在椅子上，把我眼睛的高度固定住，再透過玻璃窗上的橫條線，視線落到大煙囪上，把煙囪分成了許多格，形成眼睛、窗上一公分一公分間隔的橫線，大煙囪上紅磚層三點成一線，幾番數數確認窗上每一公分的高度相當於十八塊紅磚加十八條白灰縫線的厚度。大煙囪被分成四十一格，每塊紅磚厚五公分，每條白灰縫半公分，把這些資料乘乘加加得出大煙囪總高度為四千零三十九公分，略去三十九公分誤差，取整數四十米高。我真高興這無聊的計算，我的心暫時忘卻了這惱人的交待交待，分散了莫須有炮打無產階級司令部罪行的一封信影子，我專心致志的數數、計算，我終於比較正確的知道她實際高度了，四十米。

好景不長，他們又天天來折騰我，逼我交待，逼我寫檢查，我真不知道檢查什麼，交待什麼。被逼被罵得昏頭昏腦的時候，我後悔當時沒有偷看那封所謂炮打信的內容，如果看了倒好，現在可以交待出來，滿足他們的欲望，讓他們捉到一名貨真價實的現行反革命分子，幫他們立大功，升官發財去好了，我也可得安寧了，鐵板上釘釘的現行反革命分子，定罪勞改去吧！

現在的境況太難受，現行反革命分子帽子被造反派拿在手裏，懸在我的頭頂上，活像柄利劍隨時都會落到我的頭上，心裏忐忑不安，還不如戴上就死心塌地了。這種可怕的心理戰過分折磨我的神經，我知道這樣子下去我總有一天會全面崩潰，被摧垮被擊倒被逼瘋，近幾天來我多次夢到了黃鎮鑼那個女人那張獰笑扭曲的臉，拿坡里黃色的長牙，血紅色的寬嘴唇和幾根明顯的粗短上髭。

我被迫三、五天交一份檢查，已交了不少份，一直通不過，批我的關鍵問題有兩個：一是事實交待不清；二是認識上不了綱上不了線，所以過不了關。我倒不著急了，任你們去弄去折騰去批去罵去誣衊，看你們究竟最後治我一個什麼罪名？所謂事實交待不清，就是我說沒有看過那封炮打信，黃他們一口咬定我看過。但是他們出去跑外調跑了好長時間，也沒有辦法搞到材料來證實我看過這封害人信的內容，他們也騎虎難下，難於定我的罪名；如果硬要定我傳遞炮打無產階級司令部信件的現行反革命分子罪行，至少要確定這封信的反革命性質，其實他們也定不了，誰來定？他們的上級是誰，真的能拍板定案了嗎？也說不定，那個時代的各級領導，也總是處於朝不保夕、岌岌可危狀態，革命與反革命只有一線之隔，早晨乘專門接送的小汽車去上班，傍晚已不能回家，被關進牛棚或被抓進專政機關坐牢去了的戲劇天天在輪番上演，這並非地球東方那塊土地上的新天方夜譚，的的確確是殘酷的現實。

第五部

跪下？請罪？

這年冬至日，陰霾籠罩大地，到了上午十一點鐘仍然昏暗無明。據說這是一年之中白天時間最短的日子，太陽到了南半球就起床晚，睡得早，照到北半球的光量最少最弱，現在處境中的我更添一層悲傷憂愁，這天象就是我的心境寫照，昏昏沉沉，前途一片漆黑，不見一絲光亮。我從景山東街自北向南踟躕而行，景山東門口明朝末代皇帝崇禎朱由檢的幽靈遊動不止，時進時出，細碎的步子傴促不安，嘴裏發出聽不明白的嗖——嗖——嗖音響，沒有悲歌只有哭泣，扯起一塊白布投降，血書：「願為賊四分五裂，不殺一無辜百姓。」一瞬間，遊蕩到了萬歲山頂端的萬春亭，似在凝視龐大又巍峨的皇宮建築群，原本金黃色的琉璃瓦也變得灰朦朦的了，整座建築群在浮動在動搖，東西遊移，南北晃蕩，令他驚疑萬分，匆匆飄下山來，爬到山麓東側一棵百年拐脖老槐樹上摘了一顆什麼東西硬吞下去，哽在喉頭不上不下，咽不下去又吐不出來……於是乎，他停止飄浮遊蕩而懸掛而隱滅了，終於無影無息無跡無聲……陪伴這年僅三十三歲的崇禎皇帝的只有近侍太監王承恩一人，亦自縊於對面的海棠樹下，作了鬼魂。

我模模糊糊的看著，聽著，跟著他，最末了，我木然的站著，失落了，不著地了，我更懷疑我身處哪兒？有形嗎？有感覺嗎？我舉不起右手臂，左手臂也不聽使喚了，我想掐我的人中，辦不到。改為左手掐右手的虎口穴，左手伸不過來，沒有了，怎麼回事？怎麼回事？我問誰？不知道，不知道！誰也不知道！沒有人知道！沒有誰能回答我幫助我！

我怎麼還在想？想什麼？沒有想什麼？什麼也沒想？活思想？沒有活思想。

我太固執了，近乎頑固了！什麼叫「寧為明白的冤死鬼，不做糊塗的乖巧人」？對面故宮玄武門，洞開著，好些紅的、黃的、綠的、藍的、紫的、灰的、黑的各種顏色點兒在閃動，進進出出忙個啥？不分白晝黑夜，不分秋冬春夏，也不分過往、當下和未來，是真的嗎？假的嗎？

我禿頂了，涼嗖嗖的，……起風了，僅有的一圈白髮像水溝邊的枯茅草，在寒風中起舞，玩弄我，遊戲我……，我想戴一頂紹興搖櫓船工的破氊帽，放在哪兒？怎麼一點也記不起來了？我有點著急，我想移動腳步，移動呀！怎麼動不了啦？我沒有了腿？腳呢？怎麼也沒有了？我不能看，更不能走，也不能摸，我只是空想空思，怎麼連空想空思也沒有了？空了？空了？……無形無行無思無想……虛空了……

天上正打悶雷，有個女聲在地下反復厲聲不停地吼叫：

「倪十力！帽子在這裏！早為你準備好了！現行反革命分子！」

「倪十力！快請罪！請罪！」

「倪十力！跪下！」

查無實據，事出有因！

查無實據，事出有因！

「毛主席的無產階級革命路線勝利萬歲萬歲萬萬歲！」

「偉大領袖偉大導師偉大舵手毛主席他老人家萬歲萬歲萬萬歲！」

「偉大光榮正確的中國共和黨萬歲萬歲萬萬歲！」

二零零四年十月於雙松山村

語言文學類　PG0497

遊之夢

作　　者／倪慧山
責任編輯／林世玲
圖文排版／蔡瑋中
封面設計／陳佩蓉

發 行 人／宋政坤
法律顧問／毛國樑　律師
印製出版／秀威資訊科技股份有限公司
114台北市內湖區瑞光路76巷65號1樓
電話：+886-2-2796-3638　傳真：+886-2-2796-1377
http://www.showwe.com.tw
劃撥帳號／19563868　戶名：秀威資訊科技股份有限公司
讀者服務信箱：service@showwe.com.tw
展售門市／國家書店（松江門市）
104台北市中山區松江路209號1樓
電話：+886-2-2518-0207　傳真：+886-2-2518-0778
網路訂購／秀威網路書店：http://www.bodbooks.tw
國家網路書店：http://www.govbooks.com.tw
圖書經銷／紅螞蟻圖書有限公司
114台北市內湖區舊宗路二段121巷28、32號4樓
電話：+886-2-2795-3656　傳真：+886-2-2795-4100

2011年02月BOD一版
定價：320元

國家圖書館出版品預行編目

遊之夢 / 倪慧山著. -- 一版. -- 臺北市 : 秀威資訊科技, 2011.02

面； 公分. --（語言文學類 ; PG0497）

BOD版

ISBN 978-986-221-693-4（平裝）

857.7　　99025215

讀者回函卡

感謝您購買本書，為提升服務品質，請填妥以下資料，將讀者回函卡直接寄回或傳真本公司，收到您的寶貴意見後，我們會收藏記錄及檢討，謝謝！
如您需要了解本公司最新出版書目、購書優惠或企劃活動，歡迎您上網查詢或下載相關資料：http:// www.showwe.com.tw

您購買的書名：________________________________

出生日期：________年________月________日

學歷：□高中（含）以下　□大專　□研究所（含）以上

職業：□製造業　□金融業　□資訊業　□軍警　□傳播業　□自由業
□服務業　□公務員　□教職　□學生　□家管　□其它______

購書地點：□網路書店　□實體書店　□書展　□郵購　□贈閱　□其他

您從何得知本書的消息？
□網路書店　□實體書店　□網路搜尋　□電子報　□書訊　□雜誌
□傳播媒體　□親友推薦　□網站推薦　□部落格　□其他__________

您對本書的評價：（請填代號　1.非常滿意　2.滿意　3.尚可　4.再改進）
封面設計____　版面編排____　內容____　文／譯筆____　價格____

讀完書後您覺得：
□很有收穫　□有收穫　□收穫不多　□沒收穫

對我們的建議：________________________________

____

____

____

請貼
郵票

11466
台北市內湖區瑞光路 76 巷 65 號 1 樓
秀威資訊科技股份有限公司 收
BOD 數位出版事業部

（請沿線對折寄回，謝謝！）

姓　　名：________________　年齡：________　性別：□女　□男

郵遞區號：□□□□□

地　　址：____

聯絡電話：(日) ________________　(夜) ________________

E-mail：____